春水初生乳燕飞

李占国　主编

陕西新华出版

太白文艺出版社·西安

图书在版编目（CIP）数据

春水初生乳燕飞 / 李占国主编 . -- 西安 ： 太白文
艺出版社，2023.11
ISBN 978-7-5513-2505-9

Ⅰ．①春… Ⅱ．①李… Ⅲ．①诗词－作品集－中国－
当代②散文集－中国－当代 Ⅳ．① I217.1

中国国家版本馆 CIP 数据核字（2023）第 219872 号

春水初生乳燕飞

CHUNSHUI CHUSHENG RUYAN FEI

主　　编	李占国	
责任编辑	白　静	
整体设计	百悦兰堂 BAIYUE LANTANG	
出版发行	太白文艺出版社	
经　　销	新华书店	
印　　刷	河北朗祥印刷有限公司	
开　　本	787mm×1092mm　1/16	
字　　数	440 千字	
印　　张	27	
版　　次	2023 年 11 月第 1 版	
印　　次	2024 年 1 月第 1 次印刷	
书　　号	ISBN 978-7-5513-2505-9	
定　　价	98.00 元	

"乳燕"的前生与后世

"书卷多情似故人，晨昏忧乐每相亲。"从上大学开始，图书馆是最吸引我的地方，我一头扎进知识的海洋畅游。越读书越感觉自己知识的贫乏，感觉需要学习的东西太多太多，于是，又夜以继日地看书看报。

除了学好本专业的知识以外，书读多了，我便有了写作的冲动。于是尝试着练笔，写一些不成熟的甚至幼稚可笑的所谓文章。写完后，就要和其他人交流、探讨。当时，交流最多的人是畜牧系77届的张东风大哥，我每写一篇文章，就拿给他看，虚心接受他的意见和建议。后来，我和畜牧系的徐大敏、姚明文交流得更多，因为都是老乡，更有亲近感。

记得那是1981年的初秋，我和徐大敏、姚明文商量创办一个小报，主要是把文学爱好者集合起来，有一个发表作品的园地。这个想法是受当时其他院校的影响而萌发的，所以，我们三个一拍即合。但感觉我们三个人的力量还不够，还要找其他人，以壮大我们的队伍。于是乎，我又去和农经系79届的绰尔河大哥商量。他比我们年长几岁，不论是阅历还是经验都比我们几个嫩小子强多了。于是绰尔河大哥便给我们出主意想办法。我记得清清楚楚，他让我必须找一个女性文学爱好者。他说一个组织没有女生不好。可见，那时候绰尔河大哥就很注重妇女的地位和力量。我那时候对绰尔河大哥非常信服，他说的话我都听，于是我们就去找女性文学爱好者。也可能是农学系79届的女生爱好文学的比较少。其他系的女同学，我们还不熟悉。姚明文腼腆，不和女生说话，徐大敏高傲，看不起他们班的女生。没有办法，我又去找了建武，我俩费了很大的劲儿，打听到裴德医院有一个女护士，叫薛亚卓，据说文学功底了得。于是乎，我和建武冒着极大的风险多次往返农大和裴德医院之间，和薛亚卓终于沟通上了。（当时最大的风险就是怕别人说我们去裴德医院找对象，建武有没有对象，我不知道，我当时是有对象的）

我们全体成员开的第一次会议是在一个下午，温暖的阳光照耀着初秋的大地，给人一种温馨的感觉。在一块草地上，绰尔河大哥、大敏、明文、建武、薛亚卓和我，我们席地而坐，《乳燕报》成立大会隆重开幕。没有主持人，没有重要讲话，更没有重要指示，只有我们几个朝气蓬勃、有着远大抱负的年轻人。会场的气氛紧张热烈，大家都很兴奋，摩拳擦掌，准备大干一场，好实现自己的文学梦。

会议做出了哪些决定和决议，至今大多忘记了，但那气氛和场景至今还是记忆犹新！当时，我们决定成立乳燕文学社，由绰尔河大哥负责。文学社打算出版一份油印小报，名字是大敏起的，叫《乳燕报》，主要发表诗歌、散文、小小说、短评、资讯等内容，报纸负责人是我。文学社当时最重要的是扩大队伍，推荐好作品，免费给各个寝室送《乳燕报》。说干就干，当天，建武借来刻版用具，准备给《乳燕报》刻版。建武的字写得好，由他来刻版，大敏写发刊词，明文写一篇散文，我写一首诗，还有一篇小说为绰尔河大哥所写。其他内容就是乳燕文学社成立公告。那时候没有法治理念，也不懂成立社团组织应该先到民政局备案。

于是，我和建武、大敏连夜开始刻版，地点是在一号楼二楼的一个空房间里，好像是清洁工的休息室。经过一夜的努力，东方欲晓的时候，霞光透过窗子，映在我们被油墨弄黑的脸庞上的时候，我们的五十份油印小报——《乳燕报》问世了。手捧着泛着墨香的《乳燕报》，我们沾满油墨的脸上，荡漾着喜悦的笑容，一夜的疲劳都抛到了九霄云外。我们回到寝室，稍作休息，就去上课。到中午时分，我们给各个寝室发放《乳燕报》。很快，就有好消息传来，又有曾凡印等同学要加入我们文学社，还有很多同学见面都很关心我们的乳燕文学社和《乳燕报》，这使我们很受鼓舞，也激发了我们的创作热情。当我们准备出版第二份《乳燕报》的时候，我被学校学生科的陈主任叫到了他的办公室。

陈树人主任当过我们农学系的书记，所以和我也算熟悉。他简单地问了问我学习的事情后，便切入主题，问起了《乳燕报》的情况。我把所有的情况向他汇报了。他手里拿着一份《乳燕报》，从头到尾浏览了一遍，也没有发现什么问题。看完后，陈主任又把关于成立社会团体应该备案等事情和我说了一遍，最后告诉我乳燕文学社不合法，《乳燕报》也不符合规定。让我们解散，不要再办了。我问陈主任，还有什么办法能让乳燕文学社继续办下去？他的回答很干脆：只有和学校的学生会合作，以学生会的名义主办，才能办下去。我当时心里没底儿，只好说回去和其他同学研究一下，再答复陈主任。

离开主楼后，我急急忙忙去找绰尔河大哥。他听完我的汇报后，沉思了一会儿，说道："和学生会合办，咱们就不干了。我就看不上学生会那几个人，不和他们扯。咱们不听他们摆布。《乳燕报》可以不弄了，但我们的乳燕文学社还要继续搞下去。"于是，我把建武、大敏和明文都找来，把学校的想法以及绰尔河大哥的意见和大家说了之后，大家都赞同绰尔河大哥的主意。于是，仅仅出版一次，刚刚起飞的《乳燕报》就这样被折断翅膀，没有腾飞起来。现在想想，也感觉非常可惜。最遗憾的是，我留了一张《乳燕报》，一直到我从八一农大毕业，又考入大连陆军学院，以至参加工作多年，它都陪伴着我。但不知道什么时候，这张《乳燕报》被弄丢了。如果留到今天，也算是文物了。可能字迹早已经模糊不清，纸张也泛黄了，墨香也都散尽了……但是那份青春的热情和对文学的痴爱情怀一直埋藏在我心底。

文学能让人心灵丰盈。因了这份难以割舍的情怀，有了微信平台之后，我创建了"乳燕报读书写作"微信群（也就是现在的乳燕文学天地1群），把原来创建乳燕报的同学以及后来认识的一些文友都拉进了群里，大家时常在群里发表作品，交流写作，这里成为我们的精神家园。2018年下半年，乳燕微信群里来了一个新成员"媚语幽幽"———一个有理想、有激情、有事业心的文学爱好者。她被《乳燕报》曾经的故事打动，决定传承"历史"，重新发展乳燕。于是媚语幽幽、绰尔河大哥和我精心策划后，创建了公众号"乳燕"，使大家的作品有了发表园地。媚语幽幽给公众号写的简介为：一群热爱文字，热爱文字演绎的千姿百态生活的性情中人；一群充满正能量，叱咤风云不屈不挠的奋斗者；一支初心不改，梦想闪光，始终保持年轻态的文学团队；传承历史，尊重原创，打造精品，笔走痴心，广交文友。

一开始，公众号只限于"乳燕"群里人自娱自乐。2021年7月，为了广交文友，打造品牌，把"乳燕"平台真正建设成高雅纯净的文学艺术园地，媚语幽幽、绰尔河大哥和我商议后，决定发展壮大乳燕，广泛吸纳粉丝，提升乳燕知名度，将公众号名称改为：乳燕文学天地，然后开展首届"华燕杯"全国文学创作大赛，增加管理人员，创建"乳燕文学天地"2群和3群。"乳燕文学天地"队伍迅速发展壮大起来。到目前为止，"乳燕文学天地"已开展两届"华燕杯"全国文学创作大赛，信誉良好，公众号粉丝超过一万人，有十个微信群，中层管理人员和大赛评委老师三十余人，还有众多的签约作家和主播团成员。此次"乳燕文学天地"优秀作品集《春水初生乳燕飞》一书正式出版，真正圆了"乳燕"粉丝的出书梦。

春潮生淑气，新燕任高飞。书名《春水初生乳燕飞》，取自唐代著名诗人李贺《南园十三首》中的名句，也是"乳燕"一名的出处。该书名内涵丰富，不仅有着特殊的文学意义，同时也代表着本平台奋斗与成长的历程。

《春水初生乳燕飞》是自媒体"乳燕文学天地"五十八位作者创作的优秀文学作品集，大部分为两届"华燕杯"全国文学创作大赛的获奖作品，少部分为"乳燕文学天地"管理人员作品。每一篇作品皆由"乳燕文学天地"平台审稿委员会老师严格审核、把关、修改、润色。

在收录的作品中，有中华作家网签约作家，国家级、省级作家协会会员等，作品风格迥异，各有千秋，或哲理深刻，启迪人生；或感情饱满，真挚动人；或文辞优美，意境深远……可谓百花齐放，给人以高雅的文学艺术享受。

出书是每一个文学爱好者的梦想。"乳燕文学天地"平台为实现文学爱好者的梦想，系统地组织了这次出书活动。旨在繁荣、发展纯文学事业，为广大读者提供精品力作，这也是出版《春水初生乳燕飞》一书的初衷。我们将陆续出版"乳燕文学天地"优秀作品系列丛书，《春水初生乳燕飞》是第一辑。

时光荏苒，岁月静好。今后，"乳燕文学天地"平台的目标是继续发展壮大文学团队，在全国各地发展分社，在全国各大网络平台创建"乳燕文学天地"的账号，脚踏实地，强化品牌效应，更好地传承、弘扬中华传统文化，致力于把"乳燕文学天地"平台打造成为真正享誉国内外的著名文化品牌，为广大乳燕粉丝和文学爱好者打造一个施展才华的精神家园。

李占国

2022 年 12 月

目　录

古风雅韵，志趣宫商

古风雅韵，
志趣宫商

姜元坤古诗词

姜元坤，黑龙江省肇东市人。1979年考入黑龙江八一农垦大学农业经济系，毕业后在农垦行业工作多年，现为大连盛方有机食品公司董事长。喜爱文学，有多篇作品发表于网络平台。

又见千岛湖

一

只见秋风不见凉，碧波揉碎敲南窗。
莫道青枝写梦境，山拥水盼笑马良！

二

命里知天亦戚然，身走千岛梦走山。
橹摇岁月寻静好，拍浪拨云见洞天！

三

如是千岛亦翩然，何必舞破水中天。
岁月沉静独乐乐，思长碧水情长山。

四

千秋大画惹陶然，物我两忘半成仙。
醉劈风浪寻他路，杯举千湖敬苍天！

再游千岛湖

一

碧波轻柔洗红尘，峰峰相对看何人？
落日不戏鸳鸯鸟，携梦徒手画乾坤。

二

逐浪青山遏流云，花香随日亦随身。
一道落霞烟火色，光风霁月由本心！

三

千湖千秀玲珑心，光风列队涌窗门。
莫道江天惹诗意，半由风景半由人。

偶　感

——游西湖"曲院风荷"景区记之

一杯龙井饮西湖，多年况味润景殊。
曲院不醉懵懂士，风荷尽抚油腻徒。
我待清心寻静柳，君已寡欲舞风竹？
蜗居林下听残雨，明朝踏芳捞日出！

不老丹青

——读吴冠中画传《我负丹青》

一任阳光弥漫谁？静心偷得书一部。
笔蘸迷离杏花雨，心夺化境紫燕飞。
灵动悄送时光杳，梦酣怕迎晓月归。
书掩青山听星落，不老丹青染日辉！

春水初生 乳燕飞

新年有感

挥别黑土寻方舟，经年苦渡难自求。
把脉新港送远客，握手老朋去近忧。
潜龙在渊听风雨，醒狮入林任去留。
我辈行走问大道，作伴新阳登高楼！

张迪戈古诗词

张迪戈，黑龙江省五大连池市人。自幼随父习文，近年创作颇丰，多篇热爱祖国、赞美家乡等作品在大赛中获奖。

回眸乡村振兴

一镜千寻摄远山，柔光炫彩照湖湾。
时空影像情怀录，五载恢宏天地间。
不负凌云多壮志，脱贫致富笑开颜。
宏图伟业千秋论，振兴乡村再破关。

青春无悔

——写给黑河知青博物馆

壮志豪情赴大荒，满腔热血走他乡。
青春有梦风飘絮，岁月无痕雨打霜。
历尽沧桑终不悔，丹心一片敬时光。
深情黑土慰潮汐，浴火凤凰惊四方。

黑龙山庄颂

母亲河畔颂黑龙，正义善良扬美名。
艺术神雕传千古，英雄故事论纵横。
层林尽染镀秋韵，高洁晶莹赏雪景。
一眼回眸欧式墅，鄂伦春族共风情。

咏雪感怀

一

飘飘玉女下瑶台，六瓣晶莹次第开。
莽莽青山解天意，皑皑河画入诗来。
无情新冠逞威势，抗疫先锋勇救灾。
素裹银装咏豪迈，逆行冰雪不徘徊。

二

漫舞琼花夜色阑，朔风劲动客犹怜。
半窗灯影惜云鬟，一缕幽香袭浅眠。
谁叹三冬银白砌，却望春晓绿如烟。
昔时雪映马蹄疾，入骨相思又一年。

郝义古诗词

郝义，黑龙江集贤县人。黑龙江省美术家协会会员，集贤县美术家协会主席，中华诗词学会会员，双鸭山市著名画家，集贤县著名诗人。

咏向日葵

举头攀赤日，展叶布浓荫。
子密垂弓背，花黄尽老心。
梵高描九朵，后世贵千金。
点点留香客，悠悠回味深。

落叶吟

绿退青春短，霜来寂寞红。
飘零轻点岸，潇洒欲随风。
题叶诗传信，飞金影坠空。
思根添别绪，梓梦忆江东。

五一访泰山花筑民宿

绿点三春树，香飘五月花。
山中藏小院，画里有人家。
卧石听泉声，瞻松看晚霞。
归真圆客梦，暖风醉青纱。

梦忆儿时学画

甜蜜思多彩，涂鸦葫画瓢。
寒窗勤自勉，白纸用心描。
梦醒青春短，秋来草木凋。
流光催人老，唯剩夕阳骄。

节后小女送父打工有感

牵衣情不舍，父女别荒堤。
分手童声泣，回眸泪眼迷。
梅开将短聚，节过苦长离。
影淡人行远，空闻鸟自啼。

盛　会

——当选县美协主席

瑞雪飞花缀孟冬，丹青引线聚群雄。
十年磨剑方如道，二赵停笔远乘鸿。
山野村夫临盛会，世坛画友结新盟。
不才偏得同仁夸，加冕登堂坐帐中。

咏挚友李占国

出自寒门才绝殊，扛枪握笔又挥锄。
铁马冰河常入韵，牛郎织女久分居。
归田播种淘金梦，写稿筹钱供子书。
囊空谷贱多霜雪，七彩人生风雨途。

关勇古诗词

关勇，内蒙古扎赉特旗人。1979年考入黑龙江八一农垦大学，毕业后在内蒙古兴安盟农业科学研究所和黑龙江省农垦科学院经作所从事科研工作。爱好诗词歌赋，闲暇时间偶有习作，作品散发于报刊和网络。

清平乐·元宵夜

严寒已驻。怒放花千树。震碎冰凌惊月兔。唤醒冰城夜幕。

北国春梦悠悠。银装素裹如裘。留得青山常在，绘出绿水神州。

浪淘沙·逛边陲

风雨送春归。柳絮轻飞。花红草绿牧羊肥。四海宾朋来做客，高举金杯。

今又逛边陲。物是人非。空留下荡气回肠。竹马青梅人已去，无限伤悲。

水调歌头·母校六十华诞

学子自兹去，立志改山河。师恩没齿不忘，母校记心间。甲子风霜雨雪，塞北耕耘播撒，沧海变桑田。黄埔在农垦，世外有桃源。

点薪火，开野地。拓荒原。风餐露宿，一代天骄已汗颜。名将精神永在，引领中华农业，快马再加鞭。祝愿垦区好，鱼米赛江南。

沁园春·闲愁

独坐闲堂，举目东张，思绪悠长。叹三十余载，纵横阡陌，大刀阔斧，转瞬弓藏。正气一身，清风两袖，只为苍生求谷忙。人将老，庆夕阳无限，壮志难偿。

人生如此匆忙。似春种、未及秋草黄。盼丰登五谷，六畜兴旺，神州大地，囤满粮仓。日朗天晴，秣马厉兵，一代更比一代强，江山美，靠铁拳捍卫，万里边疆！

鹧鸪天·深秋雁阵

又是一年秋草黄。天高云淡雁成行。长空悠悠循南去，春暖翩翩又启航。

情切切，意悠长。翻山越海念家乡。谁言草木无情物，抖落风尘着绿装。

李春古诗词

李春，笔名北国之春。黑龙江省作家协会会员，建三江作家协会名誉副主席。多年笔耕不辍，作品发表于国家级和省级期刊《参花》《江柳文学》《黑龙江日报》《北大荒文学》等。

梅 花

不媚东风做信差，一枝偏向雪中开。
只因一副清奇骨，总惹骚人墨客来。

牡丹花

魏紫姚黄满苑芳，天香国色花中王。
直将傲骨蔑权贵，何惧冰天贬洛阳。

菊 花

百花凋落尔独妍，最数东篱五柳园。
纵是风刀霜剑舞，寒枝依旧抱香残。

兰　花

仙姿屡入屈原赋，爱选山石做伴郎。
缕缕清芬驱瘴秽，幽居空谷自孤芳。

月季花

谁道花无百日红，此葩月月占春风。
馨香艳丽多情愫，采撷当心叶底锋。

杜鹃花

赶乘东风意恐迟，嫣红姹紫报春时。
缘何偏得花神爱？独占东风第一枝！

茶　花

万紫千红展丽容，生来不屑斗春风。
娇颜宁选凌冬放，待到群芳我落英。

荷　花

凌波仙子水芙蓉，本是观音送子蓬。
墨客临池羞落笔，抒情喻理数周公。

桂　花

奇株本种月宫里，禳病消灾福寿长。
不是吴刚施桂雨，人间哪得八月香。

水仙花

玉盏玲珑满客房，仙风道骨厌浓妆。
清高可与兰梅列，耻与群英论短长。

媚语幽幽古诗词

媚语幽幽，黑龙江哈尔滨人。喜爱写作，她的写作宗旨是："我手写我心，我手写他心，唯愿我的文字里开出婉约唯美、清丽隽永的花朵，芳香一生，妖娆一生，慰藉一生。"

相思引·夜吟红楼十二钗

林黛玉

风露清愁依夏荷。颦眉轻蹙动微波。月残星索，鹤影独婆娑。

质本洁来情切切，葬花一曲断人肠。潇湘暮雨，烛泪叹蹉跎。

薛宝钗

娴雅端庄华贵身。心思缜密藏经纶。蘅芜苑内，一夙念红尘。

四季更迭时有序，情缘虚化了无痕。孤灯寂落，终瘦影晨昏。

贾元春

华贵雍容入后宫。贤才孝德受嘉封。观园夜宴，煊赫极盛中。

世事变迁如梦令，几番风雨园中空。昙花一现，何处觅芳踪。

贾探春

仙品瑶池红杏栽。凤眸灵韵多情才。芳菲秋爽，蕉下暮云开。

气质非凡多睿智，出身无奈薄情怀。末流远嫁，荣耀梦归来。

史湘云

香梦沉酣睡美人。醉依芍药卧清纯。命途多舛，生性亦萌真。

超逸绝伦才思敏，珠玑雅韵入青云。湘江水逝，念鹤影留痕。

妙　玉

拢翠庵中独素雅。玉颜晶露一梨花。孤芳独赏，金玉自芳华。

气质凛然轻亵怠，风尘无奈陷泥潭。青灯古佛，终相远天涯。

贾迎春

暖日迎春二月至。身投富贵玉门来。性情懦弱，瘦影巧辞乖。

似水柔情终错付，青烟一缕化云霾。红颜命薄，怨女一生哀。

贾惜春

盛极豪门一夜倾。三春命运坎中行。怆然冷绝，自度佛门庭。

犹似曼陀罗解语，一生孤僻似无声。前尘花叶，彼岸诉离情。

王熙凤

云鬓梳妆美艳春。精明强干集一身。积财权重，威势慑冤魂。

罂粟花开终有败，剑心口蜜枉朱唇。机关算尽，犹自绝红尘。

贾巧姐

伶俐聪明俏娇柔。家道败落入青楼。祖恩庇佑，逃离粉脂愁。

盛放牵牛藤蔓绕，相邀佳梦度清秋。田园拂柳，望细水长流。

李 纨

坚守忠贞淑女身。一生孤独寂寥魂。年华空负，梅绽暗香醇。

词赋稻香诗社兴，老农风雅又青春。乐园净土，翰墨独相亲。

秦可卿

婀娜娉婷仙客柔。俏丽温婉惹风流。陷身浊泥，魂断艳香楼。

一语成谶身后事，红楼醉梦怎堪秋。风情晓诉，月债几时休？

一七令十首

冬之韵

冬。

洁逸，雨淞。

翩飞雪，舞玲珑。

如烟往事，一瞥惊鸿。

夜色正阑珊，忆念复匆匆。

脉脉壁空烛影，落红心迹迷蒙。

却是孤独缘未了，咫尺天涯诉衷情。

之。

清月，成诗。

花不语，暗香痴。

梅俏一剪，寒夜有知。

玉颜起独舞，枝蕊不离殇。

拒与晓春同梦，妖娆逸美仙姿。

冰雪魂几抹红媚，凝眸处万缕相思。

韵。

影疏，云隐。

艳霓裳，琼脂粉。

半盏茶暖，馨香品润。

提笔赋丽辞，经年相思引。

何以尽融冰雪，晶莹诗心一寸。

素笺岁月几多情，冬色暖阳杲杲近。

醉红尘

醉。

沉香，妩媚。

枉凝眸，花溅泪。

啜饮霜露，独经风雪。

千年夙念归，烟花疏影碎。

箫音瑟瑟容动，那女朱颜百媚。

光阴流转月无声，沧海蝶飞终不悔。

红。

夕照，花容。

枫叶落，念匆匆。

无关风月，何伤衷情。

灵犀循叶脉，点点聚葱茏。

晕染艳娇簇簇，潇湘暮雨迷蒙。

何年何月邀红豆，夜阑相思晚风中。

尘。

缘浅，情真。

天宫怨，恨无垠。

嫦娥飘袂，桂树绿茵。

红楼烟雨梦，何以负青春。

盟誓玉成千古，凭谁醉叹年轮。

独吟冬夜词千阕，寒梅一剪郁香醇。

相思琉璃

相。

许念，流光。

钩月皎，夜苍茫。

浮云袅袅，世情薄凉。

繁华轻落去，瘦减两彷徨。

一笑一斝煮酒，一趄一步回望。

千古情动沈园会，朱砂心事潜月光。

思。

魂断，情痴。

无眠夜，更声迟。

萦绪化羽，绛袖凉姿。

梅娇冬日影，玉盟两相依。

几番梦乡彳亍，红楼犹叹分离。

一曲云水珠帘卷，爱到无心惜荼蘼。

琉。

一念，悠悠。

凉风起，舞枝头。

残红嫣落，相思入眸。

烛光摇曳处，只影眷情愁。

不问是缘是劫，敛朝暮度春秋。

山水迢迢风尘路，绾结青丝为君柔。

璃。

雪径，凝脂。

冬之韵，荷枯池。

吟诗把酒，红尘醉痴。

倾一米阳光，赋万点灵犀。

执子笃信我爱，无言契阔君知。

箫音起天涯梦远，夕霞散饮尽相思。

虞美人·花魂三悟

咏　菊

金黄凝露蕊相望。媚影花期长。不纵娇宠袭幽香。堪媲梅兰竹韵、更芬芳。

山荒路野无人赏。兀自柔盛放。月沉星隐又朝阳。不畏秋寒寂寂、傲风霜。

赏　桂

天香云外斜阳暮。枝枝妍千古。静沉秋色晚风扶。共赏锦花簇簇、弄情疏。

月中伐桂不言苦。醉倒天庭路。洁身清雅过秋途。不与群芳争妒、独相濡。

品　昙

倾城倾国为情牵。夜半花期短。何妨一瞬胜千年。今夕度红尘劫、两相欢。

冰清玉洁花魂眷。片片随心愿。共婵娟默许流年。更一曲痴不负、在人间。

浣溪沙·枫叶丹

一

一瓣朱红一寸心。曦光斜照入枫林。万千娇艳醉山阴。

辗转飘零秋水共，天涯寂寂问千寻。颦眉相思慢歌吟。

二

入画入诗片片枫。蒙蒙细雨荡秋红。尘缘深浅任随风。

蚀骨斑痕情动处，清香一脉别花丛。禅心云水又匆匆。

三

一叶翩飞秋染霜。两片红叶舞霞光。片片入溪起微浪。

点点相思情缱绻，层峦尽处落彷徨。夕阳向晚夜未央。

西江月·秋之三韵

晨

一抹蔚霞颔首，两滴晶露颦眉。水影幽涩凉意随。乍现昨时芳菲。

天水交呈一色，迢遥路寄相思。素然安放不期归。过重山风聊慰。

夕

诗画夕阳向晚，动情木叶秋声。微波潋滟一江倾。水清澈舟自横。

候鸟迁飞愁重，守家双鸽欢萌。且成全万种风情。落日余晖香影。

夜

雨骤风惊次第，霓虹光影疏稀。谢花无语落尘低。相伴枯叶成泥。

共长情花叶许，犹叹命运凄凄。千秋何念有情痴。莫负韶华心意。

王永仁古诗词

王永仁，山东微山县人。中国作家协会山东分会会员。1970年毕业于中国人民大学国际政治系。五十多年来一直从事党史研究编写工作，业余时间进行创作。曾出版长篇小说《渔火》、诗集《诗情心路》等。

裁云作画

裁云作画诗精妙，痛饮三江此一瓢。
盘坐泰山弹几曲，拨弦笑傲九重霄。

天　赐

天赐贤良巧配双，水山何处不芬芳。
漂泊四海留诗趣，走马三江秉志昂。
点亮激情书雨路，消除苦难写沧桑。
夕阳晚照繁霜雪，偕老犹歌故土乡。

风雨锦绣秋

电闪雷鸣风雨骤，天昏地暗水云洲。
银河倾倒山飞瀑，大海扬波岛陷头。
笑罢雷公拂袖去，云收雨母急忙溜。
乾坤朗朗清明月，宇宙昭昭锦绣秋。

千江月

千江有水千江月，万里山川万里河。
朵朵鲜花花世界，累累硕果果丘坡。
中秋国庆连云彩，碧海霞光绘浪波。
皓月当空多秀美，家人团聚共欢歌。

莒县千年银杏

深山隐匿四千年，野鹤闲云伴水天。
雪雨风霜银杏果，朝阳夜月玉楼仙。
刘勰校检藏书处，鲁莒结盟此寺园。
见证光阴飞逝去，春秋写就化石篇。

减字木兰花·月色撩莲

幽幽切切，万缕情丝空对月。一缕香魂，夜落无声碧叶村。

风风雨雨，竟是欢颜相悦语。点点滴滴，月色撩莲水雾奇。

太常引·飞船访嫦娥

一湖云影印银波。飞镜落天国。举目问嫦娥。宿寒月、孤独奈何？

飘游梦去，神州巨变，万里好山河。突见飞船舶。惊喜是、家乡小哥。

李占海古诗词

李占海，固原原州人。自幼酷爱诗词歌赋，也喜欢楹联和摄影。文学及摄影作品散见于报刊。

北国风光

晚敲窗户送寒声，晨起山川耀眼明。
南国花红枝叶翠，北疆雪白旷野行。
雄鸡提爪竹尖印，吠犬握拳梅朵成。
塞上风光迷人景，炊烟萦绕伴云轻。

咏芦花

朔风张扬旷野荡，自在逍遥皓宇翔。
起起沉沉随我意，飘飘洒洒似疯狂。
看来水国红荷翠，闻到边塞黄菊香。
敢与征鸿争碧嶂，一生无悔睡池塘。

蜡　梅

斗雪蜡梅三九香，冷天冻地更芬芳。
迎寒怒放万千朵，傲骨凌风满红妆。
峭壁冽霜豪气在，冰心玉质娇容藏。
痴情有约泪珠滴，一夜梦圆春日长。

瑞　雪

天府赐花真无私，飘飘洒洒不来迟。
江山皑皑风趋拜，喜鹊登枝致祝词。
初见寒梅三两朵，正逢飞雪百千枝。
备存旧岁一壶酒，醉赋新年四季诗。

白马山

山上马蹄生紫烟，长嘶声撼大营川。
何时牧放金沙滩，再与英雄共戍边。

冬　思

雪絮飘飘千万岭，瘦枝莺雀两三影。
眺望故土迷茫中，归路遥遥无止境。

高旻古诗词

高旻，笔名轻轻点瑞，湖南益阳人。高级电工，爱好文学。

爱　家

一入深山便是家，平生最爱野人茶。
桑麻雨后添新绿，不羡桃源富贵花。

祭屈原

诗吟爱国忧黎庶，酒醉忠魂祭汨罗。
一曲离骚千古颂，九歌天问万年和。

金秋话菊

休将旧事话凄凉，又是金秋桂子香。
菊酒三杯人未醉，满城风雨近重阳。

苍雪青竹

青竹丛中一径深，满山苍雪落衣襟。
白云生处无人迹，明月来时有鸟音。

追　忆

君在天涯何处寻，情丝万缕系知音。
千般珍爱成追忆，相偎相依一片心。

山高水长

江水长流万里航，青山不老鬓如霜。
今宵有酒何须醉，明日登高望故乡。

一朵玫瑰（一）

莫道今朝无酒家，且看明日满天霞。
白云一朵随风去，送我玫瑰到天涯。

春水初生乳燕飞

一朵玫瑰（二）

玫瑰娇艳绽嫣红，一朵花开万里春。
谁念今朝无好景，缤纷明日度红尘。

胡江宁古诗词

胡江宁，中华诗词学会会员。古典诗词爱好者。作品散见于多家报刊。

秋　光

热吻花枝颤，秋光谁尽占？
凝香互斗浓，粉翅相争艳。

秋　夜

月有几分斜，星无一点遮。
远峰横黛色，近水纵光华。

秋　林

几对小夫妻，秋林路欲迷。
金黄红紫乱，日影辨东西。

春水初生乳燕飞

秋　香

即使易凋衰，依然灿烂开。
昨愁花谢去，今喜桂香来。

杏　叶

叶叶写深秋，沙沙昂起头。
从容风雨落，地上也风流。

白雪与梅花

轻轻又晚来，梅且笑开怀。
花与灵犀雪，心心早告白。

踏雪归来

向晚夕阳追，彩云高铁飞。
月升心似箭，踏雪故乡归。

家乡春雪

几问琼花几度伤，迟迟不肯落家乡。
严冬已尽无希望？春雪武功山下扬。

今宵是除夕

难忘今宵夜已深，亿家灯火照乾坤。
犹闻新月天边叹，忽见旧枝庭院春。

女神节感怀

盛世中华花竞妍，女神撑起半边天。
嫦娥不悔偷灵药，看好人间万万年。

梦见故乡武功山

庐衡韵影胜天堂，更有一绝顶上藏。
此境人间何处有？一只仙鹤入萍乡。

游武功山

沪萍高铁快如风，千里不觉临北城。
四面八方天下客，武功山下热腾腾。

登上武功山之巅

顶峰如毯世奇观，草甸云中似梦幻。
扎起帐篷邀日月，迷人山色几时还？

漫步珠海金银沙滩

金边银岸碧连天，赤脚沙滩足印添。
一浅一深一串串，留得惬意在心间。

卜算子·明月山还若有思

久未到温汤，今泡倍觉爽。窗外潇潇春雨歇，天气逐晴朗。

袁水过芦溪，汩汩东流淌。明月山还若有思，月亮湖边上。

清平乐·重阳登武功山

秋高气爽，节日来登赏。人老情怀都一样，山下熙熙攘攘。

三五登高临远，精神堪比当年。莫道重阳景晚，一览无限江山。

天净沙·江南暮雪

江南暮雪飘飘，蜡梅今夜娇娆，万水千山醉倒。漫天情调，古今多少离骚。

刘晓柯古诗词

刘晓柯，字青山，号半月，河南郑州人。

写相思

青丝霞帔已昨日，白首眉山若不知。
临帖终觉字还浅，轻拈红豆写相思。

贺圣朝·画相思

夏风执笔，点云描雾，浅染薄霞。画相思，谁引玉颜红，醉饮眷花茶。

青丝渐落，微遮羞目，珠泪轻擦。点香唇，一指蹙眉间，一指定芳华。

小重山·种相思

夏去炎风绕弱姿。点芳华玉露、绾青丝。漱衣扶案隐仙芝。红唇点、眉锁晓春时。

短梦尽芳菲。念琴音夜半、两相持。醉湘江浅影描眉，宫中雾、种几种相思。

临江仙·断相思

醉与情长长相断，禅心不问青丝。浅眠无梦问霜衣，夜鸣别鸟，不愿空听词。

摧花落羽情若叹，浮英吹月何期。昔日蜜语怎依偎，遣平常处，描冷雨蛾眉。

虞美人·忘相思

秋仙望去寻常早，泪眼相疑少。但凭三日雨澜澜，浅画西风不渡俏江南。

扶栏望醉醺明月，别引离愁却。暮辞湘水染丁零，再念凡心难断已曾经。

行香子·小满

草际鸣蛩。惊落梧桐。正人间天上愁浓。云阶月地，关锁千重。纵浮槎来，浮槎去，不相逢。

星桥鹊路，经年才见，叹离情别恨难穷。牵牛织女，莫是离中。一霎儿晴，一霎儿雨，一霎儿风。

诉衷情令·重阳

秋风几度叶青黄，微雨系重阳。西楼斜影残照，天角落云裳。

赋一曲，凤求凰，与红妆。愿得何所？一盼地久，再乞天长。

眼儿媚·霜降

霜降宵分愈孤寒，冷月赖衣宽。半杯浊酒，一尊金兽，两缕青烟。

纤云巧问清风里，玉影怎相还。梦中执笔，淡描唇珠，浅画眉山。

少年游·立冬

浮云东嵌月儿朦，俗事已成空。桃花山上，碧波潭中，镌了百年盟。

三生石篆今不在，来去衣满霜。白了青丝，暗了秋水，老了少年郎。

行香子·冬至

落叶风凉，对影微醺。冷意入怀怨黄昏。惘然思绪，年少芳春。有楼前雨，堂前燕，眼前人。

三千浊世，唯心莫问。对错何如劝一樽。半生半醒，幻梦无痕。忘花间酒，云间月，世间尘。

鹊桥仙·出尘

知秋一叶，轻描朝暮，淡写阴晴圆缺。明心问性许凡尘，参过往、不生不灭。

青瓷玉盏，斟三分酒，再品七分风月。平常多教事平常，忘来去、拈花成蝶。

蝶恋花·青山见

寂寞余生秋色慢，浮萍遇霜，难料俗缘半。风把竹枝随手乱，天南寂处怜星汉。

桂子寒香孤影羡，物是残楼，人是风尘面。惊梦沉思还月浅，微沾泪目青山见。

水调歌头·半闲心

拂杯又朝暮，去忘怨尤人。凡心浊世，看厌了万丈红尘。依稀弱冠浮梦，剪断鸳鸯织锦，提笔却失神。醉醒清明处，过往难相忘。

秋风夜，柳塘畔，横冷云。桂花淡淡，莺泣孤寂远山村。浅画春江烟雨，难举玲珑红印，点满目星痕。共一轮明月，却两种黄昏。

寿山曲·佛问

佛陀问我何悟，明镜台前怎为？心静自然如是，不闻八面风雷。不觉四季更替，不品红尘是非。不尝世间五味，不观日月轮回。不参善恶因果，不忘今生与谁。

玉楼春·问道

半世历劫经好恶，问道上清功与过。洞悉天地演乾坤，明辨阴阳分对错。

福祸有无得亦舍，聚散虚实勘始末。已知絮果晓兰因，却忘今朝谁是我。

邓礼明古诗词

邓礼明，笔名邓炖。高中毕业后任民办教师二十五年，先在村小学教书，后在中学教地理、政治、语文，之后在建筑工地打工至今。东到广东海南，西到西藏，足迹遍布半个中国。爱好文学，偶尔写一些文字来安慰自己追梦的心灵。

落 叶

岁岁寒风吹落叶，无人关注静修心。
唯凭瑞月来清照，馈送秋光暖意深。

孤 叶

历尽寒秋迎风笑，繁华散去独留枝。
可怜一片孤单叶，傲骨还如弱冠时。

东方是我家

日出东方挂彩霞，千山望尽又思家。
亲人唯愿同时望，都扯云霓当披纱。

农民工

改革春风吹赤县，离笼俊鸟任飞行。
多年驰骛荒凉地，两手支撑富裕城。
皓月繁星齐汇聚，清风丽日庆升平。
帮工转瞬回家去，岂敢欹城慕侈荣。

题高铁

洞壑铺桥沿翠岭，条条直路上青天。
三千里路须臾过，谁不疑心是大仙。

十二生肖（组诗）

夜　鼠

一听东府物丰盈，唤友叽叽列队行。
筑洞安身操旧业，搬粮嚼物最衷情。

春　牛

肩担重荷把田犁，不必怎呼自奋蹄。
敢笑青牛移步晚，曾为老君座下骑。

老　虎

隐匿丛林威凛然，轻欺神圣以身填。
伤心不敢林边去，邂逅松逯到九泉。

兔　子

静伴嫦娥捣药忙，行如闪电耀华晖。
谦虚谨慎交朋友，放眼天涯弃是非。

龙

驾雾腾云上九重，呼风唤雨万人从。
追波逐浪能潜海，施点神通笑险峰。

蛇

开宫二月闱，窃喜换龙衣。
有了新姿态，高声锦簇归。

马

安身草地意何求，百骥扬尘狗蛋愁。

战死沙场无复叹，千金买骨献良谋。

羊

一双尖顶角，从未划伤痕。

站立君情义，躬身母乳恩。

孤砧分骨肉，浊酒论杯樽。

善孝和仁义，周身散玉温。

猴

曾替兽君行管理，比邻相守互优崇。

添留猎网猴援救，列入仙班虎做功。

过客撒糖施媚态，金猴上树望遗风。

人人笑看挥鞭响，怎碍牵绳自练功。

鸡

咽草啄虫抽空隙，遵从承诺走农田。

平时不敢高声语，错意时辰扰乱眠。

狗

高堂同小舍，不舍主人身。
出院跟相送，回家备洗尘。
晨迎来访客，晚拒未邀人。
美誉咱诚信，东家着可亲。

猪

残糠剩饭总衷情，毁誉憨呆进宝城。
不问春光留几许，家家户户喜相迎。

王兰军古诗词

王兰军，甘肃省景泰县人。爱好文学，作品散见于网络媒体。

月梦千年

婵娟辉夜明，推窗喜相迎。
仙子梦千结，绿径寻夜声。

回　乡

脚踏故乡地，耳聆梓里音。
繁华街市口，那棵老槐寻。

家

老树盘虬干刺天，土墙瑟瑟朔风旋。
一家围坐红炉伴，时有笑声门外传。

希　望

春寒乍热人难安，临瞰梨园咫尺山。
垂泪枝梢心苦痛，重温旧梦盼来还。

祈　盼

叶绿花蔫枝漠然，蜜蜂嗡嗡落花前。
踏查园里心难定，蜜瘦人忙怨昊天。

回　家

山高路杳孤踪行，挥汗若然仍苦撑。
风雪行程只影单，妻忙子悦欣然迎。

父亲节遐思

微湿双目入神间，翻浪白云绕山远。
久别身影入黄泉，不知人世何时返。

父亲的烟斗

缭绕烟中火星闪，凝神屏气望山岚。
足翘磕灰积数匝，寸斗疏烟入云间。

棋

黑白双星布局忙，纵横捭阖有文章。
屏气围观心偷笑，运算守攻摆战场。

书

悬梁刺股状元郎，锦绣文章天下扬。
时空斗转几千载，乾坤无限手心藏。

白鹭恋乡

秋寒叶落草枯黄，静水清幽鱼蛰藏。
展翅鸣空鸾鹭起，依依不舍舞仙乡。

忆同学

贫寒啖苦影留根，求索多年岁已增。
踏平坎坷已无路，馥郁佳酿自引斟。

学 诗

无心平仄抒胸臆，天马行空彩凤飞。
羁绊穷途志高远，层峦叠嶂跃峰辉。

情伤香烬

乌发落尘根，情伤入梵门。
执迷无为念，闭目始重温。
冷石滴寒水，痴心断绝言。
红颜垂泪默，香烬绛幡魂。

春水初生乳燕飞

思念父亲

临窗凝视乡音处，几多风霜痼疾缠。
离别难辞忆旧时，爷娘何故逢灾患，
八人但剩父和姑，独影空生思与盼。
吾辈长成应不忧，孝心欲敬却迟慢。

梁师谊友古诗词

梁师谊友，原名梁秀江，黑龙江人。闲暇时学习写诗歌，目前在网络平台发表格律诗多首。

清浊自明

人生在世滚红尘，利禄功名要讲仁。
试看青莲泥下藕，污潭深处有清纯。

冬　至

寒锁江湖水不流，风吹草折岸停舟。
琼花一色飘千里，远望山峦尽白头。

秋　思

瑟瑟秋风地换装，菊花好看不飞香。
落英片片留诗意，芳草萋萋恋旧光。
骚人笔底多寂寞，墨客篇中画苍凉。
一生缘起心知晓，苦辣酸甜独自尝。

酒

杜氏奇才出此方，蒸储醇酿用纯粮。
琼浆可壮英雄胆，玉液能催竖子狂。
万首诗词三斗助，千篇曲赋九回肠。
闲来小酌添情趣，不问黄昏与夕阳。

谒金门·相思人不倦

望孤雁，旧梦勾连无限。往事回眸心绪乱。常记溪亭晚。

好梦留存虽短，难忘情缘初见。斜月西楼过夜半，相思人不倦。

捣练子·咏落叶

思念苦，别愁多，化作尘泥入爱河。来世还为枝上客，伴君风雨共婆娑。

浣溪沙·红豆惹千愁

霜过菊花雪满头，雍容华贵自然收。多情无奈怕深秋。

旧事有痕成记忆，诗心如水付东流，何生红豆惹千愁。

荡舟诗海，
岁月沉香

李占国现代诗

李占国，笔名我和云看太阳，黑龙江海伦人。1979年考入黑龙江八一农垦大学，从20世纪80年开始文学写作，1992年起在报刊发表诗歌、散文、小说等，曾出版诗集《耕》、长篇小说《边陲线上的绿色梦》。

寄给家乡的红辣椒

把房檐下的红辣椒
寄给家乡
在下雪的季节
去远方流浪
在远离家乡的地方
只有寒冷
没有避风港
掠过陌生房檐下的
是我受伤的目光
看见的是一扇扇苍白的小窗
寒冷把我的理想冻僵
想起你的真诚和火辣的热情
我才敢迈开大步
勇敢地走向你所昭示的天堂
大雁衔来一片春光
西风依旧
只有红辣椒
才能读懂远足的含义

于是在雪化的季节
黑土地天天向太阳
讨要真诚
交给所有撒谎的孩子

读 你

额头上印刷着无情
眼角出版了鱼尾纹
装订成一册世态的启示录
什么也不想的时候
窗外没有风
天气也不寒冷
纷扰的世界变得平淡
躺在季节的枝丫间
写下读你的日记
几年后想象你是一本朦胧诗集
埋在心底的欲望在疯长
读你
一直读到雾散太阳露脸
像流岚在我心中翻滚
淡化了固定的思维模式
像蜕皮的动物
一天天走向新的成熟

夕　阳

软绵绵的瑞雪
密密覆在黑土地上
才读懂她此时
沉重的心意
乌云收敛
露出半边斜阳
麻雀还在嘲笑
路边那半颗
跳跃的谷粒

军人的家

军人的家
是相思河旁的流动驿站
天天盼望日出
夜夜流淌思念

军人的家
是珍存脑海里的结婚彩照
你看她她近
你想她她远

军人的家
在天是明月
寄故园如水的情愫
在地是如星的灯火
照祖国的平安梦

怀　念

你成熟的身姿
消失在秋天的黄叶里
温暖的绿色
从我眼中消逝
秋风近了
片片落叶
把生长的轨迹
告诉大地
秋雨中的麻雀
辨别着回家的路
它温暖的家园
凉意侵袭
此时我最惦念
田园边的老槐树
叶子是否还绿

苍茫时刻

黄昏急促的脚步
追赶得太阳忙忙滚落
前方走过一对新人
雪花飞落茫茫的田野
想起了那些感人的笑容
朦胧的情感湿润了岁月
洗涤着我的心灵
永远澄澈空明
从我心灵踏出的路
该是你永久的归宿

凝望远山
总有苍凉的情感
一棵歪脖子老树
守候着一对花喜鹊
在我走近的脚步声里
叽叽喳喳地问候我
此时我最担心
浩瀚的银河边
有没有能渡你的船

真　诚

在思绪中踩出的路
秋天很快会成熟
想接近一种声音
双桅船把金色悄悄摆渡
生命旅程的每个季节
芦花在飞扬中传颂
从一个驿站出发
沿着茫茫的路
去书写自己的岁月
不管世人如何评说

心香一瓣

故乡
我是你放飞的风筝
无论飞得多高多远
都永远在你的注视中

生活
是五月的紫丁香
闻花花香
嚼叶叶苦

人生断想
人生的钟摆
总在
成功与失败中摆动

雪的随想

北方的冬天
雪总在意想不到的时候
拜访我
于是便有了
我们的传说
雪走进我的生活之前
我怀里揣着许多的玫瑰梦
总想印在她的心间
于是便有了
凝结情感的寒风
太阳滑过天空
洁白的雪
映亮了故园的夜晚
于是便有了
粉头巾下闪动的泪花

车过故园

故园是一本厚重的书
翻读十几页
仍然很茫然
把她轻轻地锁进书橱
梦中随我搬了许多次家
陈年的阳光照耀我成熟
也灼伤了我纯真的愿望
当列车经过故园
我突然发现刚刚把她读懂
她真的是一盏明亮的灯
灯光下的白发亲娘
身影还在挂霜的墙上飘摇
她仍然为悠悠岁月
缝补破洞的衣裳
我便是她身上永久的补丁

故园健康成长的野菜
仿佛曾经的我们
羊肠小道穿透一片葱绿
静静躺在她蓝底的
是我这株清香的蒲公英
拂去故园身上的尘埃
在车轮声里
闻着幽幽的墨香
静静地捧读
不管太阳是否落山

不老的人生

那把闪着寒光的镰刀
一缕缕割下父亲的岁月
十七岁的秋季
镰刀第一次嗜血
从此知道
父亲总伸不直的手指
在握镰刀的同时
握住了命运

那架深恋泥土的犁
一寸寸犁弯父亲的脊背
五十岁的春天
木犁第一次失恋
从此知道
父亲日渐佝偻的身躯
在交付劳作的同时
交付了自己

牵念枫叶

打印在心底的照片

静静地退出

我那本熟读的书

一片火红的枫叶

带着成熟的味道

抚摸我怀恋的目光

往昔依次上演

十月的幽香

保留着晚秋的韵味

讲述着悠远的缠绵

一片火红的枫叶

走过惊心动魄的季节

秋风匆匆逃离我的视野

以及花季照片中的回忆

听　琴

舒缓的琴声

如少女美丽的臂膀

光滑的圆弧舞在彩虹下

击打着浓云，飘下丝丝细雨

从记忆深处

打捞出历历往事

像缕缕散落的阳光

凝聚在晨曦的露珠中

杜鹃还在啼血

睡莲滴尽了相思泪

于是你提醒我

该上路了

趁琴声还没散

我眼中饱含着温情

舒缓的琴声

书写着一腔热忱

弹皱了一片思念

斜风吹过

思考着足迹是否正确

远方有一株紫云英

不管春夏秋冬

只要琴声走近

她总是绽放美丽的小花

优美的声音回荡在夜空

满天的星星在跳跃

悄悄地

蛙声被偷去了

村　庄

一条波光粼粼的小河

被沉重的叹息

伤心的往事

挤得越来越瘦

村里村外的故事
总爱在秋季里开花
顶着高粱花的古风
打扫着黄瓜架下的片片阳光
沿着一条废弃多年的土路
从城里弯弯曲曲走回的打工仔
兜里装满了新闻
十五瓦的白炽灯
点燃了听故事人的向往之心
妈妈在月地里走近鸡架
悄悄关起的是一年的盼望

一声声的犬吠
是村庄夜半的歌声
姑娘小伙没说出口的恋情
像闪电一样刚亮就灭
随着突突作响的送亲车
送走了一个又一个秋天
那些抹不掉的记忆
像一碗碗陈年老酒
啥时喝都醉倒季节
瑞雪压扁了小小村庄
一切故事都已结束
村庄还是村庄

心 雪

如瀑的黑发迎风飞扬
一道梦的剪影
心空便有许多凌乱的云
那凛冽的西北风
咀嚼着今夜的寒冷
我才读懂这灿烂的星汉
是心雪的窗帘
月光涂改着今夜的眷顾
宣布他是小小的阴谋家
洁白的雪地里
喧闹的人影排遣着孤独
静静地下了那么多心雪
洗白了大地的情绪
你说今夜应该堆雪人
用你的思念作她的眼睛
她就不会去瞅路边的情侣
也不会突然飘飘而去
扔下你在雪地里孤独地唱歌
雪人刚刚点亮一盏灯
就这样伴我走过春夏秋冬
雪人的眼里永远是晴空
我就是晴空中的一丝风
心的天空刚刚下完雪
路还很滑很滑

古老的意念

一扇深邃的小窗

闪过一张苍老的脸

雪地里

一个孩子

一截一截地锯着

古老的意念

声音随处流浪

穿过层层绿荫

叩问黄昏

震落一层

薄薄清霜

乌鸦突然闭上双眼

风便与我们无关

只有蜜蜂在花丛中

解一道多元多次方程

天空布满迷雾的时候

世界的脸庞

被霰弹击伤

夕阳的血

流满人间

嗜血的鸟类

飞向另一处高空

冬季写意

昨夜灵魂的一场大雪
漂去了我思想中的杂色
今天眼睛里的一阵狂风
吹亮了整个世界
在这寒冷的季节
为你披上一件御寒的棉衣
就能温暖这漫长的冬季
在光滑的雪地上
你不停地画着洁白的问号
当你抬头看我时
启明星一闪一闪
一个声音飘来
远方不知有没有乌云

自饮孤独

远处，城市的声音沸腾
屋里，孤独的身影辗转墙上
窗外的悠悠白云
拉长了柔软如棉的思念
时光漠然吞噬后
吐出
一丝浅浅的忧伤

我只好把田野的夏风捉来
关进心灵之房
没有时间去拜访
姗姗而来的下弦月
只是独守云房
端起酒杯悄悄品尝
孤独
落日一样彷徨

高粱地的传说

高高密密的红高粱
掩藏着一个古老的故事
一代又一代的传说
固定了那个时代的恋爱模式
去过高粱地的妇女
说话的声音虽然甜蜜
但上演的不知是悲剧还是喜剧
那时的人们都不爱吃高粱米
如今家乡的红高粱越来越少
偶尔的几垄也是绿野的红旗帜
姑娘们的性情如稻田的流水
依偎在男友的臂弯里
走在宽阔的马路上
从不瞅高粱地
在阳光下不管行人目光里的含义
几个没牙老太太
睡了长长一觉后
在浓浓的绿荫下长谈时

偶尔还动情地提起
只是因为过去的时间太久
在高粱生长的季节
那个故事已经褪成黄色
模糊了印记

故　乡

高粱开花的季节
故乡却瘦了
瘦成我思念中
一缕长长的记忆
牢牢地把我拴住
伴着母亲呼唤而即将落山的夕阳
玉带似的小河
轻轻地冲洗着
久久地徘徊在我梦中的
年轻时总想去收割的
那片庄稼
却因为轻云
我远远地站在
今天的土地上

如今高粱熟了
思念也熟了
熟成谷穗
穿着彩衣的故乡
被染成今天的金黄
那片庄稼被故乡

永久地珍藏
只有房后的那两棵老白杨
品尝着故乡的醇香
永远走不出扎根的村庄
站立
我成为永恒的山岗
为故乡把风寒遮挡

乡 音

一扇小小的柴门
传出一缕软软的乡音
黄瓜架上细细的绿蔓
攀缘着妈妈的话语
长久生长在我的心头
岁月悄悄流过
乡音就是家乡的小河
爸爸的脸庞如晒红的高粱
荷锄的身影
是一道开不败的风景
于是乡音从他微驼的背上
融进暖暖的阳光
照耀我成长的岁月
乡音是爬上房檐的牵牛花
远看近看都那么亲切
乡音如血
岁月如歌

垂钓月色

寒风谈笑着

沿着轻霜铺满的小路

在晨曦徘徊的身影中

来到我们心灵的月地

几片忧愁的枯叶

在静静的湖面

悄悄地钓着沉沉月色

在弯弯的林地旁

你送我一本《永别了，武器》

我正在翻阅《百年孤独》

浓云发出的微微颤音

呼唤着那些逝去的温暖

你想让我送你回家

那把开门的钥匙

在夜风中不知遗失在何处

你说你始终不懂

今晚月色的含义

回　家

朝霞像散落的金花粉

铺在了回家的小路上

生命的底色

被斑驳的树荫

分成无数块

映入茫然的眼中

这条小路坎坷不平

一颗颗露珠

瞪着亮晶晶的小眼睛

悄悄地瞧着匆匆过客

出了一个又一个谜语

谜底都被黑夜收去

眼镜蛇徘徊在回家的路上

有些阳光拐进可怕的胡同

回家的身影

随着月色从容不迫

从不紊乱的脚步

跨越了生命的极限

不知何时才能真正到家

家的阳光照亮了黑夜

站在门口的等待永远是那么亲切

今夜话题

时间在黑土地上

一遍又一遍地

踩弯了雨季

像镰刀一样的新月

割倒了黑夜的温暖

羊群离开家乡的时候

我们拢不回洁白的纪念

天幕不再是一张

叫思想走不脱的网

白杨树寻找着一种超脱

洁白的冰面

凝固着流动的意念

青蛙的鼓噪让我失眠了

静谧的世界只有一种声音

生命的喧闹便成为永恒

朔风卷走了我的一篇日记

没有月亮的夜晚

谁都不肯帮我去找

他们只顾围坐在火炉旁闲谈

战胜别人

不如战胜自己

雕刻人生

刻一艘洁白的小船

在你广阔的心海上远航

没有风

我以双手作桨

你的笑容就是我的帆

刻一只漂亮的小鸟

在你纯洁的蓝天下飞翔

你的美丽就是我的翅膀

乌云也无法将我遮挡

刻一片温暖的绿叶

在你一望无际的森林中成长

直到我化作笔直的白杨

也要陪同你把岁月守望

梦回春风

黎明的曙光

无情地揉碎了

又香又甜的美梦

时光老人

颤巍巍地走出来

把她挂在

记忆的篱笆上

唱着骄阳流浪的曲子

风化成千年

不变的化石

在孤独走近的夜晚

端起陈年老酒

一杯杯浇灌

沉醉的我

走过一次次心灵之旅

欢乐是四季的笑脸

痛苦是雨天的企盼

只有春风

在梦中重复出现

才充实了平淡的人生

沿着你用夙愿

铺就的陌生小路

打着你用目光

制作的小伞

我不敢问路

默默向前

走过许多年的雨季

编织传说

舒卷的云

搂着我十岁时的愿望

搂着今天的你我

共同编织一段传说

阳光是北方的四轮小马车

装走了冰凉的黑夜

行驶在心愿铺就的小路

我睁开双眼

看见猜了一夜

都没猜对的谜语

堆放在遥远的荷马时代

出于无奈

我悄悄吹起童年的柳笛

你就在这笛声里洗澡

一叶小舟荡来麦田的心事

我无法告诉你星星的秘密

那天夜晚你的心中刮起了台风

走过雨季走进严冬

构思的颜色如沉重的叹息

大烟泡刮走了今天

安宁独守着夜晚

情感上烫下的伤痕

再巧妙的双手

也无法织补如初

你写信时总是向我讲述

一些融化了的冰雪故事

那上面贴满了
彩色的玻璃糖纸

疲惫的记忆

田野的秘密被阳光揭穿
那只飞鸿落于傍晚
田间小道上的一辆牛车
载着悠悠绿色缓缓向前
我懒洋洋地躺在牛车上
猜想着满天星星的心事
一只解放鞋丢在了路边
被一只顽皮的老鼠拖进了梦的港湾
当月光走进你我
改变了我们凄凉的心境
结着紫丁香一样的心事
攀登着今晚的月光
你那飘动的身影
永远在我的记忆里流浪
我很疲惫，总想睡觉
你紧紧拉住我的双手
劝我今夜不要做梦
趁这温柔的月色
一定要认真地玩
棒
虫
小鸡
老虎的游戏
你说你今晚绝不耍赖
绝不耍赖

小 河

一条幽静的小河

河水像断线的银珠

遮掩不住你洁白的身躯

我们想洗去旅途的辛苦

你在桥那边

我在桥这边

那匹心爱的枣红马

藏在记忆里

望望你

望望我

一条鲜活的小鱼

思考的方式很特别

感叹的声音被浪花淹没

一座高高的河堤

似乎堆满了雪

我们爬上河堤

河面的冰排在浮动

一片乌云飞驰而过

结束了我们一天的好时光

我们急忙滚下堤坡

下面是一片碧绿的田野

锄草的人们早已走到夕阳下

剩下两垄田

一垄是你的

一垄是我的

我很懒不爱干活

你就轻轻地给我唱歌
一直唱到月升太阳落

写给记忆

总是在梦里
按照我的想象
设计你的形状
流成一种水的姿态
便有牛仔裤穿着，春风里
你美丽的灵魂是一件绿长衫
燃成一团旺盛的火
便有一套红毛线裙
笼罩着你青春的天空
无法走进的事实
在弯弯的小路上寻觅
在朦胧的晨光中
只有亮晶晶的露珠
夜夜书写着
人生的大问号

心 韵

那晚的树枝真迷乱
不顾北风的阻劝
抬手撕碎了银色的星空
随手抛下一地的哀叹
茫茫北国流淌着冬韵
小鸟还在舞着东风
看一眼北大荒的枫叶
世界就失去了血色
子夜时分
我刚刚入睡
一只会耍阴谋的手
悄悄地摘去了我床头的灯
照亮苍凉的寒冬
于是我的晴空
经常刮起白毛风

一场美丽的夏雨
浸泡着黑油油的土地
滴滴流淌着美丽
我刚刚迈出一步
就踩翻了一盏
星星灯
我坚信
我们一定会重逢
即使故园再冷
我也不会悄然离去

同 旅

如果说邂逅是一种美丽
我们培养了许多话题
那么
分别就是一首长歌
我们的心田长满了记忆
秋风轻轻刮过
霜来的日子越来越近
我们收获的季节
就是久远的黑白照片
永远贴在阳光这个金色相册里
流淌着那些逝去的心境
犹如收割后寂静的田野

我牵着季节的手
走过多少年的坎坷
只是脚下的路
还是那么迷茫漫长
渐渐地化成远山一线
与南归的雁群共舞
同旅的日子
即使是阴天
也那么美丽

沉重的前途

端起黎明这只高脚杯
我们悄悄品尝着离别
天空传来沉闷的叹息
不知是雾还是雪霰
湿漉漉的
沉甸甸的
是我们共同走过的日子
阳光静静地照耀着大地
晚风卷走了一段段难忘的岁月
当太阳跌落山坡
我从地平线走过
没有注意身后会刮暴风雪
我不敢判断
明天的路上
会刮几级风

湿月亮

把岁月做成桨的时候
愿望就是一叶小舟
静静地滑行在目光中
红太阳高高地照在前头
飘逝的白帆

刮伤了岸边的绿柳

我只顾欣赏远山的风景

金风悄悄偷去了我的桨

在长满庄稼的黄昏

小舟寻找着安宁

家家打开的窗口

隐没的夕阳，一派苍凉

那是一条泥泞的小路

累到了我金色的时间

缓缓爬上岸的

是一轮湿淋淋的月亮

彩色童话

七月，一个闷热的童话

披着色彩斑斓的外衣

走进我们的夏夜

于是便有了一盏金橘灯

绽放在星空下

雨季说来就来了

小花伞撑起晴朗的天

不管路途多么遥远

那条深深的长巷如小河

是生长在阳光下我永远的家

多少年，藏在蘑菇伞下的盼望

幻化为未来的相聚

那时，你用紫云英编织的甜甜的故事

一定是玻璃糖纸

包裹着的彩色童话

致······

你的眼睛是一泓清清的湖水
我的心是一条窄窄的渔船

渔船荡起的碧波
激起了随风飘动的渔火
点燃了湖面皎洁的月光
那正是我希望的倩影

白云飘落湖面
捕捞出真情实意的浪花
没有船的湖水泛不起波澜
没有湖水的船只能搁浅

你的眼睛是一泓清清的湖水
我的心是一条窄窄的渔船

啄食粮食

我拿着一件件耀眼的往事
躲在绿叶下暗暗发誓
八点钟一定去看你
害怕你和他举行婚礼
沟里来了一位女巫

扭曲的刀疤拖至耳后
她一定要给我算命
你知道我是不相信命的
十二轮太阳炙烤着大地
田野里的蒲公英
成片地喘着粗气
没精打采的淡绿
对我暗暗生气
火车已经开走
车票还没弄到手
你还在原地打转
焦渴的囚徒围住我
燃烧着欲望的目光
落在我的身上
一担清水撒在他们的脚下
时钟正好指向十二点
忙碌的人们突然昏睡起来
只有一双眼睛吸收着阳光
村里传出消息说
稻草人被一个顽皮的孩子偷走
乌鸦正在啄食粮食

写在下午四点半

温柔的阳光
来自那么远的北方
守候在静谧的西窗
照在下午四点半
缓缓移动的

时间的身影上
和以前的有些异样
我还在不停地眺望

一头长发
轻轻散开
别人眼里的哀叹
是许多年前的惊诧
我真的不知道
那棵柳树
为什么还不发芽

五月的诺言

你离开家的那个夜晚
曾经向我许下诺言
告诉我世界不会黑暗
五月永远不会变脸
于是我在诺言中等待
一直等到今天

一个淘气的小子
趁黑夜
总想把你的诺言偷走
做成五月的风筝
放于遥远的地方
我怕那根细细的长线
留不住你沉重的思念
连天的大雨

把你的诺言淹没
我只好用云彩编织渔网
打捞过去的时光
我知道
你用诺言铺就的路
是我回家时最好的坦途

世界的皱纹

漂泊的野花
静静地吻着太阳的影子
吻多了
就叫爱的路
吻累了
就仰头看那晚的星星
留给夜空的
是窗前的街灯
撒满一地
苍白的叹息
清晨的雷雨
打碎了我眼前的风景
像摇落的榆钱儿
纷纷逃离了我的世界
在那飘摇的清晨
我丢失了一顶旧草帽
那上面长满了
世界的皱纹
我不知道
明天

是否该写个寻物启事

春天的纪念

纷乱的风引错了方向
稀疏的星是从不问路的
你用玫瑰梦编织的小路
被叹息的雨滴砸碎
我便知道
你是我田园里的一株紫丁香
在五月不定的风中
捎给我许多芬芳的问候
浸泡着许多关于你的梦
金色的阳光骑在我的肩上
接受着晚风的诘问
照亮了你远行的脚步
握一下你温暖的双手
蒲公英飘飘然地昂起头
在我的口袋里
还装着你给的未成熟的青杏
在故乡审视的目光里
我不敢咀嚼

那场雪

摇曳的雪花

飘进北国白色的黎明

我担心在雪地里

你把那些模糊的记忆

都告诉那个长不大的雪人

就忘记了回家的路

我便拿起一把新扫帚

悄悄地打扫着寒冷

露出一条真诚

弯弯曲曲的雕刻在

白茫茫的雪地里的小径

记忆便没有了疲惫

我更害怕那个坏孩子

偷偷地把我的思念背走

送到茫茫的大森林里

喂那些永远也吃不饱的怪兽

那样的话

我的愿望

就会凝结成冰凌花

冻结在你的窗上

仰望着寒冷的星空

深夜的我

看守在你的窗前

就不会有人

踩乱你那条洁白的小径

原来的笛声

如果你的声音来自精致的牧笛

我就是那吹笛的牧童

那剪不断的笛音

像理还乱的雨丝

编织着流年旧梦

于是遥远的东方

便有一张沧桑的面孔

因为你的笛音而生动

如果你的眼神是雨季的阳光

跳舞的庄稼就不会疲惫

在那遥远的地方

倔强地生长着一片月光

那是我们的新港湾

在那朦胧的水泊边

我就是载你的月牙船

悄悄地划到你的面前

请不要再等黎明了

预报说夜半时分有暴风雨

小舟是不敢出航的

如果你的眼睛是耀眼的灯光

我孤远的小屋

就不会坠入黑暗的陷阱

那些闪闪的星光

焊接了寒冷与温暖的裂缝

我抬起模糊的泪眼

怎么也看不见西天的霞光

却看见夹在你书中的红枫叶
我才知道
曾经走过的路
是那么泥泞

寄　语

走在城里的田野
低落的心情
敲打着无助的黑夜
默读你的背影
如同听到落雪
远去的是风
走近的是雨
沉默的是你
呼号的是我
一件国王给的新衣
穿在月光身上
我能看见
那些密密的线
缀满一身
是你叮咛的话语

沉　重

雨季的收获

总有潮湿的感觉

母亲催我去远方旅行

或许能找到一片艳阳天

把发霉的心情晒干

我到过八百里秦川

找来许多兵马俑

排列成长城似的散兵线

守望着远古的家园

防止穿着比基尼的女郎

闯进秦始皇的寝宫

历史写下了

今天这许多令人流泪的篇章

惊雷淹没了我和孔子的对话

河水漂走了他的一段格言

李白潇洒地递过烫金名片

那上面印着许多显赫的头衔

我刚刚把诗稿给他

一阵秋风急促刮来

把我的诗稿吹落一地

还没等我弯腰去捡

铁木真的铁骑疾驰而过

踏烂在泥里的正是我的心血

一首千古绝唱的诗换一杯酒

李白和杜康还在讨价还价

杜甫在远方向我招手说：

去看看草堂前是否已盖楼？

车子左面的风光

我透过模糊的车窗
看见耀眼的阳光
山坡下
那一排排废弃的窑洞
残败的昨天
和新房旁边
杨树长出了嫩叶
我行进在三晋吹过的古风里
一座座乌黑的煤堆旁
那洁白的柳絮也仿佛站稳了脚跟
那些黑白分明的
我不敢肯定
是你的昨天
还是我的今天
或许应该是
我们共同走过的
遥远的时代

车子左面
是被太阳晒瘦了的
一块田地
毛茸茸的
长出弱不禁风的禾苗
还有强悍的杂草
农民都坐在远处的树荫下
看着那硕大的矸石山

还有那冒着烟的工厂
乡村的风被五月
裁成一窄条一窄条
我就是从这窄窄的风中穿过去
回到了车子的左面

伞下记忆

一把碎花小伞
撑起我们的一片天
你说在雨中
我们更需要温暖
在没有星星的夜晚
我们一起走过许多年
疯长的往事
放牧着绿茵茵的愿望
渐逝渐淡的故事
顺着密密的雨点
在记忆里游泳
从不受阳光的约束
我说天晴时
我们还要走各自的路

我的秋夜

成熟的秋风唱着悲歌

我就可以对着你的笑容哭泣

曾经的诺言

已经长满半边的青苔

今晚的明月

以为你已经款款离去

那习习的秋风

粉刷着夏夜的样子

在那盈盈的一水间

我静静地摘下的

是谁都听不懂的花语

在你默默无语的目光里

远方就是一个谜

那些飞舞的落叶

是深秋的纷纷落泪

淋湿了我青春的诗句

今天的我

想听童话

又害怕童话

于是我的秋夜

拉黑了对你的思念

仅存的温暖

你也说伤不得！

写给下午五点半的雨

两片绿油油的麦地间
大雨蒙眬了麦田的眼
不知是什么原因
我来到了下午五点半
奔跑时
一条小水沟
流淌着粉红色的思念
绊倒在它的面前
空气的味道有点咸
我抚摸着冰凉的雨滴
不知道现在的真正时间
那天的太阳真好看
只是朵朵的白云
遮住了你的脸

记　忆

昨天那片黑土地
几株开花的玉米
是春天走过的足迹
那遥远的田野边
人们好像正在看戏
还有一些人像游鱼

游动在夏天的暮霭里

那个遥远的城市

我再也无法走回去

只好靠梦想去延续

时间用黑色的眼睛

看着我发黄了的履历

我用力拍打掉身上的过去

就是想把青春忘记

但岁月还是回了家

我不知道

是否该走向村外

那里是一片废墟

掩埋着全村人那些

永远不能临摹的记忆

过 去

在村头的路口

站着几个抢夺黎明的人

一辆破旧的汽车

和我们还有一段距离

摇摇晃晃走着的

是两道逝去的影子

他们埋怨天埋怨地

增长了很多坏脾气

他们走进一个小屋

我那昔日的恋人

早已没有了踪迹

她留下一张白纸条

上面没有任何字迹
人们根本不知道
她要告诉大家的
究竟是什么

故乡那一抹愁

遥远的夕阳
招呼我走进故乡
一座座老房
已是满目苍凉
房前屋后的庄稼
遮盖住昔日的辉煌
寥寥的人影
晃动着仲夏的微光
不知不觉
我的心满是惆怅
这哪里是我的故乡
她为什么那样荒凉?
村里的老人
相见还能相识
他们渐渐弯曲的腰板
述说着往日的坚强
他们也曾是祖国的脊梁
用他们青春的汗水
滋养着祖国的光芒
如今他们的目光
失去了昔日的光亮
遥望着看不真切的城市

那里有他们的后代
他们知道
城市越来越富强
而农村还需要振兴
他们也担心
祖国的未来
要靠谁去滋养?

折断翅膀的目光

我的目光今晚有点疼
因为看到你之前
纷乱的世界没有方向
我那些折断了翅膀的目光
逃到了不同的地方
有几个很瘦小的
蹲在墙角暗暗地舔伤
那些血淋淋的落叶
你悲伤地说"我不看了
找一个有花的地方埋葬
那些过去就和我无关"
说完后你从容地翻过几道山岗
那些山岗的夏夜
也是一个很好的夜晚
据说雨下得到处流淌
我无奈的目光
在雨中连想都没想
就撑着一把老式油纸伞
徘徊在有紫丁香的小巷

等一个叫徐志摩的诗人

听说他的目光深远悠长

能给我的灵魂疗伤

可来到我跟前的

是那晚江边的月光

江水在树林边徜徉

清风在远处飘荡

月光的那句"不要离开我"

是黑夜的一个句号

也成了我身后

永远徘徊的影子

我知道

你所有的目光

都失去了翅膀

纷纷跌落在我的身旁

随之落地的

还有我的那些理想

月见草

飘在云雾中的岛

留下淡淡的记忆

那是株难忘的月见草

她婆娑的身影在月光中轻轻飘摇

睡梦中又化作朦胧的桥

引我走向明净的清晨

朋友告诉我

她在风中祈求雨露和温暖

叶子碧绿，没有枯黄

寻找月见草

走了那么远
寻找梦中的岸
晚霞在天空写意
蛙声穿过暮霭把黄昏牵来
含泪的野花
鼓励牧归的黄牛
蹚过古老的渡口
跌进村庄那悠远的记忆
一缕淡淡的炊烟
述说着金风的晚年
田地里一个纯真的孩子
蹦跳的身影飘落又升起
想找一株月见草
天空满是飞翔的红蜻蜓
他在古老渡口的石阶上
画下一排又一排太阳
希望把所有的黑暗埋葬
让月见草健康成长

又见月见草

那天午后
斜阳懒懒地想着心事

手舞足蹈的南风

慌慌张张地走来

我不想见她

她一脸坏笑

蹲在我的窗下

伸手抓住我的影子

阴险地说

我帮你找到一个

你找了多年的秘密

于是，我跟着南风

穿过长长的大峡谷

来到传说中的空中花园

孟秋的山峦

是一个个忧伤的符号

满山的植物

在撒同样的谎

只有那株霜后的月见草

满身疲惫

一脸泪水

顽强地站在秋风中

真诚地迎着太阳

天天向远方眺望

不顾别人的嘲笑

幽幽地问道：

那年春天

你去哪儿了？

秋 雨

北方却下起了秋雨
我的思绪
在雨声中飘回故里
看见祖屋后面的那片
瑟瑟发抖的老玉米地
垄沟没膝
垄台到腰
田野里都是黑泥
突然一排红色的收割机
在枯黄的玉米地里
挥舞着它们的臂膀
那些小拖拉机
拉着蓝色的车斗
停在地头
准备把一年的辛苦拉走

我看见玉米地中间
有一座低矮的泥草房
房门洞开
灶台上空空如也
灶膛里的柴还在燃烧
看不见我想要的东西
于是我抬眼望去
只见不远处有片西瓜地
于是我弯腰冲了过去
慌忙扭下一个西瓜抱进怀里

扭头一看冯二驴子
站在我身后不远的地方
吓得我嗷的一声向前冲去
感觉西瓜真重
压垮了我所有的斗志

一条小毛道高高低低
穿过那片玉米地
歪歪斜斜伸向北面的灌区
那里曾是我们夏天的乐园
玩耍，洗澡，抓鱼
是我们每天的进行曲
而今却是破败的沟渠
野草萋萋
倒塌的水泥构件砸毁了我的记忆
干枯的小沟中残留着细流
结了冰的样子毫无生气

我突然抬头
看见小毛道上
站着我曾暗恋的她的妹妹
胖乎乎的脸上挂满笑意
似乎卷着一条裤脚
伫立在狼狈的我面前
我怀里的西瓜立刻难堪起来
她笑眯眯地说：
"在打谷场北面的高台上
我开了一家铁锅炖
拿手菜是铁锅炖大鹅
还有豆腐炖小杂鱼"
我看见泥泞的道路

还有她鞋上的黑泥
心里还想问问她姐在哪里
是不是还像以前那样美丽
没想到她说了一句
"饭店客少
老是赔钱"
我暗想那你为什么还开下去

夜半时分的秋季雨丝
不知是因为寒冷
还是错过季节
粗暴地推开我的窗子
冻醒了追寻足迹的我
我想这个季节的雨滴
不知会有什么含义
但我预感到
肯定不是好的小夜曲
我始终埋怨
这一生中常见的秋雨

致老同学们

那天的课堂
气氛有点悲凉
班主任伊老师
双手抱臂
坐在讲桌旁
不知在做何感想
也许在梁山好汉的故事里徜徉

也可能在回味昨晚白酒的余香

我的同桌于河高高胖胖

坐在座椅上实在无聊

看见前座顾艳玲的辫子又黑又长

便用枯草叶

编成一个漂亮的蝴蝶结

偷放在顾艳玲洁白的颈上

他突然得意地笑出声

引起全班人的惊慌

一道道目光

像一把把利刃

把我俩的脸砍伤

班花气昂昂骂道真不要脸

于河的拳头狠狠地砸在桌上

我抬眼一看

伊老师还悠闲地稳坐着

似是假寐

而班花乌黑的长发

轻飘飘地在额头上飞扬

我拉起于河赶紧离开教室

来到门前的甬道上

看见四大队的两个坏小子在摔跤

于是我使出洪荒之力

将他俩推倒

我抬头一看

于河悠然地赶着牛车

把手中的大鞭一扬

狠狠地抽打着月光

逆光照片

阳光一来
我们的心就亮了
那片洁白的沙滩
埋伏着许多天真的诱惑
有人在反复玩一种游戏
他们粗鲁的脚步
踩疼了漂亮的潮水
潮水发出呜呜的啜泣
那天，遥远的那天
太阳真好

阳光在我们背后生长
镜头刚刚闪过
太阳的脸就羞红了
潮水使劲摇着海岸
泡沫似的夙愿
打湿了记忆的孤帆
黄昏便是永远的留念
那天，遥远的那天
不冷也不热
太阳真好

那天，遥远的那天
笑声被悄悄收藏
我终于挺起脊梁
逆光照上

天真地走过一个个村庄
寻找着故乡的红高粱
那天，遥远的那天
太阳真好
我却永远辜负了她

怀念青春

走着走着
一切就成了过去
一些流淌的记忆
还在追赶
青春的足迹

泥泞的雨季
呜咽地诉说
那些逝去的传奇
愿望一点点消瘦
演绎成今天的白胡须

天空中那些牵挂的云
我经常不满意
曾经梦想洗白的昨日
在风雪中走进我身躯
是谁在轻吟归去来兮？

写给仲夏的紫叶稠李

徘徊在美的边缘
我的心被一种颜色刺痛
我不知道这是谁的错
看见那一片片
归属时空的叶子
紫色中的斑斑点点
是红色撕裂的开口
夕阳西下的冷脸
拷问着我所剩余的时间
她指手画脚地嘲笑
那些流过血的
发抖的小浆果
只有路过的风
在我耳边轻轻地说
 "还有十几天
那些漂亮的颜色
就会乘坐阳光的小船
挂起晚秋的风帆
悄然长眠于山峦"
我知道
这一路留下跛足的身影
是你闯过的艰辛
或许很久很久之前
你会对逝去的西风说
 "这不是你的错"

回　首

一个窄窄的山垭口

冲进一辆车

扬起的灰尘把我们的视线蒙蔽

豪横地冲撞过去

把一辆面包车撞进池塘里

透过敞开的窗

我隐约看见

有人在哭泣

有人在逃命

有人在呼救

我想去营救

但我不会游泳

我只是拿出旧镐头

在池塘边种植紫罗兰

让它们攀援着我想说的话

生长成昨天的天地

没有想到

突然来了一场冻雨

紫罗兰只能咽下浪漫的诗句

重阳的寒潮

重阳节我们是认真的
但秋风却耍起了脾气
于是
车里的人
都穿上薄薄的寒衣
我拿出发黄的旧照
一张张地翻阅着过去
身边的一位白发老者说
　"过去的不会走回你心里
看看明天的阳光才惬意"
于是他穿过拥挤的人群
坐到远方的阳光里
我身边的一位少女
半躺半卧
拿着手机
在哼唱一首忧伤的歌

开车的司机
是我儿时的伙伴
他开了一辈子拖拉机
而今却开起大巴车
但就是找不到故乡
大巴穿过一座村庄
看见前面一片绿地
还有河流在寒风里哭泣
我怕没有回路急忙催他返回

两扇矮矮的篱笆门
遮挡了我们的未来
我飞起一脚，踹出一线光明
他急匆匆地飞驰过去
我回头一看
一个跛足又迷途的农人
骂着我们

在泥泞的土路上
勉强找到一块安全区域
我那个开拖拉机的司机
翻找出陈旧的尺子
一定要量大巴的高低
前方的距离
还有车里人们目光中的含义
我非常生气
催他快快离去
但他还在研究着计算公式
我怕寒潮追赶过来
冻僵了美丽的时光
而那些失眠的故事
就会慢慢地浮现
不知道有谁
会想起时光的忧虑

未来的身影

片片落叶

是秋天怀旧的声音

砸在纷纷沉淀的心事上

原野在斜风细雨中走向过去

恍惚中

总是惦念那个初春的早晨

阳光用温暖的手

紧紧握住我渐凉的心

于是这凄苦的秋雨

便有了离愁的滋味

在这寒冷将至的日子

牵挂的是风

动人的是雨

终生难忘的

是那株明媚的月见草

她纯洁美丽

在我漫漫的人生路上

点缀着

总想在风雨交加的季节

去那条清清的小河上泛舟

还可以拍几张纪念照片

一张是相识

一张是相知

一张是相别

一张是相思

挂在灵魂的床前

抚摸坎坷不平的土路
哪些是深远
哪些是永恒
我的未来
就是你今天
飘落在地上的长长身影

刘易知现代诗

刘易知，笔名悠悠我心，黑龙江省哈尔滨市人。毕业于哈尔滨工业大学经济管理学院，管理哲学博士，高级讲师，高级政工师，人力资源培训师，书法家，诗人兼策划人。著有《统治力》《360度人力资源》《中华儿童全脑训练》《流淌的心泉》等。

故人情

一万年前
梦见过你
不承想
在今世的百年里
不期而遇

我忘记了
你轮回的前世
是不是一朵花
也忘记了
我轮回的前世
是不是飘飞的柳絮
哲学家说
人生本没有意义
而你之于我
却如同采荷时哼的曲子
数学家说

世界不可能美满
我之于你
就像无限不循环的圆周率

飞檐挂月
思绪若一帘水
轻风走笔
难描一处心迹
蓦然回首间
已残缺一地

来的来过
去的去了
如果你愿意化为红豆
我更愿意在诗里
遣词造句
……

秋

又一次和你不期而遇
是盛开的菊
提醒了我
而似曾相识的
还有叶脉
渐渐凸显出粗细分明

是时候了
雁，梳理着丰满的羽毛
树，要留下年轮的痕迹
雨，飘得有些缠缠绵绵
人，开始寻找李清照的诗句

小溪的水
正惜别昨日的柔
葳蕤的草
想记住最后的绿
虽然，月色依旧
可远望的
早已是相思一地

特别是那风一吹
纵然隔着千山万水
也总把
一枚心笺邮寄
……

张迪戈现代诗

党的恩情永难忘

迎着蓬勃的朝阳
百年前的嘉兴南湖驶出中华民族的希望
冲开滔天的巨浪
镰刀与铁锤的旌旗指引中国革命的方向
百年的征程波澜壮阔，百年的奋斗历尽沧桑
亲爱的党啊，您的恩情永难忘

开天辟地
您如星星之火点燃华夏民族心中崇高的信仰
浴血奋战十四载带领中国人民赶走倭寇列强
推翻三座大山的压迫，劳苦大众翻身得解放
百年的风起云涌，唱响东方红
伟大的党啊，您的恩情永难忘

改天换地
您于百废待兴之艰难中开启兴国大业
锐意进取的步伐豪迈铿锵
您劈波斩浪
奋力划动改革开放之巨舟，再次扬帆起航
光荣的党啊，您的恩情永难忘

惊天动地
新时代新征程铸就伟大复兴之梦想
建设中国特色社会主义，彰显中国力量
只争朝夕不负韶华，"十四五"开局使命担当
大国神威锐不可当，中华民族傲然屹立世界东方
伟大的党啊，您的恩情永难忘

百年荣光
万众一心的激情点燃永恒的信仰
永远跟党走的誓言在苍穹飞扬
鲜艳的党旗啊，飘扬着中国人宏伟壮丽的梦想
伟大的党啊，您的恩情我们永远难忘
我们与您一起不负韶华乘风破浪
再创百年辉煌

祭　父

如约而至的清明
苍茫天空落雨纷纷
承载着无限愁绪的缓缓车轮
默默驶出熟悉的老屯
奔向永远活在儿女心中的您
郑重献上朵朵绽放的白菊
对您表达深深的哀思
仿佛又看到您慈祥和蔼的笑容
那是绽放在我们心中的花
对饮一杯您生前爱喝的酒
想象您还像当初那样高兴
烈酒能把我们从晨曦醉到黄昏

但醉不倒思念您的儿女

三炷高高的香火冉冉起烟

一排儿女孝侄跪拜叩首

泪雨滂沱中想念如云

怎么能让我们不去追思追寻——

您一生勤勉敬业明德明理

呕心沥血创建诸多不平凡的功绩

五十年代远离老家吉林

您跟随爷爷来到北大荒不毛之地

从此在这里扎根

对知识的无限渴望

多年苦读考取师范学院

让理想插上羽翼

为人师表教书育人

创办企业发展地方经济

造福一方

创办乡镇企业羽绒服厂

用轻工业产品换回耶律赛收割机

带领农民种植矿泉水稻

把双泉变成"矿泉鱼米之乡"

带领乡亲培育良种

使双泉成为黑龙江省大豆种子基地

在职十三年老百姓对您有口皆碑

您却总是淡淡地说

"为乡亲致富不求感恩"

文学是生活

生活亦是文学

一生钟爱创作的您

总是用名人的话来激励我们勉励自己

因为善于思考笔耕不辍
您一生书写多部农村题材文学作品
您被省作协称为"乡土文学作家"
并获得省劳模等诸多荣誉
然而您一生淡泊名利
做事勤勤恳恳，做人清清白白
秉持廉洁，一身正气
勤劳纯朴的本性和高风亮节的气度
让儿女们无限敬仰

本以为退休后您能安享晚年
可很快被可恨的病魔缠身
最终去了遥远的天堂
离开我们
这一别，永失我爱
心如刀绞哭得声嘶力竭
我们却无力回天
为您盖上鲜红的党旗
您最喜爱的作品《狼图腾》《通往天堂的路》
伴随在您的身旁
我们遵从您的遗愿
将您送回老家墓地给爷爷奶奶顶脚
亲爱的老爸
不管您的灵魂在哪里
我们的心将永远与您在一起
您坚韧不屈的血脉
一直在我们身上延续
激励我们从懦弱走向坚强
走出自己壮丽的人生

清明的雨还在淅淅沥沥地下着

美丽的菊花还在恣意盛放
墓碑上您的眉眼依然带着笑意
我们是谁家子，根生在何方？
您在世的时候一直教导我们
凌云之壮志，四海之胸襟
一生要做有家国情怀的人
一生要做追求伟大的人
真理和美德是艺术的两个密友
一生要做追求真理，喜爱艺术
品德高尚的人
爱里无远方
感恩节里想爹娘
亲爱的老爸
今年是中国共产党诞生一百周年
我们一定不会辜负您的期望
做一个永远为人民服务的人
亲爱的老爸
愿您在天堂永远幸福快乐
等我，我一定会去为您顶脚舒心
吟诵您最爱听的
我写的那首《深情》！

飞扬吧，你的青春

——写给金榜题名的侄儿

你曾经，牵着父母的手
走进知识的象牙塔
你曾经，以阳光的心态
细数过冬天的雪花
从咿呀学语，一步步
成长到青春年华
今后，你要心怀梦想
独自闯天下

愿你
以奔跑的姿态搏击风沙
愿你
面对重重苦难坚韧不拔
愿你
经历失败依然相信明天的朝霞
愿你
睿智成熟绽放成功之花

像雄鹰翱翔天空
像海燕蔑视乌云的促狭
像闪闪烁烁的萤光
在午夜的风雨中
执着照亮仲夏

飞扬吧，你的青春
不惧人生旅途
风雨交加
不惧岁月沧桑
被云烟笼罩的刹那

飞扬吧，你的青春
以旋风般的速度
以勇士般的力量
向着梦想中的巅峰攀爬
不回头，不惧怕
你值得更美好的未来
以奋斗之名，成就人生赢家

飞扬吧，你的青春
带着亲人的嘱托
带着凌云壮志
不负岁月不负韶华
扬帆起航，出发！

关云长

千里走单骑
忠义两相全
万里山河踏遍
战火烽烟中叱咤
寒月沉沉
一把青龙偃月刀
上下翻飞血染黄沙

一匹赤兔烈马
呼啸间驰骋天涯
情痴入心魂
将主人身后事牵挂

飘逸美髯公
一代武圣庙堂供敬仰
为民行道威名远播
匡扶汉室
演绎桃园三结义佳话
肝胆相照义薄云天
身处曹营心不移
三英战吕布
施巧计灌水七军
温酒斩华雄
杀颜良诛文丑
过五关斩六将完胜樊城
研读兵书百战不殆
出生入死刮骨疗毒
勇武惊世美名扬
大意失荆州无奈走麦城
英雄自负把命丧
呜呼
易水寒洗尽铅华

也曾波澜壮阔气如虹
也曾对酒当歌夕阳如画
英雄气概撼动历史风华
但看乾坤流转
不负苍生
不负华夏
不负英雄梦

千百年书写协天大帝神话
于青史留名

铁血长津湖　悲壮冰雕连

——献给长津湖战役壮烈牺牲的伟大英雄战士

用年轻的生命上演
千里刀光影万里赴戎机的壮观
用顽强的意志书写
矢志不渝气吞山河的家国情怀
让历史告诉未来
铁血长津湖悲壮冰雕连
巍然见证
中国军人视死如归初心不变
中国军人不可战胜壮怀凛然
这是一场保家卫国的战争
这是一次交付身躯的使命

青春的壮志豪情
碰撞战场上不可预知的残酷凶险
南国的风和日丽在脚下
跋涉成荒凉高原的雪地冰川
物资匮乏，依然不屈不挠着
共产党员坚定的红色信念
单薄的衣衫包裹着
中国军人不平凡的追求
一口雪就着一口炒面

一个冻土豆传递着
两颗心的温暖
来自同一个屋檐下的兄弟
并肩作战于异国他乡

生死关头选择让生命不留遗憾
迈开严重冻伤肿成足球的双腿
紧紧握住口袋里满满的手榴弹
顾不上摸一把冻掉的耳朵
血肉模糊的身躯依然异常矫健
超人般冲入战火纷飞的阵地
与敌人的飞机大炮现代化兵器博弈
短兵相接间拼死鏖战
恪守军令如山
热血团魂英雄连
零下四十摄氏度站成一排排
永垂不朽的英雄冰雕用枪口宣战
让敌军闻风丧胆
旷世未有亘古罕见
这不是尘封在历史中的一个故事
而是中国军人用顽强生命
和非凡意志谱写的
震惊国际战争史的巨制鸿篇
在革命战士面前
没有完不成的任务
没有克服不了的困难
没有战胜不了的敌人
这是志愿军英雄杨根思
坚定不移的信念
更是中国军人用生命
向伟大祖国兑现的铮铮誓言

铁血长津湖，悲壮冰雕连

不能把仗留给下一代去打

朴实的话语，义无反顾的奉献

换来今日中国的山河无恙昌盛平安

日夜奔腾不息

滔滔不绝的长津湖水啊

把万万千千志愿军的英魂祭奠

致敬！最可爱的中国军人

致敬！伟大的抗美援朝精神代代永传

假如我是你

——写给革命烈士赵青山

巍巍青山壁立千仞

无言诉说着你深入骨髓的英雄正气

浩浩讷水蜿蜒流长

激荡着你宁死不屈的肝胆忠义

你是保家卫国的英雄

你是流芳千古的烈士

你誓死忠诚共产党红色政权

头可断血可流革命意志不可屈

你的光辉形象永远矗立在连池大地

假如我是你

是否能如你一样为了追求革命真理

舍生忘死义无反顾创造奇迹

历经童年穷苦困境
走过岁月漂泊流离
你与生俱来的满腔热血
坚定救苦救难的豪情壮志
弃商习武行侠仗义
你走上革命之路
穿越烽火硝烟于战争中历练成长
叱咤风云在东北军阵地
革命思潮引领
你加入神圣的八路军
转战陕甘宁奋勇抵抗外寇顽敌
踏碎刀光剑影只为中华民族之崛起
你用共产党员的铁血之躯和赤诚之心
把人生壮丽的篇章开启

假如我是你
是否有勇气从鸟语花香之地
毅然奔赴北国环境恶劣的边陲小镇
建设红色革命根据地
白山黑水拥抱你的豪迈
冰天雪地彰显你的英姿
艰苦卓绝在零下四十摄氏度的寒风中
骁勇善战于十面埋伏的悬崖峭壁
你让敌人闻风丧胆
你让百姓感恩欢喜
抗争到最后时刻
你的英勇顽强泣鬼神惊天地

山河为你鸣咽，历史不会忘记
假如我是你
此时眼中就不会泛起涟漪

假如我是你

脚下的步伐就不会迈向沉重的历史

苦苦寻觅有关你一丝一毫的踪迹

青山镇的每一棵松柏为你挺立

青山大桥的每一个弧度为你弯曲

青山公园的每一抹夕照晚霞为你添彩

青山雕塑上你坚毅的眼神永远鼓舞着连池儿女

今夜我缱绻的诗行啊

与连池的每一缕空气一起纪念

永垂不朽的你

假如我是你

只想大声告诉你

今日盛世之中华如你所愿震撼寰宇

在世界东方傲然屹立

风雪怒放冰凌花

——献给曾经战斗在朝阳山抗联的革命英雄

生长在

巍峨苍莽的小兴安岭

怒放于

太阳与月亮普照的冰雪之地

挚爱着

为国捐躯的朝阳山抗联战士

把根深深扎在冻土里

在严寒的季节

以暖黄色的绚丽色彩

以沁人心脾的冷香之魅
经久传承抗联精神
高歌红色经典传奇
不与群芳争花期
带着对和平与美好的向往
预报春天到来的消息

你是风雨中绽放的冰凌花
走过沉甸甸的历史
经历残酷战争的重重洗礼
你始终坚强刚毅
每一次跌倒又原地爬起
用挺立的身躯展现花姿的魅力

你是特立独行的冰凌花
与东北抗联战士共同战斗生死相依
奋不顾身点亮救国救民的火把
曾经跋涉过的每一寸土地
用深褐色的根为
崇高无私的灵魂输送养分
用绿色的萼还他们
生机勃勃雄姿英发的青春
用金黄色的花朵告诉他们
中国共产党历尽艰辛
取得了抗日战争的最终胜利
华夏子孙从此扬眉吐气

和平年代你一如既往
在寒风冰雪中怒放
仿佛浩瀚天空莫测
却始终不改初心的云

花蕊璀璨花魂坚贞如一

你无愧林海雪莲的美誉

傲视冬寒逆境生长是你的个性

信念笃定百折不挠是你的品质

浴血奋战保家卫国

你与不朽的抗联精神合二为一

四月的怒放带着梦想的魅力

你刻骨铭记伟大共产党

百年华章百年盛世

铁锤与镰刀在红船上迎风飘扬

成就共产党百年历史

铁骨铮铮无私无畏

你是优秀共产党员的化身

瓣瓣花香芬芳百年

片片金黄书写百年丰功伟绩

发扬不朽抗联精神

百折不挠，一往无前，开拓进取

再创新时代的奇迹

致敬 2022 北京冬奥会

冰雪的晶莹

碰撞速度的激情

华夏人的热情

接轨世界运动健儿

心中执着的梦

从赫斯理女神祭坛接过点燃的圣火

开启和谐之旅

一步步传递到鸟巢

打破奥运村往昔的宁静

运动的极限不分肤色与国界

中国让世界人民热血沸腾

和平团结友爱的理念坚如万里长城

2022 年的冬天注定与众不同

2022 年的北京举世瞩目异彩纷呈

2022 年的中国向世界展现大国风范

奥运两千余年的风起云涌

冬奥会一百余年的发展历程

坚定地向世界宣告

中国一定行

心连着心的奥运五环

在心底镌刻着真诚

集体育精神、民族精神和

国际主义精神于一身的冬奥

白雪般圣洁

梦幻般魅力无穷

奥运——世界级运动盛会

不止于超群技艺的竞争

更执着于美好心灵的交融

团结和平

崇高的奥运精神世代传承

从古希腊走到中国

从雅典走到北京

长路漫漫风雨兼程

承办冬奥——

中国实力震撼世界

不负五大洲共同的期盼

中国实力见证未来——

成就每一位运动健儿的冠军梦

没有什么可以阻挡

中国人全力以赴参加冬奥的热情

一场场比赛扣人心弦

一枚枚奖牌魅力无穷

走近冬奥，深入冬奥，与冬奥共振奋

在冰雪中眺望北京，感悟冬奥的

连池人

激情荡漾，备受鼓舞

致敬 2022 北京冬奥会

祝愿伟大祖国繁荣昌盛

致敬拼尽全力挥洒汗水的运动健儿

冬奥有情

中国必胜

英雄之花馨香达紫

——抗联战士心爱的达紫姑娘

走进五月

走近你

放眼火山熔岩峭壁

冰与火一起燃烧

醉美春天

花香旖旎

紫红色的风情

释放着婀娜多姿的魅力
风动香致远
静嗅入魂兮
英雄之花
馨香达紫

长发飞
长裙飘逸
鄂伦春姑娘达紫
用生命和勇敢守护家园
演绎千古传奇
从此在小兴安岭的崇山峻岭
化作瓣瓣纷飞的紫红色花儿
飞在每一个白昼
如画如诗
如行走的云溪
丰盈每一个夜晚
望月光如水
解读相思梦呓

你是少年
痴迷芬芳的达紫
你是英雄
将东北抗联的使命
担起
在战火硝烟中生死拼杀
用青春与牺牲
滋养连池大地
书写救国救民的
豪情壮志
有一种青春叫无悔

有一种奉献叫坚守

这里有你留下的决战痕迹

这里传扬着你舍生忘死的

故事和精神

在十四年五千多个日日夜夜中

你与达紫姑娘的灵魂

相偎相依

钢铁之躯传奇一生

——写给坚强勇敢的东北抗战英雄史化鹏

这里穿越战火纷飞血雨腥风的

悠远时光

这里用慷慨激昂书写下了

雄浑悲壮的历史

这里呼唤和凝聚起捍卫民族尊严的

磅礴力量

这里形成中华民族伟大的抗联精神

燎原爱国雄心，焕发希望曙光

这里诞生了革命的铁孩子——史化鹏

矢志不渝地坚定共产主义的信仰

用钢铁之躯将传奇一生奏响

自古英雄出少年

他，十四岁参加抗日游击队

驱除倭寇保家卫国的理想至上

临危不惧出生入死

日日转战于白山黑水之间
夜夜跋涉于冰天雪地的苍茫中
把歼灭敌寇作为自己
最骄傲的荣光
参与数十次侦察和战斗任务
机智勇敢不同凡响
七次立下赫赫战功
得到"独胆英雄"的美誉和赞扬
抗联战士经历过的苦
没有人能够想象
缺少手术刀
他，用剃须刀取子弹
咬紧牙关不发出任何懦弱的声音
挑战人类坚强极限
他，创下马枪射敌酋的奇迹
小小少年在众多敌兵追逐之下
机智勇敢地抢走敌军的战马和快枪
逃出重围，奔向抗联队伍的最前方
为团结群众抗日，壮大抗联队伍
他，以赤诚之心对待阿荣旗同胞
与他们结拜为生死弟兄

他，足智多谋英勇顽强
炸毁嫩江一号机场
成为东北抗联史上的重大战绩
化装变身侦察到敌军情况
周密部署抢抓机遇
未待日军放一枪一弹
便将营房内的日伪军全部歼灭
一颗手榴弹定乾坤
临危不惧保护首长

化险为夷

他参加了剿匪三大战役，抗美援朝战争等

尽显英雄本色

他，是中华民族真正铮铮铁骨的英雄

逃过了战火纷飞

却未能逃过"文革"期间的迫害

失去亲人，失去健康

最终失去了生命

他就这样结束了传奇的一生

他，令山涧呜咽

他，使冰雪流泪

天地有正气浩然

他是当之无愧的英雄，坚毅而刚强

他是永垂不朽的壮士，像太阳散发光芒

铭记历史，铭记英雄

钢铁之躯，传奇一生

铁孩子"独胆英雄"的精神

将永远激励中国人民发展壮大

走向世界，走向辉煌

蔺宗海现代诗

蔺宗海，笔名人生一路看风景；文学公众号"诗与风景"创办人。

彼岸花

曾无数次尝试走近
又无数次地被拒于千里之外
花开彼岸
而我，正运交华盖

躲在那扇白色的窗子背面
用中草药的芳香，引燃血一样的火焰
那朵红色的曼珠沙华
在我的眼前，依旧遥不可及

好比偶尔想念不一定需要见面
错过不一定都会遗憾
在彼此的世界里活出精彩
你的安好，恰如我所愿

让时光慢下来

如同还在疾书春天
秋天的第一片落叶却已翩然脚下
蹚时间的河
我甚至赶不上昼夜的轮转

不经意间
黄昏已至，故乡已远
满身的风尘
在长短句里跳跃，粒粒伤感

如果时光能慢下来
我一定要换一种活法
像在路上等灵魂，紧张又不必太急

演 绎

当一份情感
无法赤诚以待
去获得另一份情感的共鸣
好比一朵雪花，注定不会让冬天洗心革面

当一个角色
愿意竭尽所能
去诠释另一个角色
正如一缕春风，会真正把希望唤醒

我捧着人生的脚本
在现实和理想里穿梭
生活提醒我
要你情我愿，不要貌合神离

江　湖

天涯浪子
白马玄衣，一骑绝尘
剽悍的绿林客
裸露胸脯，大块吃肉大口喝酒

传说中的江湖
总是快意恩仇
倦了，可以金盆洗手
却无法相忘

哪段故事
是属于我的纵横捭阖？
像那块被遗弃在海滩的石头
茌潮涨潮落里，日益圆滑

阳光正好

黑夜，被驱逐
治愈了风雨

几滴清露，在她的折射里缤纷
草木的一身新绿，油亮

花儿，浮动暗香
鸟鸣沉醉

瘫痪的母亲
坐在轮椅上凝望
她用几缕金色的丝线
刺绣人间

黑白之间

世界只流行两种颜色
非黑即白

白忙于呈现
黑着手掩盖

显山露水往往借白色的名义
因此大地发表的作品
署着他的名字

虽然那并不完全是他的构思
灵感
萌芽于黑的眼睛

可是
在黑里画白也无济于事
黑是忧伤的地狱

偶见灯光亮起
白又有了一席之地

黑白对峙时
恰好我在

高绪波现代诗

高绪波，笔名莲子。中国散文学会会员，黑龙江省作家协会会员，北大荒作家协会主席团委员，黑龙江农垦建三江管理局作家协会副主席。著有散文集《沉香里的流浪》，并获第九届丁玲文学奖。著有诗集《秋叶的旅行》《五个人的天堂》（合著）《手牵手，在阳光下行走》（合著）。

梦醒时分

正睡着
友人情人路人鱼贯而入
一色的白大褂
给我会诊

我有比较严重的失眠症
每天数羊
都把羊群赶到天花板上了

各种药论把抓
吃多了
有些精神错乱
像不治之症
我记得
她们像一本书
作者模糊了
本该记住的忘了

病情加重
我被送进了医院

她们嘀嘀咕咕交头接耳
很敬业
几乎每晚都来查房
拿出一个又一个诊疗方案
她们越来
我的症状越明显

这病顽固
二十二年了
我经常痴痴地跑到医生的窗下
唱歌

熬到最后
她们摇摇头
把听诊器摘下，白大褂脱了
换上红裙子

我呼呼大睡
好了

两个女人

心，被牵挂俘虏
她们都需要各自独特的表达

远隔千山万水
一刻也难放下

妹妹告诉我说，视频可以无视距离
可妈妈的眼睛却早已老花，看不见远方

有大海和高山
他们的爱很苦，不得不跋涉奔波

一根绳子的两端
有根有芽

我清晰，却也彷徨
瘟疫张牙舞爪向我们袭来

渴望，春暖花开
她们都能拥有一个繁华锦绣世界

深如海沟

马里亚纳海沟
一听就洋味十足

六千万年形成一万一千米深度
已达生物极限

我的心事和哀伤
从 2004 年开始

有很多惊喜想抵御这种消沉
实质上没有奏效

谁知道这失眠的症结？
有太多的未知
这并不奇怪

难怪，有人问我
职场沉浮如何自处

没法回答
只道自悟

内中玄机或许杞人忧天
比海沟深

春水初生乳燕飞

自 救

失眠的密度
钱塘江潮一样
一浪高过一浪总在高涨期

和细碎琐屑纠缠错爱
吞噬难得的心静
太花心

腾挪移转
把回头潮换一个字
变成回头觉
放空
就酣畅得呼噜声震天

留　白

我用一个留白的桥段
记起二十年前的故事
写银杏叶铺满校园的灿烂
画她干净的眉眼
和浅浅的笑

用这种石刻的笔法
证明
一尾鱼的记性
不是七秒

刘春耀现代诗

刘春耀，黑龙江人。会计师。业余时间喜欢写作，有多篇作品发表于报刊和网络平台。

大连的春天

大连的春天
迎春花先开
桃花，梨花，樱花……
从梦中次第醒来

大连的春天
海蓝天蓝
风，带一丝远古的寒
大连的春天特别长
能延伸到七月

大连的春天
绿草茵茵，生机盎然
湖畔绿柳上的露珠
缀着蓝

你看
滨海大道，依山傍海
一幅徐徐展开的长卷

你看，棒槌岛
就是一张油画
人在岛上，岛在海里
残阳斜照，影在岸边

你再看，金石滩
十里金沙，千帐连绵
仿佛金戈铁马，嘶鸣耳边
翻开星海的书，读一读历史
百年风云，留下千人铜足印
海鸥鸣叫头顶，眼前一桥飞渡

你再听，童牛岭的晨钟
穿过海上的雾
惊醒了归航人的梦

大连的话，有点侉
海蛎子味
但你能听懂
那微微上扬的尾音儿
回味无穷……

我爱大连
虽然她的历史并不厚重
没有北京人
骨子里的骄傲
也没有上海人
小资般的清高
冬暖夏凉，浪漫包容
是个性

大连有自己的骄傲

第一条轻轨，第一艘航母

第一个填海机场

第一支女骑警队

那一抹独有的亮丽

已深深融进大连人的血液

时装节，达沃斯，自贸区，大数据……

东北振兴的火车头，已拉响启程的长笛

大连的春天来了

中华复兴

百年梦圆

中国航天人的梦

航天人都大气

胸中藏着浩瀚星辰

地球像一粒砂

匆匆，梦无垠

航天人的思维

幽远深邃

破茧，飞升

身体失重了

灵魂却更加轻盈

月亮不再神秘

古老的神话

随月壤

被收藏进实验室

火星也不再沉寂
祝融掀起她的面纱
敲开门扉，迎接
第一个到访的客人

神舟飞天
十四个兄弟
携手
在银河的支流
盖一座房子
从此，华夏在地球外
有了新家

中国人
从不把自己的梦
寄托在别人的身上
航天人有志气
卫星，火箭，北斗，空间站
盘古的梦，一个又一个
圆了又圆

梦飞天
走出地球
走出银河，在星海里游弋
贵州大山里
有只巨眼，正望向深空
那里的星
更亮

春水初生乳燕飞

端午寄思

不知什么时候

流行

香草美人

为一个人

粽子成祭品

端午成了节日

问天几千年

无语

汨罗汤汤

流不息

世浊而他独醒

落一片孤寂

上下求索

九歌悲怜怆然泣

一座高峰巍然

东方屹立

南山的菊

不是你心中的曲

江北的枳

不是你眼里的橘

寄一叶忧思

随浪遏飞舟

在激昂的鼓声里

远去

无题（一）

说不清
是什么情愫
一个词语
一句歌词
就拨动了那根灵魂的
神经
怦然心动
情不自禁泪流满面
落一地往事
感叹人生

本想
守住那份清闲
冥冥中
总有一种骚动和不安
相思凝成的雨
在来之前
电闪雷鸣

当夕阳驮着日光
走下山峦
灵魂枕着明月
恬然而睡
把以前想干没干的事
放在这个冬天里
干完

无题（二）

夏的热把秋
灼伤
冬，沉默了
冷若冰霜
从此，心
不再滚烫

第一缕晨光出现
于东方
那场雨，来晚了
落在夜的灯光球场
积水一地

晚照的夕阳
在山的后面窥视
一对望海的人
拉出长长的影子
天黑了
月落在海上
一片清冷的光

云卷云舒
月沐秋霜
那盏灯飘走了
放风筝的人追了
很远

挂在树上
时间在走
空间在换
另一个空间里
早就有了宇宙飞船
玛雅人的金字塔
敦煌飞天

走过冬季

说好了的
你等我
一起走过风雪呼啸的冬

雪，纷纷飞扬
厚了又消融
挡不住
江南细雨柔情
隔江相望
冷与暖，苦与乐
爱与恨，聚和散
谁能说得清
把那份，放不下的
挚爱，埋进心里
携漫天的雪花
走过冬

立冬（组诗）

一

几片黄叶
在冷雨中摇曳
凄冷的秋
躲在屋后的墙角处
在寒风里
瑟瑟发抖
落一地相思
合掌祈盼
伸手花开

二

那片海
忘记了汹涌澎湃
一点一点，消耗着
夏的热
凝固了秋波
凝固了收获
等，春潮涌动
惊涛拍岸

三

初冬的风
围着你打转
肆意撩拨衣角
想钻进去看风景
多亏，那件胸衣
阻止了，无邪的抚摸
裹了裹大衣
把手揣裤兜
等 9 路汽车

四

相思成疾
落雨成冰
霜走的时候
没有告别
午夜时分
西南风转西北风
在梦里
心冷却

五

渤海湾
零落几只
无法南飞的雁
在海边悠闲地觅着小鱼
折断了翅膀

不再奢望蓝天
却没折断思念
在海的那边
有一艘小船摇走了
没惊起沙鸥
却摇醒了童年

冬 晨

晨晕微红，天际
能看见山
灯火依然璀璨

海如镜
隔两岸灯，流到湾处
连成一片
梦，在醒与未醒
之间

星，打着哈欠
挥手，一夜
风与雪的情事
和西月告别

黎明的静，沉沉的
呢喃着
故乡的语言
亲切，遥远

楼宇的灯亮了
一盏，一盏
那抹橙红也出现了
天边
才见海，微泛波澜
层层荡开
漫过停泊的渔船
消失不见

秋　爽

太阳
在秋的色彩里
进行最后的疯狂
透过渐黄的叶
午后，依然很烫
时间短了
夏的热
延伸到夕阳

云，淡了
在高高的天上
像鱼鳞，又像海的浪
层层叠叠
更远了
更淡了

风
也不再柔得

像纱一样
带特有的并不刺骨的凉
裹着香
抚着秋黄

水，更清了
能看见水底的鱼
自由自在的
如我的心情
澄澈清亮

那场秋雨

那场秋雨
下了三天三夜
尽情地
把春的缠绵
留在九月的秋里
于是，秋变了颜色
黄了田畴
红了山丘
把夏的愁
藏进果实里
摇曳在枝头

那场秋雨
下了三天三夜
不停地
把春的情话和思念

说给秋听

于是，秋感动了

弯了腰

低了头

把夏的热情

锁进黄叶放入溪流

那场秋雨

下了三天三夜

没有闪电

没有雷声

没有风

简化了

所有的程序

不停地，尽情地

毫无保留地下着

又悄然无声

或许

下一场雨

会变成雪

覆盖穹野粉饰世界

天凉了

寒 露

风吹起
千山枫染红
凝气成露后成霜
秋草换新装
寒蝉噤
菊渐黄
水清荷残柳霓裳
叶落风扫光
昼短夜变长

秋雨落秋池
秋鸭叫春知
鸿雁来宾
群鸟化蛤
万里秋黄海映天
百舸竞千帆

夜渐凉
微寒倚轩窗
遥想塞外风雨夜
大漠枕寒霜
烟雨暮苍茫
几点相思意
晚归雁一行

秋 阳

走过夏的人
都知道
太阳有多疯狂
热情得无处藏
背阴的空气都能把人
烫伤
只有躲进有空调
的地方，才会清凉

冬的阳光
尽管一样灿烂
却没了温度
面对凛冽寒风，满世界的雪
揉碎疯狂
拒绝了热情
把光又还给了太阳

秋的阳光
艳而不媚，热而不狂
暖得心痒
昏昏然，仿佛随时
能进入梦乡
知道早晚的凉
才更留恋，午时
秋的天空

如洗的天
蓝得像碧玉
辽阔的海
宁静如处子
没一丝浪
无边的黄
在心底泛起
到处都是阳光的颜色
缤纷绚丽，胜似春光

走在秋的田埂上
感受秋的凉爽
秋的天空
空，净，明亮
和秋的阳光一样

梦回可可西里

在我生命的旅途中
印着，可可西里
最深的辙痕
像懵懂的少年，第一次
邂逅美丽的少女
银铃声，不停地
敲打着心扉

多少次
想重新走近你
深情地拥抱你

拥抱你的原始，你的宁静
你的旷远，你的湛蓝

昆仑山口的风
吹落唐古拉的雪
三江源
流淌着华夏文明
冰融化了
汇就山的梦
是海的前生
雪的精灵
奔跑在山顶
踏雾踩云
轻抚着苍穹

四季从耳边划过
狼钟爱羊的温情
雷声滚过
雪和雨交融
没有海的海，到处是
浪的高峰

在这里
远去了
鼓角齐鸣
生命绽放着尊严

可可西里的梦

五千米的寒
离太阳最近的牧场
镶嵌在高原的
雪山旁
野驴，野马，牦牛，藏羚羊……
都是高原的魂梦
雪山的精灵
自由歌唱

雪，淌成溪
润泽了土地，丰美了青草
神，常来的地方
云，在脚下飘荡
心，在蓝天上安详
一日走过四季
红颜不老，瞬间更替
芳华如星坠落
一抹高原红，涂在
雪山的晶莹上
昆仑山口的风吹拂
片片雪花飞降，苍穹下
晚霞，荡漾在卓乃湖……
产房的幕布，慢慢
慢慢，拉上

枪声，撕碎了

千古的沉寂

云，惊散

雪，崩塌

羚羊倒在血泊里

灵魂抽搐着，含着泪

望着豕突的，裹着羔羊的

族群，慢慢地

闭上眼睛

格桑花的梦

进藏路上

有一行人，匍匐前行

一步长磕头

叩向苍茫雪峰

神圣，在那个地方

在雪山旁

在大昭寺的酥油灯

万盏长明

即使身体倒下了，信仰

依然站立

雪白，天净，水清

高原的鹰，俯视苍穹

雪山的守护神

漫步草坪

五千米是雪山的脚

一抹高原红
摇坏了
无数经筒

雪，厚了又融
格桑花开了
开在雪莲旁
开在藏地的草原上
摇曳在风里
心中的梦
常在

走过了才懂

走了吗？走了
凛冽的风
没留住雪的柔情
也攥不住四季的轮转
夏夜里
一闪而过的流萤

走了吗？走了
在雨后晴天的黎明
梅谢雪融的季节里
留一抹嫣红
那抷老娘的骨灰
在香案上供奉
很久了
每年都在祈祷丰年

春来了

送走了冬

像送走，秦汉

唐宋元明清

典籍里的故事

看了再看

五千年的历史

几人读懂

看看脚下的路

一身泥泞

走过了才懂

感悟生死

生

两棵遥遥相望的树

在开花的季节相爱

在摇曳的芬芳中

一个生命

诞生了

十个月的旅程

因为期盼

更加悠长

因为珍重

才更懂

生命的含义

那一声嘹亮的

啼哭

驱散了

在屋外徘徊的

父亲的纠结和焦虑

那份奔走的狂喜

在护士嘘声警告的眼神里

憋出了泪花

从此

人生有了来路

归途

却遥遥无期

死

有一种相送

是灵魂的撕裂

无关风雨

在肃穆的大厅，上演

撕心裂肺的挽留戏码

泪雨

浇不灭熊熊炉火

推进去

曾经的鲜活

捧出来

一堆已经燃尽的

人生

争什么

归途，就在

这小小的盒子里

还要深深地
深深地
埋进土里

轻轻地来
悄悄地走
带着安详的笑容

蒲公英与婆婆丁

蒲公英没想到
有一天
婆婆丁会成为
网红
像星光大道上的老农
平凡，走成了
一道亮丽的风景

蒲公英没想到
有一天
婆婆丁会让整个春天
发疯
在沟里，在山坡，在荒野
人们到处都在
寻觅你的身影

蒲公英没想到
有一天
婆婆丁会变成有钱人

餐桌上的新宠
冷落了
山珍海味
爷爷吃不起
想用卖婆婆丁的钱
给孙子买一个
元宵节的红灯笼
蒲公英没想到
有一天
婆婆丁会被所有人
认同
一头白发轻柔如风
在春天里曼舞
遇土重生

蒲公英没有错
原本婆婆丁
不想成为网红
不想让春天发疯
那丝苦涩
能否，还人间
一份清醒

生活是一杯碳酸饮料

从家到幼儿园
很近，几年
匆匆而过，风也恣意
从家到学校
不远，十几年
寒窗苦读，花也娇艳
从家到单位
很远，几十年
行囊里满是
领导同事，父母妻儿
柴米油盐
从家到医院，有近有远
几年，几十年
身体作裁判

一生很长，回头却短
周一到周末，月初到月底
春节到新年
一个白天，一个夜晚
如丝缕不绝断
说路长，其实不远
一个圆
起点也是终点

说艰难，一路走来
繁花如梦

如登山，是顶峰
信念和汗水，相伴
当你站在山顶
酣畅地呐喊，汗水和劳累
已是云烟散

说悲欢
只是日子起伏的曲线
在母亲和妻子的
唠叨中
岁月如流水
弹指间已逝

说什么，海阔天蓝
云在头上飘
风没停，雨落眼前
撑一把伞
别淋湿心情

生活无需感叹
风雨就一阵
总能见晴天

往日时光

路边的小黄花
落了
变成蒲公英
飞走

初恋
刻骨铭心
在不着边际的梦里
哭醒

拾起枕边的梦
理一理乱鬓
金钗躺在梳妆盒里
黯淡了岁月
拿一本陈旧的日记本
回忆
无悔的青春
空白处
写满酸楚

坐在阳台
看流云
猜，哪朵有雨
数着星星
找，哪颗是我
哪颗是你

日历
撕少了日子
撕多了年轮
一缕霜，爬上云鬓
在夕阳的暖光里
睡着了
依然，念着你的
名字

那时候

那时候
我的眼里都是你
像清晨的朝阳
红艳艳
挂在东方
像十五的月亮
轻纱遮面
一束朦胧柔美的光

那时候
我的眼里都是你
心里装满你的芳香
时刻捕捉你的倩影
在校园里游荡
躲闪你的目光
在夜里
才不彷徨

那时候
我的眼里都是你
日记本写满你的名字
在梦里
与你牵手
走进神圣殿堂
真有那么一天
会守你到地老天荒

那时候
我的眼里都是你
毕业时
那首《送别》
是唱给你的歌
忧伤里
满是凄凉

而今
还时常想起你
想起那不现实的
曾经的荒唐
第一次的萌动
深深地刻进
生命的沧桑中

不　是

不是那场雨
道路泥泞
或许，已在
冬的阳台上
沐浴暖阳
从此，相思成雨
淋湿了心

不是那片枫叶
飘落在梧桐树上
或许，心不会

零落风里
在夜里游荡
从此，相思成枫叶
染一身秋霜

不是那阵脚步声
把夜宿的鸟惊醒
或许，羞涩的
初阳，躲进云里
不会霞光万丈
从此，相思成林
怦然心动

那本拿错了的书
扉页上
有你的名字

等在那片海

从大山里走出
跋涉万水千山
去看那片海
那片沙滩

别笑我幼稚
看过海的人
不懂没看过海的人
对那片海的
向往和痴情

看惯了山的巍峨
想，海
没浪涛的时候
有多平静
太阳跃出海的刹那
心，停止了跳动

岁月的长竿
把思念的钩甩进海里
等，等夕阳落山
那道长长的影
等远航的船靠岸
黑夜后的黎明
风干的饵，浓缩了
经历
不再鲜活，张扬，年轻
渭水边，太公
在等姬昌，封神时
却忘了自己

静静地等
等在那片沙滩
等在那片海

夏夜的海滩

夏夜的海滩
风，柔得不像话
如少女丝滑的头发
抚过清瘦的脸颊

海浪不停地
亲吻着脚
和脚下的沙
一次次地深陷
没看清海和天
脚就站在海水里
仿佛在海的最深处
忽明忽暗的渔火
诉说，海枕着天
天枕着海
与梦交融
没有月光的夜
海的边界消失了
星星太远
眼睛成了摆设
能看到的
更辽远
心虽小
都装下了整个世界

回家的路

回家的路很长
走了几十年
也没走到故乡

离家时，故乡
就在我的心中
埋下了种子
月光含着忧伤
日夜不停地浇灌
乡愁就在异乡的深夜
密密麻麻开放

梦里的故乡
那山，那水，那缕清风
都认识我
忘不掉的柔情
是生我的故乡
那条出村的路不宽
土路，但平坦
左边是垂柳
右手是红枫
中间有几棵老榆树
雨后走
满鞋泥

思 念

把思念
藏进照片中
想的时候
拿出来晒晒

把思念
挂在窗帘上
随晨光透过纱
洒落满屋

把思念
揉进空气里
每一次心跳
呼吸都有味道

把思念
攥在手心里
在珠峰的顶
撒下
冰川影凝重
雪
不停地下
晶莹地落在思念的远山上

思念是远山
郁郁葱葱

思念是深夜里的铃

扰清梦

思念是小溪

日夜流淌，叮叮咚咚

思念是刀

割得人瘦骨嶙峋

思念是风

飘忽不定

思念就是家乡的一道菜

满口的老味道

思念啊

是远去了的记忆

童年的游戏

是割不断的亲情

放不下的惦记

读林徽因的诗

那一晚

山中一个夏夜

静坐城楼上

记忆里的深笑

缓解了八月的忧愁

黄昏过泰山

风筝过杨柳

倾诉那场戛然而止的爱情

情愿

春水初生 乳燕飞

十月独行
别丢掉
空想的梦
红叶里的信念
激昂人生
秋天，这秋天
剔空菩提叶

春去前后
你来了
约在六点钟的下午
茶楼上
看古城风景
雨后天
莲灯笑静院
深夜里听到乐声

谁爱这不息的变换
一枝桃花红了
你是人间四月天

上官婉儿

你的到来
注定不同凡响
踩落日的余晖
称量天下
如血残阳

恨
在黑夜里坚强
奴的屈辱
在豆蔻年华里
绽放
则天的手，你挥一挥
搅动风云
李显的嘴，你张一张
语定乾坤
从此
大唐的风雨，在
长袖里，电闪雷鸣

设昭文，揽学士
开唐诗之篇
点评天下文章
还自然清风
明淑挺生，才华绝代
钟灵毓秀，摇笔云飞
幽兰般的美

女皇一怒牡丹开
一朵寒梅绽蛾眉

盛世大唐湮灭在
历史红尘中
你
无疑是
浓墨重彩的
一笔
史书深处
飘摇
一抹娇艳

仓央嘉措

那一天
转动经筒，匍匐在佛前
佛说
是草原上的格桑花
是冰山上盛开的雪莲
是珠峰上万年不化的冰雪

那一天
坐床
布达拉宫红顶白墙闪着
圣洁的光
白度母前许了愿
雪域最大的王
子民安康

那一年
邬金林天降祥瑞
来了一群喇嘛
说是灵童转世
身蕴佛光
从此被雪藏
有了那段天真烂漫的
放养时光

那一世
都在为爱奔忙
为一个叫卓玛的姑娘
歌唱
黯然神伤
凄美的爱情，命运的无常
挣扎彷徨
问佛，问情
问上苍

那一夜
流浪在拉萨街头
眼望星空，不再迷茫
不负如来不负卿
情在灵魂最深处，佛在我心中
雪域高原上的
一座丰碑
像格萨尔王一样
矗立在雪山之巅
一袭青衫化作
青海湖的烟雨
落下苦涩的泪滴
涤净心灵

坪上广郎现代诗

坪上广郎，原名孙青坪，青岛市人。青岛市作家协会会员，在《大众日报》《青岛文艺》等报刊发表过诗歌、散文等。

小 满

靠近水车

轻轻地敬礼

千年鞠躬尽瘁

不辜负天意……

你的眠被谁惊醒

相遇在收获的日子里

采一颗苦苦菜

寻求心灵的安逸

跪拜祈愿

世界丰衣足食

看麦梢黄

读几颗甜杏的往事……

留心情节

传说的经历中有一个你？

插　画

听

夏天的雨

夜话湿润儿郎

彩墨融化

速描童话奔流的方向

深情小河旁

温馨的那一顶帐房

留今天故事

插图一幅，难忘景象……

那个地方

童年的妆

难忘……

遮掩岁月沧桑

栏杆旁

听溪水流淌

夕照下

倒映一池景象

两小无猜的地方

一个故事飞扬……

枝头上

几只雀儿高声鸣唱？

春水初生
乳燕飞

风情乾坤

风情
泛涟漪
招呼一朵遥远的云
敛声屏息……
润泽心灵
昨日手缝的花裙
初识君
窗外
街景多了一束玫瑰
繁花似锦
燃亮的灯火与夕阳近邻
穿越时空的心……
沸腾岁月
汗水港湾
停泊着不一样的乾坤

街 愁

老街
一页一个世纪的乐章
岁月的旋律
打扮熙熙攘攘
川流不息来往的客商

一百多年哪个瞬间

画面静止

时间伫立彷徨

茫然

挣扎着搂紧夕阳

一点灯火悄悄退场

落寞萧条

这一天的晚上

销金的街一街愁霜

待嫁的新娘

售卖她的嫁衣……

渡深情

彩虹

回眸深情

放慢匆匆忙忙的脚步

窥觑人生……

时空缝隙里

又度春夏秋冬

安逸鼾声

不知不觉中

几朵花儿斗艳争宠

生命有季节

读懂歌舞升平

一瞬间

天空清明

遥远的云层

疑问细雨的天空

那一天
是朝霞还是夕阳红……

生活片场

心携履历苍苍
孤单吟唱
中天起舞个月亮
摆荡伴郎
尾声音符停留在故乡……
琴瑟地久天长
感伤
一章节误读风霜
靠近激情
休止符片刻静音乐章
那篇故事真的彷徨
谁，剪辑了太多片段……

青岛的里院

青岛的里院
藏一片风景
一百年
乡俗延绵，岁月倒影
筑基民族市井
异域格调嫁接乡韵

难忘列强炮舰轰鸣

硝烟下

千年文化传承不断

冷暖铭记心中

每一处院落

东方底蕴所显略同

居住的人回眸

意犹升腾

复原残垣断壁……

仪式感油然而生

捎一句悄悄话等你倾听

守护这个家

有缘修行

里院给风情岛城添了厚重之感

星语传说

一封

隔世的信

传星河心声

经与纬编织的网

束缚一段飞翔

靠近欲望

告诉他和她们

我有远方

也懂缠绵的诗行

酒飘芳香

叙述过很美的遐想…

有痕迹没留伤

懂，爱的方向
星星的孩子
不喜阳光明朗？
每一天晚上
世界为她（他）
种一颗太阳……

浅 困

我的秋
很远……
走的时候
是夏天
身旁的湾
飘过春天花瓣
芬芳弥漫
打一个瞌睡
家乡
在遥远的南边……

心情很轻

等你的时候
晚霞映着苍穹
仰望追求
天空一颗星星闪烁

采摘生活之光

少一段慌张

初心启蒙

故事中

触碰一点很轻的心情……

叠好一段情

轻轻叠好

出征的行装

那一天

将军装上的领章

悄悄收藏

不忘红星照耀边防

哨所是第二家乡

每一天迎接曙光

听百鸟鸣唱

云涛鼓荡飞扬

一个兵心系远方

听召唤

梦里如约手握钢枪

每一朵浪花

绽放在祖国辽远海疆

秋　晓

欲晓

东方清晰的时候

一个秋天

徘徊在几个路口

选一条捷径

黎明前很寂静

遐想遗落在梦中

怎样斟满生活这杯酒

漫漫长夜

忘记关灯

回眸再一瞥

身形投影在那一头……

纸　鸢

生活

没署名的曲谱

旋律跌宕

每一节音高八度

丹田倾诵真情

高亢难为，于无声处

悄悄泣涕

天籁之韵婉转三百六十五里路

日复一日，春夏秋冬

岁月弯弯曲曲

驿站灯火，听三更鸣鼓

没有一封家书

慰藉驰骋的辛苦

叠只纸鸢陪一朵云漫步

依偎归去

这里铺满缤纷花束……

忽略细节

心灵深处芬芳，虔诚祈福

桃李敬春风

收获的日子

粉桃羞低了头

李子也有香艳的愁

老师的距离

留遥远的身影……

桃园小溪

铭记雕木成舟

旋律的彼岸

等回眸一瞥的秋

举一杯酒

溪边桃李敬春风……

春水初生乳燕飞

十月启一瓶陈酿

桂花开
时节知期待
采菊花
向秋天示爱
祈福
唤醒初始崇拜……
十月的日子
坦诚心怀
不稼不穑
多少苦涩无奈
春花秋果
醉一辈人的时代
明天举杯
谁为我开启那瓶陈酿

背　影

弯腰拾秋
夕照
延伸生活的影子
那片枫叶
无声飘落
灵性凋零

不忘灿烂激情

日子

疑惑与时节争宠

翻遍日历

误会了憧憬

懵懂

告白一个宿命

谛听

世俗中纯洁的信仰……

蕴

霜染秋

枫林那片红

缩影一个时空

原野上

风忘记停留

曾经

心灵深处的羞

追风远行

哪一天

偷笑激情

岁月的回忆升腾……

春早梨花晚

溪水
挣脱冰的束缚
奔腾
吵醒冬眠的土壤
山坳谷川
披错一件衣裳
不是三月天
哪里看梨花飞扬……
初衷之心匆忙
剪辑了季节
故事里还没有芬芳
已迫不及待想与春天相拥？

风匣烹餐

回眸炊烟
疑问"风匣"向何方
寂静的村庄
谁陪乡亲蒸煮煲汤
难忘"风匣"一下一下响
一条管道深深地埋藏
钻木取火略显夸张
无烟的灶火

焖煮几辈人的畅想

今天每一顿餐桌上

回想往日时光……

冬天蒙太奇（组诗）

一

靠近炉火

忘记雪的脆弱

那条线

隐去疑惑

延伸意境的述说……

二

一个坑

迷茫了风的方向

今天朦胧

误会初衷

邀诗圣

拆尘封一千年的信

三

冰，助力了水

演绎底蕴

奔流歇会儿，疲惫

停留安慰

刻刀下
超脱一定之规
绕过冬天
平凡哪里归位……

四

风，挽留冬
看，一朵梅花艳红
田园寂寞
闲聊戏说情景
于无声处
等谁把季节吵醒
留下剪影？

五

雪对雨说
我的飘落
留下远方与传说
你的缠绵
润泽被遗忘的干涸
百花齐放
风，不再矫揉造作
懂芬芳
谁收获硕果……

六

傍晚

街灯昏黄

摊位摆在街的中央

叫卖声声

孤单了寒凉

昨天的熙熙攘攘

成了屏幕上美颜的图像

七

雪，轻轻

不惊醒

熟睡的花猫

小径上

留下清晨的问号……

一湾相思长

金沙滩

延伸家乡的思念

一个湾

从一百年那端

还没有走到这一端

秋天已经

歇了一会儿

逗留在凤凰山巅

渴望鸟瞰

猜隔壁的海与岸

听

浪花嬉戏

读懂青岛老城的变迁

初冬难眠

朦胧又沧桑的容颜

剪辑昨天

拨散虚幻的期盼

再攀岩

追赶时代天赐的缘……

情人坝上

夜色阑珊

浪花瞌睡眯成一条线

轻摇入梦的帆

荡漾堤岸

情人坝上灯火几盏

一闪一闪

相逢已经是缘

筑坝初衷

留住渡海的八仙

十八碗"大散"

扶云遥看

铁拐李醉驾着葫芦行九天

激昂挥鞭

再回首已是樱花烂漫……

栈桥藏着我的心思

晚上

酒醉的月亮

留宿家乡……

惦念不变的守望

静悄悄

栈桥还是原来的模样

一百多年的距离

挤满沧桑岁月

潮起潮落

一辈又一辈人念念不忘

风，吹过来的时候

变换海的形象

栈桥把青岛的风景线延长

问嫦娥

桂花酒与啤酒哪个香

昨晚青岛啤酒醉了吴刚

挽手栈桥

回眸老城区灯火霓虹

小青岛没有了

航标灯的闪烁

略显惆怅

领着睡醒的月亮去看

青岛的东方……

春水初生乳燕飞

陈伟锋现代诗

陈伟锋，广东省紫金县人，维修工程师，酷爱现代诗。

军　魂

二万五千里
一条信仰的长路
军旗招展，惊破山河魂梦
刺苍天一个窟窿

十四年抗战
洗去百年血泪屈辱
大刀向鬼子头上砍去
长城拱起钢铁脊梁

四年解放战争
人民独立，江河欢唱
雄师百万，气吞万里如虎
世界惊看东方红处

而今，最爱看
三军仪仗队铿锵齐步
军号嘹亮，穿越大洋高山
伟大复兴有我卫护

台风"马鞍"

两天来
台风狂飙高歌
雷电打翻了乌云的水缸
江河从天上奔涌而来
巨浪在大地上开花
树木散乱了长发
万物惊呆了双眸
两广地区神游在水乡梦泽

风雨之后
收拾坏心情
四处寻觅
该来的彩虹未来
相约的沁凉失散
知了还在叫着知了
苍蝇仍旧嗡嗡哼着歌
闷热依旧
望不到一点欣喜期待中
秋的踪影

心安处
禁不住疑惑
马鞍，马鞍
原来不是叫人稳坐如山
却是一路颠簸天涯

春天来了

春天骑上骏马
意气风发，马蹄嘚嘚
播撒着爱与芬芳
春风打个滚
大地便柔情万丈
小草随小溪
哗啦啦铺到天边

春天是出嫁的新娘
一路走，一路歌唱
小鸟托着长发
蝴蝶拉着衣襟
直到天之涯
海之角

春雨吹着口哨
腰肢扭出了火花
田园盛开了
万紫千红的妖娆
树林里绽放的眼睛
看花了岁月的花衣裳

春天是一片海
一片碧玉的海洋
漫过心扉，漫过双眸
漫过我和你的天涯

只留一双温柔手
在向远方招手
招手

红尘中的温暖

袅娜走来，飘逸的长发
明眸风情万种
白云悠悠勤相伴
风雨飘飘无悔
天地间一座竖琴
四季在山川间奏响
红尘中的泪滴
时光中涌动
火光的暖

自　己

是 DNA 的链接
是远古丛林的篝火
是母亲九月幸福的微笑
是父亲怀中的咿咿呀呀
落地蹒跚，野外奔跑
红颜，黑发，明眸
羞涩的少年，大笑的青年
奔跑的中年

苍颜，白发，清茶
明眸中渐远的江湖
蹒跚中悠长的时光
漫天红霞，斜阳一道
长长的背影
两行葱绿

陈公祠

一座古屋
蹲踞在血脉中
两百年了
虽残垣断壁
仍是书声隐隐
清香阵阵

一块砖，几片瓦
添旺篝火
厚重握在手中
亲情放进家谱
一起行走红尘路
经风经雨，不孤单

粤的情怀

笑看风云变幻

看护万千苍生

细叮咛

似春风拂去明镜轻尘

展双翼

卫河山风雨无侵

担使命

敢奉一颗红心

奋进二十一世纪

千禧年来
国家蒸蒸日上
大地上到处是
奔跑的脚步
山河一片鼓舞

红旗招展
一挥手，拂去
非典，洪灾，雪灾
擦干汶川泪
战新冠
人民无恙

一幅复兴卷
徐徐展
百年惊艳

黄佩君现代诗

黄佩君，笔名群溪，甘肃临洮人。文学爱好者，喜欢把自己所见、所闻、所感，写成文字，自斟自酌。将路上的风景、生活中美好的点滴拍下来，以弥补文字的不足。

买束花带回家

买束花带回家
用黑夜的星空点缀
拿白昼的流云做信笺
寄给远方的你

希望你的每一天
阳光正暖
眼里皆风景
愿你的笑容，如鲜花般
绽放

我就是风景的主人

时光啊，一路翻越
冬原的荒凉
不小心，打翻了春天的阳光
梦，依然遥远而悠长

站在红尘的渡口
光阴瘦成了月牙，抖落尘埃
把路上的风景
折叠进，空空的行囊

行走于青涩风雨里
用人生五味执笔
用心态勾勒，四季泼墨
阴晴圆缺点缀
画一幅阳光明媚
山清水秀的风景
原来啊
我就是风景的主人

心的时光是如此的静美

就这么轻轻地
在春暖花开的季节
放飞心中的梦
做一片随风自在的云
拂去烟花浮尘，飘在天地间
如鸟儿飞越千山万水
挣脱星光之浮华
一片芳草地，在眼中降落
沐浴在轻风细雨中
静看万物来了又去
聆听灵魂绽放的声音
心的时光是如此的静美

夜色里的心路

——献给所有漂泊在外的游子

微凉的晚风吹过
夜一下子泼墨万里
将行人与景色装进行囊里
夜卷起了白天的繁华
疲惫地进入梦乡
一弯新月

悄然爬上了枝头
银色的月亮
宛如一颗夜明珠
点亮漫漫长夜

打开思念的心
就像点燃一盏盏心灯
夜遥远而漫长
在梦里
无数次
凝视故乡的方向

我把思念装在
用缕缕银丝做字
用夜裁剪的信封里
放飞在漆黑的夜空中
让星星
捎给我魂牵梦绕的故乡
翘首期盼的亲人
月是故乡明
一盏灯、一曲殇、忽梦还乡
他乡
故乡
唯有一条心路蔓延至今

心的港湾

终于回到了，那个
遥远的家
推开门的一瞬
但见，那些草木伸长了身子
对着你盈盈地笑
迎春开放的花儿
摇曳着羞涩的舞姿
一切犹如阳光里的春风
暖了久别的离情

疲惫的身子，陷入
沙发柔软的怀抱
爱人捧来的
一杯热茶，升腾着
人生袅袅的思绪
无声的空气里
满是波光粼粼的喜悦

回家的路，永远是
那么遥远
曾在心底，多少次
眺望，家的方向
又多少次
在严寒酷暑里
故作坚强
低着头，默默地

书写着异乡的晨昏

此刻
所有的过往
仅如风吹落的尘埃
消失在身后暗夜的浓稠里

家的温馨
是大雁带来的和风
融化了，漂泊游子
坚硬冰冷的心
关掉门外的喧嚣
褪去所有的疲惫
在家的春光里
让心静静地舒展……

李晓燕现代诗

李晓燕，山西朔州人。爱好文学，常为身边的凡人小事所感动，也喜欢分享一些小惊喜。

美丽神池

山路如带，飘在云边
送别的脚步徘徊不前
好客的人们，心怀最纯真的善良
挡住了冬天的寒风凛冽
西海子湖水碧波荡漾
倒映出我们真诚的脸庞……

这是一块并不肥沃的土地
却孕育着最美的中国梦……
叶，交融在云中，延伸
根，深扎在土里，生长
犹如每次日出的温暖
亲情在血脉中交融
健康之花播种在这最美的土壤上……

病房里，是我们战斗的身影
讨论声，是我们奉献的激情
晨钟响起
我们踏出的每一步，都那么坚强

暮鼓回荡
我们发出共同的声音，是那么的高亢……

我们画一个同心圆
贫困少一点，再少一点
让自己进步多一点，再多一点
汗水已变成一粒粒种子
生根，发芽，开花
累累的果实铺满大地

山上的风车旋转
带不走雪花的深情
分别的脚步徘徊
留下了美酒的香醇
眼眸中晶莹的泪光
在冬夜深处永久留存
魂牵梦绕的
是那富饶而又美丽的地方……

我的田园

午后，一杯温热的咖啡
太阳戴着白云的面纱若隐若现
安静的树叶看着羞涩的郁金香
落地窗户的纱帘拥着微风摇曳

窗前如梦，遥想同学少年
捉蝴蝶，穿山林，到溪边
微风吹过满是汗水的脸

一切是那么青春无邪
成长的风沙迷人眼
莲心苦，不堪言
宽容与善良
收起了隐形的翅膀

我心如止水
胜似月光美
理想披上了灰色的外衣
信念依然是盛开在心中的玫瑰

心中的一处田园
种关爱，种理解，种希望
像蒲公英的翅膀
盛开在希望的田野上

用一生守望，这个家园
不管疲倦和埋怨
都来这里小歇
这里四季芳草青青，真爱无边

谭西龙现代诗

谭西龙，青岛平度市人。喜欢用文字记录生活，作品散见于多家网络平台。

秋　风

十月，田里的玉米秆倒了
秋风，便辽阔起来
这个季节，娘的菜篮子
也辽阔起来
似乎能装下整个秋天
一把花生，一棵烟油
抑或是一只肥实的蚂蚱
都曾是我童年的意外惊喜

风是从北山的北边
一路小跑来
穿过无数岁月的河流
裹挟着山里的凛冽寒气
娘的灰头巾不配拥有风
她紧紧系在下巴上
一点也不飘逸
娘的菜篮子装不下风
里边已被生活填得满满的
没有一点多余的空间

风只能在她脸上
越来越深的皱纹里
横冲直撞

今天，我满含热泪
在远离城市的田野里
踟蹰
这梦绕魂牵的故乡啊
我把秋风拥入怀中
用一层层的外衣
裹紧它越来越冷的身体
似乎听到贴近心房的
微微啜泣声

一树被遗忘的柿子

生活就是这般残酷
耐不住寂寞的叶子
随风私奔了
独留你在清冷的秋天里
命悬一线

每天都精准地活着
从早晨第一声鸟鸣里醒来
再相伴月光而眠
开花，授粉，结果
从青绿到金黄的整个过程
饱经忧患

本是收获的季节
却尝尽人间冷暖
苦涩的心，得不到酒的淬炼
何必埋怨命运的多舛啊
那些爱恨情仇
本就是生命里的站点

牢牢地抓住
这最后一根枝条吧
用尚存的火，点燃秋天

杜鹃花

因为一场雨
恋上了云朵
于是，义无反顾地追随
来到北方
云绽放成漫天雪花
你开成窗里的风景
一层薄薄的玻璃
隔断火与冰的恋情

高立中现代诗

高立中，网名南宫园梦。河北南宫农民诗人，河北南宫作家协会会员，邢台市诗人协会会员。

雪　梦

皑皑白色
寄托着远方的深情
今日狂欢夜，又起风雪
断不了的根，偏是长长的相思
我从来不笑你
说不完的情话，作不完的诗篇
我等的就是你
银白的世界，纯洁地过完一生

初　冬

晴朗的天
延续着一片红叶的思恋
北风扶着小树枝不紧不慢
路上的小雪低头不语

云，跳起长蛇舞

偶尔泪雨涟涟
只有岸上的梅骨在
迫使人间的嫣红，依然风韵犹存

一个人，一朵花
都在指缝里寻找
远处的那片水，正不慌不忙地
向着冰心玉壶的未来

月光落在雪上

往事的风
沉浸在梦里
冬月里的爱
又抬起头
落有我翩飞的影子
我赶在月光的前面
踩着雪路
向黑夜冲刺
一片片银色的光
徜徉在人间
哪儿是你
哪儿是我

王巨武现代诗

王巨武，笔名钓鱼王老五。现居遵化。喜欢文学，业余常写散文、诗歌等，发表在多家报刊。

冬日的惦记

惦记，随冬日的寒风远去
翘首，曾经冬雪的温柔
我把滚烫的心在寒冷中捧起
微笑，道一声远方的你

今夜无眠的冷寂
只为那年纷飞时的含蓄
谁承想
那是永远抹不去的记忆

我把已经冰凉的爱捂热
悄悄地唤起
寻找曾经的我和你
远方有多远
请把我的诗行捎去

念你，想你
也许，不经意间
还是那个大雪纷飞的街角

就能看到你，爱的甜蜜
微笑的雪花
也会融化成泪滴

恋 春

下雪时，我总会想起你
萌动含苞的季节
孕育着春的风情

下雪时，我总是惦记你
春风摇动的小窗
还是否为我敞开

下雪时，我总是默默地为你祈祷
哪怕你走得很远
你终将徐徐而来

故 乡

自从穿上军装
乘车北上
故乡，便成了一串串念想
一条古老蜿蜒的小河
穿过一座古老的小桥流淌
一头连着我

一头连着娘

小河拐弯处

一棵弯弯的柳树

生长在溪中的岛上

那岛像极了弯弯的月亮

柳丝垂钓着水中的浪花

浪花也飞出阵阵花香

夕阳后

弯弯的月亮就沉到湛蓝的水中央

村口

一棵弯斜的槐树

数着日子

静静地一声不响，自顾花开花落，自酿花香

风吹时，遥望

村子里的人们如何走过日久天长

街角的拐弯处

一头黑驴的眼被蒙上，拉着磨盘

赶驴人扫着，唱着流行的歌

磨盘上的粮食也跟着发出咍咍的脆响

夕阳后

圆圆的磨就沉睡在街旁

故乡的灯火明亮

飘出腊八粥的香

母亲呼唤着年少的儿郎

淘气的小哥却一声不响

盘坐在槐树上

嘘的一声，告诉树下仰望的姑娘

啊！故乡

秋实不是梦

薄凉的秋风
轻轻吹开我甜蜜的梦

窗前，楼间的绿
梢头微微摇动
一些季节性的花点缀了
早秋的静

远望，云随风
漫过山顶
飘过长城
山前，缀满斑斓的果实

秋总是不负盛情

我闲散的心
随风悸动
仓促，总有遗憾留在万里长风中
遗憾，总有高峰不能攀登
但秋实已不是梦

张庆安现代诗

张庆安，陕西西安人。长安区作家协会会员。近年来在报刊、网络发表散文、小说等百余篇。

桃花依旧笑春风

你仙子一般
俏立桃花林中
蓝天，白云，绿地，香风
一切，浑然天成
我深情赞一句
"人面桃花相映红"
你的眼神中有了怦然一动
一声轻诵飘过我的面前
"桃花依旧笑春风"
我凌乱在了花瓣雨的风中
那一年你我少年追梦
错过了最美的风景

你女王一般
一群仙女前呼后拥
花车，新郎，笑脸，柔情
珠联璧合，交相辉映
我送上一句祝福
"人面桃花相映红"

你的眼神如秋水盈盈
整个的世界化作了弥漫的香风
人群中我一声轻诵
"桃花依旧笑春风"
那一年你如花的笑靥
是我看到的最美的风景

你我路人一般
相逢在桃林小径
眼神中全是淡定从容
一切都是云淡风轻
你叹息一句"人面桃花不再相映"
我回答道"桃花依旧笑春风"
人生漫长的遇见
沉淀在内心深处
那是记忆中最美的风景

李樘现代诗

李樘，原名李士旭。湖南省网络作家协会会员，《青春诗刊》会员，中国诗歌网认证诗人。散文、诗歌散见于中国作家网、中国诗歌网及地方刊物。

先　贤

他的每一步都行在未知上

在那漆黑的夜里
饱含期待地找寻
寻觅哪怕一点的萤火

点亮
那已然觅不到一丝亮光
全然黑暗的世界

他自然无比希望早日追到光明

但那世间的黑暗
又怎会被轻易驱逐
漫野的孤寂与茫然将他吞没湮灭

但他仍要站起身起来
他要扛起这风雨飘零的国
于是，他选择了行在未知的枪与火之中

他的前头是未知，他的后头是黑暗
他毅然地抛弃了迷茫
接过了历史递来的火炬
点亮了，昨日唯一的光

他要发声
要为那些饱受苦难的人民
要为那片遍布疮痍的土地
要为那个支零残破的国度
要为那后代人能在世界上发声而发声

如今，他仍走在未知的路上
在探索
那未来的可能永恒的光芒
前途仍是茫然
但他却不再孤独

这世上本没有路
但走的人多了，那荆棘与未知也便成了路

他是点亮了昨日的光
也是点燃了此刻的火
而我们则与他一同
照亮了未来的路
那炬火，那唯一的光
连太阳都可照亮
他总是行在未知的路上
后人就沿路而上行
在未来会相遇的信仰里，高歌欢唱

她是光

树梢鸟在叫
路边花开了
一个人行在路上
期待偶然相遇的馨甜

她是一团青烟
与我在爱欲里纠缠
纠缠至彼此会遗忘的时刻
然后，在我的静默里焦灼
再见

她轻声微笑
我却无法看见
擦肩而又路过
熟悉又陌生
最终，回眸也是告别

今夜野草香甜
是鸟儿欢鸣的夏天
荆棘花缠绕住残破石碑
远方游人在这里相见

她像一团青烟
在我的彷徨里呼唤
呼唤被我遗忘的姓名
然后，在我的孤独里飘散

回念

星海，今夜只能存在一个姑娘
她是我的亚当，也是我的夏娃
我可以不爱这人间的一切
却唯独不能与她告别

所以，我的猫儿
她应是怎样的模样
让今夜的伊甸，竖琴声奏响

王连宗现代诗

　　王连宗，网名诗志不移，居河北沧州。安徽省诗词学会会员，西部散文学会会员，中国远洋海运作家协会会员，沧州市作家协会会员。2017年第二届国际城市文学论坛暨第二届国际城市文学论坛新诗百年获"实力诗人"奖；2019年首届左龙右虎杯国际诗歌大赛获得优秀奖；2020年"千益红杯"记住乡愁全国征文大赛获诗歌组二等奖；2021年河北省文物局举办的"运河情故乡梦"大运河文化主题征文获二等奖；2022年首届"华燕杯"文学创作大赛获精品奖第二名。

沧州，冬吟大运河

冰凌把禅意举过大运河的头顶
所有的圣洁绽放在天空
你若愿意顶礼膜拜，千年的文脉
运河的风情，牵手渤海的风起浪涌

掬一捧冰冷，把诗行洗涤干净
在朗吟楼上专注《诗经》的吟诵
站在天空俯瞰，大运河湾公园草坪的绿色
那优雅的一湾，牵动多少文人的心

运河两岸，紧锣密鼓地推进施工
告别千年的杂草、纤夫踏出的路径
湮没了沧桑，造出的风景赏心悦目
站在清风楼台上尽享风雅颂的诗情

那株已枯的老柳，不朽的年轮里
镌刻乾隆小憩的掌故和御植的身影
回眸桃花节里，跑出半马的征程
一个粉红的日子，为运河平添几多生动

不知晓《四库全书》中有多少奇闻轶事
文化大厦的新馆展现一万多人小楷的恢宏
从纪晓岚到何香久，沧州人又一次
把中国博大精深的文化传承

看不到野竹林，不用担心流放押送
那水浒岛跳脱不掉运河水的绕行
觅不到山神庙的踪迹，寻不见柴进的庄园
仍可眺望桑园远古织锦的繁盛

我曾想，沿沧州大运河徒步全程
司马庄的新、谢家坝的古，任凭驰骋
当《诗经》石刻矗立两岸，雎鸠与青蛙唱晚
建党百年，古老的运河，已焕发新生

走进腊月，一只小鸟站在运河冰上小憩
寻觅、等待？在萧索荒凉里眺望一份恋情
衰草枯黄，抖落一生的茂盛葱茏
开阔的两岸正挥毫泼墨，描画美好的憧憬

石栏上石狮的笑脸，洋溢时代的风采
冰上垂钓，怀揣一个休闲的美梦
等着与鱼拔河，钓起一湾鲜活与快意
南水北调的航程上，文武的基因随水奔腾

泛舟佳话，在古代纤夫的口里传颂

狮城人骨子里的诙谐，在乡音里共鸣
运河两岸重新长出的三座名楼
厚重的文化底蕴，裸奔的枝条正待在春季新萌

大运河像扁担：一头挑着历史，一头挑着未来
蝶翼一样的两岸，展开翅膀飞腾
掩藏在枯草下的活力，静候南归的雁
抛却斑驳陆离的虚词，大运河召唤丰富的春情

刘皓玥现代诗

刘皓玥，山东淄博人。热爱文学、声乐等。在《丝路都市文化汇》《华语经典文学》等发表过诗歌、散文，且多篇作品获奖。

描绘青春擘画蓝图

青春蓝图，是什么模样？
那里有镌刻生命的"烈焰勋章"
在流光溢彩的人生画卷上
"勾皴擦点染"一挥而就
风景生动怡人，草木华滋
在时代浪潮命运海洋一旁
书写下自己的印记与宣言
注释着青涩，奔涌的思想

青春蓝图，是什么模样？
那里如人生的"调色板"
热情的红色、温暖的黄色
纯净的白色、沉静的蓝色
希望的绿色……
一切都孕育着未来最耀眼
璀璨的神圣之光——

青春蓝图，是什么模样？
它刻画的是一段青涩奋斗史

意气风发，把一切扛在肩上！
斗志昂扬，奋斗中释放激情
自信拼搏，坚守中淬炼忠诚
风华正茂，拼搏中追逐理想
每一种姿态，都叙述着成长

青春蓝图，是什么模样？
那里有天边缥缈躲藏的云
那里有山谷枪鸣冲击的林
那里有海边波涛击打的岩
柔和的风，和煦的春
亮丽柔美，徜徉飘荡
都感叹着花季的大好时光——

李茂双现代诗

李茂双，黑龙江拜泉人。现居西安，传统文化爱好者，诗歌发表在中国诗歌网等。

冬 晨

严冬昏晓，风劲雨寒凄叶扰
不堪萧索，青丫凌枯槁

黑白分判，天地渐明了
不理凌乱，万籁重归静好

晨光微笑，直将雾霭轻挑
一切终将长大，何来夜陡峭？

冬　忆

不知何时起，冬日的空气
混沌挥之难去。更近徒增
诡谲逼欺。唯露的双眸，嗔诉着疏离
让一切都变得，不那么惊喜

惜忆，那时空际遇，云光霞影
绿茵沙堤，清亮澄澈的天地，畅快呼吸

爽润的风，涤荡着山水，似在诉说
儿时的记忆。彩墨的画，变幻着的韵律
悠然映染了所有，绘成它和美的底色

杨永斌现代诗

杨永斌，宁夏西吉人。诗歌爱好者。

良辰美景（组诗）

我 有

我有糊涂的伎俩
和执行上帝命令的双重天赋
因为昨夜我焚烧了一个女人的美丽
——我看不见她了
——从此我进入枯水期……

难

文明有招贤之难
学说有解疑之难
王麻子有挣钱之难
我的诗歌有避庸之难……

骑马经过，看二道梁是否塌陷
怀揣快刀，等待下一个忧伤
背我诗歌，抹平山河
有难难言，唯我才解……

爱

我好像爱上了你
并把端详你的这一天
——窖藏
我给自己的箴言是：
爱，不一定是恋情
爱，不一定是婚姻
它是一件艺术品
珍藏心中，从不外露
就连你自己也不知道
我在爱你——
人间的秘密太多了
我已经把十分之七说给了你
十分之三就是你的名字……

良辰美景

我的良辰美景去了麻地沟
现在它开始憎恶起一些地方
因为它胆小，听见那里的异响
就头疼

它选择了中国的麻地沟
在它看来，风景如画超不过脱贫攻坚
在它看来，风景如画
美不过乡村振兴……

汪利现代诗

汪利，笔名吴烨，安徽庐江人。合肥市作协会员。爱好文学、摄影、旅行。

初 雪

寒风狂躁不安
温度降到了冰点
路上人迹稀少
乌云遮住了天空

枫叶红遍山岗
茅草在风中摇曳
蜡梅吐露芬芳
柿子在枝头迎宾

雪花飘逸飞舞
轻吻大地的馈赠
点缀山川河流
赐予冬天盛装

雪，不停地下
带来了厚重的嫁妆
风，吹起唢呐
唱响一首迎亲的歌
初雪，为爱奔波而来

陪你一起看夕阳

每一次登上顶峰
都想用最美的语言表白
每一次仰望苍穹
都想抓住天空的云彩
在逆光中
拍下眷恋的光芒
在寒风中
挽留温暖的阳光

夕阳在云中徘徊
这注定是一场艰难的旅行
你唤来星辰大海
我守在孤寂的竹海
沏一杯深山老茶
敬逝去的岁月
你的影子倒映在杯中
那是划过天空的彩虹
无论日子多长
我也要陪你看夕阳

刘云现代诗

刘云，教师。喜欢读书，尤喜文史哲。一直以为，读书写作是为了遇见更好的自己，成为自己喜欢的人。

母 亲

十七岁那一年
母亲在院子里栽了一株野雏菊
鸟儿将玫瑰种在花蕊里
初夏的时候就开了妖艳的花

母亲点起豆粒大的灯
天就下起了雪，也变得红红的
爷爷在枣树上系一个蝴蝶结
母亲的喜事就来了

出嫁的母亲
像盛开的野雏菊
阳光溜进了母亲的梦里
一些种子开始发芽
一些庄稼开始长大

孩子们的纸鸢摇曳在母亲的笑靥里
几只麻雀偶尔落在母亲的窗台上
扑棱棱一声

仿若极美的凌霄花

后来，母亲的矮墙下长满了狗尾巴草
她的孩子们就像蒲公英一样
偶尔落在小院里
仿若她喂养的那只花喜鹊

初春，木棉树
开火红的木棉花
我喜欢栖在她的枝丫，看炊烟袅袅
那里有母亲的味道

暗 恋

太阳的泪花，开在月光下
你的泪花，开在我的日记里

那只纸帆船
装满了淅淅沥沥的三月雨
泊在你的眉弯

指尖上的文字
汇成一条浅浅的小溪
而你就是小溪里的那尾鱼

秋天的时候
我走出了雨季
可心还是湿漉漉的

伊墨林现代诗

伊墨林，新疆石河子市人。喜欢诗歌，业余时间在字里行间做梦写梦。

纷飞雪

西伯利亚的寒流，不辞劳苦
冷空气追着雪花满世界乱飘
路灯下，雪纷飞
素色的飞蛾，在光亮处扑火
但它们并没有燃烧
反而，大面积地堆积
埋藏

那白，犹如没有一丝杂物的棉花朵儿
在我的掌心里团成一团
打出抛物线，或者堆造雪孩儿
从我的眼角丈量尺寸吧

曾经，睡得太久了
在白棉花做的绒被里
我要去纺一纺这白的世界
顺便捎带背上太阳吧
我的眼，看黑夜太漫长了
前面的路需要白昼
我早已，成了它们中的一分子

包永飞现代诗

包永飞，笔名凌翔，甘肃静宁人，喜欢写作。

炊 烟

看到天边遥远的袅袅炊烟

我会感到异常欣喜

它就像张开怀抱迎接游子归来的母亲

那些在天际线后面的

父老乡亲、牛羊、村口的小狗

都在熟悉的地方交谈，发出咩咩和汪汪的叫声

我隐隐盼望着的一切都如记忆中一样熟悉

那亲切，那热忱，那慈祥和蔼的面容

仿佛儿时的一切在耳畔、在眼前

我已经积蓄了足够的力量

正把那阻碍一锤一锤地凿通

现在我看见炊烟越来越近

有时候就在头顶盘旋

是不是我已接近故乡

可以和他们一起，闲叙家常

围桌而坐，把酒言欢

炊烟升起的瞬间

我的心才有了归属

华章叠锦，品味时光

贾晓辉散文

贾晓辉，笔名朔子，网名天欲雪。黑龙江省双鸭山市人。黑龙江省科学与艺术学会理事，双鸭山市作家协会副主席。20世纪80年代初期开始文学创作，先后在各类报刊发表散文、诗歌、小说六百余篇，出版了《中国当代文学》等专著，现在从事科学普及工作。

旧人走过

一直在想，茫茫人海，人与人能在特定的场合相识、相知，是不是就是一种缘分？当我们走在人生这条单向道上，经历着自己的旅途风景，感受着岁月中的欢喜和哀愁，而昨日发生的一幕幕，就如同雨后清新的空气，温暖的阳光，划过心海，在那似曾相识的一隅，静静地收藏，始终未曾远离，但却再难以触及。

还记得，青葱的岁月，有几分稚嫩，几分洒脱，就犹如春日姹紫嫣红的花丛，它们恣意地开放，略带着浪漫的气息，却不失一种热情和豪气，那是属于淳朴的年代。这不禁使我想起了大学的时光，想起了那些一起共同生活过的同学们。那时青春的气息总眷顾着我们，年少时的活泼总现于举手投足之间。我们可以趁着假期，邀上几个朋友外出踏青或是郊游，享受着大自然的无限风光，同时也给这些秀丽的山山水水留下我们的足迹，想想就是件惬意的事情。当然，令我更难忘的是，每当将临考试，宿舍大伙儿个个焦头烂额、挑灯夜读的情景，或许也只有这时我们才能真正地领悟到什么是"临时抱佛脚"的惨状吧……这一桩桩往事，就如放电影般在眼前闪现，时光催老了我们的容颜，可总有些记忆挥之不去，因为它早已住进了我们的心里。

步入社会后，我在工作的繁忙与生活的无奈中不停地周旋与奔忙时，却也总有种怡然、沁人的味道让我眷恋，这就是同事之间那种淡淡的情谊。虽说少了好友间浑然天成的默契，闲暇之时也会聊起各自的理想和今后的打算，但就是这平日里通过点点滴滴共同生活、互处共事建立起来的感情，在他们提交辞呈时，心中还是会有一种难言的情愫，一种伤感爬满心怀，从此以后各奔东西，而那重逢的日子又待何时？或许这个社会变数本就太多，我们的人生有时也宛如一场表演，人来人往只是其中的一段插曲。原本以为看多了，就可以云淡风轻，一笑而过，可当往事的风唤醒了昔日的梦，心头还是会掠过一丝的惆怅，记忆是会蜇疼人的，因为我们曾经真实地经历过。

记得有一次正好回家，却看到老邻居正在搬家，听说是因为家庭的因素要把房子卖了，不知为何心中顿时有种说不出的滋味，哽咽着，很是难受。或许人生就是这样，悲欢离合，我们并不能改变什么，只是人都会恋旧吧，想想茫茫人海，我们相逢了，这本身就是一种缘分，只是其中的定数不同，缘分也各有深浅，所以我们才会别离，滋生出各样的无奈，这也许就是冥冥之中的天意吧。

记忆，有时就好比一本泛黄的日记，它藏在心灵深处，原封不动固然好，怕只怕，当有一天风吹草动，吹皱了心中那池平静的湖水，当往事一幕幕被揭开，那些旧人的背影还是会依次在我们脑海中慢慢地走过……

秋日，思绪的来去总在忽然之间

昨夜的一场凉雨，今晨便是满地飘零的黄叶了。偶尔一排雁群从头顶飞过，它们该去南方了。秋风将会带走满山绿，吹散满树的叶。我想，我不会因此有很多悲哀，让那一树秋黄，随一路莺歌渐次飘落。然后，我可以在某个秋日，看夕阳，听雁鸣，话离别。如今想来，我是喜欢秋的，喜欢那一地秋凉与荒芜，还带有淡淡的伤，季节也会引导情绪。秋也带来收获，也该是高兴的时节。我一直喜欢残缺的美，还有那苍凉的静。一片不经意夹在书中的黄色的叶子，便会给我很多的感慨，不用太多的语言，不用多美的文笔，我便很容易感动于心底柔软而酸楚的情境。记得一个朋友曾经说过，熟悉到极致，便是陌生。也记得有人说，完美到极致，便是残缺。想来，完美与残缺是可以共通的。秋天，总会给我无限的遐想，这样的遐想看似无味，可我喜欢极了这样的回忆与想象。人都是充满矛盾的。我们一直在这种矛盾中生存，相互排斥，也相互吸引。所以，有人说，快乐并痛苦着。我一直是这样的，也觉得理所当然。

想象一个空间，演绎着一世的传奇，繁衍着生命。一个个生命，在岁月的咀嚼中慢慢地拉上了帷幕，记忆的角落便也会掩埋着一种悲壮。

秋天，似乎注定要以孤独的方式在岁月的角落里捉迷藏。秋天可以寄托最原始的愁绪，承载一种荒芜后的希望，展现岁月呢喃中慢慢交出的画卷。

思绪的来去总在忽然之间。

忽然之间，凉风徐来，天高云淡。相信情感的年岁，单纯得像加冰的水。没有想念的悲哀，没有婉转的表达，同样也没有暧昧的期待。生活干净得一尘不染，也乏味得寡然无趣。

忽然之间，风急天高，天昏地暗。人生无常，我反而更加相信爱，一路走来如啤酒气泡漫溢的激情虽然一戳就破，可还是一如既往不断涌来。下一秒遗忘你和下一秒遇见你没有区别，但令人心中惶惶。

月光悄悄然地泻在落叶飘黄的夜里，曾几何时，萧条的秋天，让我不禁忆起"几孤风月，屡变星霜"。这秋的味道着实使人不禁落泪，让时间与空间尽情穿越去弥补，纷飞的思绪怎么也难拉回。

缠着清风，挽着明月，皎洁的孤轮筛洒下倩影，悠扬的清笛，不经意就点破了绵绵晚意。清秋的暮晚没那么轻舞飞扬。俏枝摇，卷帘西望，它静静地带走了些许忧伤；南归的雁是过路的客，泛着生气，平添欢乐；山林里野花已不展夏日的美颜，仅剩残枝几许；淡淡秋风依旧留恋不舍，想要带走最后一抹残香。

我坐在秋色里，赏着秋景，咀嚼着秋天的味道：苦的、甜的、清凉的……

"高鸟过时秋色动，征帆落处暮云平。"在这样的境界里，你会和这秋色里的一切一样开始生动起来。然而，阅罢山水万千，赏尽秋色无限，让人真正感悟的就是，幸福来自这样一种朴素的生活。由春而秋，人到中年，才意识到美丽之后的痛苦和曲折，很多都是你无法选择的，这时候唯有面对，任命运的风雨来来往往，你岿然不动。那么你就会读懂"树树皆秋色，山山唯落晖"这样的诗句，你就变成秋天里的一棵树，最美的风景永远在心，不在远处。

那年月——怀念我的姥姥

姥姥的家是我童年时期最向往的地方，因为在那里可以得到格外的宠爱。奶奶在我父亲十几岁的时候就离开人世了，所以我对奶奶的印象很淡，姥姥则给了我实实在在的幸福和关爱。

我的童年几乎是在姥姥那老得不能再老的儿歌和瞎话（东北话，指老故事）里度过的。正因为有了姥姥的"小小子坐门墩，哭着喊着要媳妇……"儿歌，我才朦胧地有了爱的情感。正因为有了姥姥的撒谎的孩子最后让狼吃掉的故事，于是，我早早懂得了诚实和守信，决心要坦坦荡荡地做人。小学时每到寒假，我都会去姥姥家玩一段日子，那时候姥姥身体已经不是很好了，经常躺在炕上。记忆里，我每次去姥姥家时，看到在炕上躺着的姥姥，我就感觉说不出的温暖。她总是用颤抖的手伸进小布包里，颤悠悠地摸出一把糖果或是已经很硬的糕点。随后又一层层地揭开衣服，在贴身的布衫里取出还带着体温的一块或两块钱，一边把这些往我手里塞，一边气喘吁吁地说："快吃吧，姥姥专门给你留的。这钱你拿着上学去买本子和笔。"不知道那些糖和糕点已存放了多久，有的已经融化，有的糖纸已经剥不下来了，糕点硬得咬不动，可我接过来后总会立马放在嘴里。每到这时，姥姥都会咧着没牙的嘴开心地笑起来。

我在姥姥家是最自由的了，无论怎么淘气，姥姥都不让舅舅说我，她总是说，一年也来不了几趟，让他随便淘吧。我有四个表哥、两个表姐，但和我关系最好的就是比我大一岁的四表哥了。他是个很老实的孩子，和我在一起玩时，所有的坏点子都是我想出来的，捅娄子后，姥爷和舅舅都会骂四表哥，而不会骂我，为此四表哥受了不少委屈。所以我经常带一些好吃的给四表哥，可他总是让着我，那时我感觉四表哥是世界上最好的人。

我最喜欢在姥姥家过年了，那浓浓的年味现在只能回忆了。姥姥家过去是很殷实的人家，对年节很讲究。我的舅妈是一位非常有中国传统美德的勤劳女性，从来不多说话，每天就是默默地干家务活，每年都要养几头猪和好多只鸡鸭，让困难时期姥姥家的生活总比一般人家好一些。所以一进腊月门，姥姥家就要杀猪了，这是我最开心的日子，姥姥的亲戚都来了，还有左邻右舍，我最喜欢做的事就是和表哥表姐到各家拽人来吃肉，那场面我至今难忘。杀猪的头一天，舅舅要走很远的路，去请杀猪匠。记得有个叫韩大巴掌的人，是姥姥家每年都请来杀猪的，杀猪匠来了后，舅舅和大表哥要陪他喝酒，我们小孩子就听他们大人讲南朝说北国，那种神秘感，吸引着我的每根神经。等到下午，姥姥家的大锅里就炖满了酸菜和新鲜的猪肉血肠，热腾腾的气从房门里冒出来，带着浓厚的肉香和年味四下飘散着。大人们喝酒、划拳，我和一些小孩子屋里屋外地跑着，快活到了极点。可姥姥总是叫我回来吃肉，她给我撕了好大一碗瘦肉，看着我吃完，才让我再出去跑。到了夜里，我也不睡觉，从南炕跳到北炕，看到四表哥睡着了，我就拿一条细线绳，蘸上凉水，放在表哥的后背上，慢慢地拉动。表哥的手便会顺着我拉动的线绳挠起痒痒来，我忍不住就大笑起来，表哥醒来就要打我，这时姥姥就会大声骂表哥："他总也不来，你也不陪他多玩一会儿，就知道睡觉。"然后姥姥也笑起来，对我说："我小外孙淘气都和别的孩子不一样，将来一定有出息。"现在想起姥姥的话，我很是惭愧，都五十多岁了，还没有什么成绩，很对不起姥姥的期望，可有一点，我是对得起姥姥的，那就是我堂堂正正地做人，诚实守信，也许就这一点可以告慰姥姥了。

每次临走时，姥姥总依依不舍地拉过我的手，唠叨着："不知道啥时候再来？""明年开春就来！"我急忙告诉姥姥。"明年开春？我怕是活不到明年开春了！"虽然只是姥姥随口的话语，却让我忍不住想流泪。

记得我十七岁那年冬天，家乡的雪下得很大，从头年底一直下到第二年正月。我正在读高中，爸爸来学校找我，说姥姥不行了，让我和他去姥姥家。我匆匆忙忙赶到姥姥家，一口大红棺材停在院子中央，我进到屋里，姥姥平时躺着的炕上已是空荡荡的，没有了姥姥。姥姥没有等到第二年的春天就真的离去了。姥姥走了，迎着满天的雪花走了，把那熟悉的儿歌和瞎话也带走了。我不知道是怎样的心情，只是没有感觉地站在那里，表姐把一块黑布缝在我右边的袖子上，这时泪水顺着我的脸颊止不住地流下来……雪花落满我的头顶。

多少年过去了，每当漫天的雪花不经意间飘落在我的脸颊时，我仿佛还能听到姥姥慈祥的声音正轻轻地唱着："小小子坐门墩，哭着喊着要媳妇。要媳妇干啥啊？点灯说话呀，吹灯做伴呀……"

媚语幽幽散文

陪君笑醉三千场，不诉离殇

　　绵延飞絮，独舞大漠天宇。千帆过尽，碧波长河浪迹。岁月有情，浅笑留痕，痴爱无言。陪君笑醉三千场，不诉离殇。

　　一直想于菩提树下觅一块青石，静看世间沧海桑田，风云变幻。一直想努力挣脱情感的羁绊，静看风花雪月，坚守心灵的孤芳自赏。一直在有意拒绝一种深入骨髓的极致魅惑，躲避零距离的靠近，再靠近。怎奈，你的热情如夏夜璀璨的烟火，瞬间将我点燃。你的温柔如供养生命的空气，无处不在。你的执着像一坛坛散发着香气的陈年佳酿，让我不由自主地再一次沉醉、迷失。你的诚挚，崩溃我的心墙。你的万千宠溺，让我迷失陶醉，让我彻底沉沦。

　　因了前世久别的重逢，你脉脉含情而来。今生注定相守的缘分，红线牵于一念间。不期而至的爱如烟花般绚烂，如罂粟般诱惑，如午夜远处明明灭灭的灯火，闪烁着诱人魂魄的光彩。为爱，谁情愿化为灰烬，中毒而死。为爱，谁义无反顾，飞蛾扑火。我爱你，如芥末，细腻委婉却香气袭人。你爱我，胜过爱自己的生命。坚持让这份爱活色生香、色彩斑斓。坚持四季的每一天都旺盛丰盈，永不凋零。

　　每一个寂寞的夜，有思念陪伴，不再孤单。每一个落雨的日子，有回忆陪伴，不再伤感。每一朵夏花绽放，有你的微笑和爱怜，花期不再短暂。每一段枯燥艰难的时光，因为有你，因为有爱，变得生动而精彩。胭脂泪，暗香流。时时相随，夜夜入梦。澎湃的思念摇荡着我的心，波澜起伏。彼此焦灼的等待穿越遥远的时空，在悸动的心间丝丝缕缕的，让人疼痛。想你成为一种自然而然、不自觉的习惯。

　　面对远方，从日出走向日暮。我愿成为你心目中最美丽的那一处风景，四季怡然。也愿你能做我灵魂永久的伴侣，朝夕相处，从黑发走到白头。

白头偕老的誓言不是在一场雪地里白了头发那么简单，而是需要在漫长的人生中一秒一秒用心来呵护，用情来温暖，用真诚来证明两颗心的执着忠贞、理解包容。乐着彼此的乐，痛着彼此的痛。哪怕残酷的现实令我们能给予彼此的只是默默祝福，也要带着微笑送出。

三生石畔有过驻足，奈何桥边留下背影。爱很轻，轻到经不起心灵刮起的些许微风。爱很重，重到需要一生一世甚至几生几世的等待和守候。又一次想起禅宗那个蜘蛛的故事，世界上最珍贵的不是得不到的和已失去的，而是现在的幸福。是的，我们要让两个孤单的灵魂体验情感世界里朴素的奢华。让我们的故事不仅仅成为人生幕布上一个简单的缩影，广角镜头前一次随意的切换，而是心灵上精彩的演出。

今生有约，光阴无悔。放逐一场流年的清欢，绽放妖娆，演绎浪漫。红尘如烟云，记忆锁温柔。多情时光，缱绻流连，有你有我。

雪夜絮语

雪舞苍穹，片片晶莹，于冬的严寒里邂逅极致的温暖，成就一场美丽的情缘。妖娆妩媚的红玫瑰肆意盛放，芳香浓郁，纤尘不染，拒绝凋零。有你陪伴，这个冬天不再寒冷。我无意深入你心心念念的旖旎的时光，你恬然走进我缠缠绵绵缤纷的梦里。

曾经一个人在看不清方向的路上徘徊，曾经陷入一场类似爱情的苦苦等待之中。一任落寞的眼、寂寥的眉封锁情感的出口，爱得好苦好累，及至深深地伤痛，及至最终噙泪无奈地放手。心寒到零摄氏度以下，以为从此不会再有温度和热情。

红尘暖光闪烁，你微笑着走来。带着阳光的温暖，带着醉人的温柔，带着浪漫的激情。瞬间明媚我趋于黯淡的世界，滋润我几近荒芜的情感沙洲，激活我埋藏在时光背后的风情。令我沉迷，令我痴醉，令我情不自禁地为你心动颤抖。

冥冥之中找回了丢失许久的自己，不禁讶然，原来生活依然可以青春飞扬，依然可以这般美丽生动。于夜幕霓虹灯下的拐角处，寻到那一份专属的挚爱，拥抱着满满的甜蜜与幸福。我感谢上苍的眷顾，时光的垂爱，感谢这一份命中注定的奇缘幻梦。

恋恋红尘，一任时光流转，让曾经的记忆随风而去。将瞳孔放大，剔尽积蓄眼底的忧伤，再现明眸笑靥。拿起倒立的酒杯，斟满红色的佳酿，与往事干杯，开始新的一页。让青春坦然走过悲伤，不留遗恨。

你的呵护仿佛最柔软最舒适的羽翼，安抚着我起伏不定的心绪，给予我深沉恬静的关爱。你的话语仿佛最动听的声音，透过温热的耳膜直抵魂灵深处不为任何人开放的那一隅，于其间百转萦回地缱绻缠绵，令我心旌摇荡、窒息般陶醉。

你为我紧闭的心门打开一扇窗，洒进明净的阳光。你为我杂乱的心律和上七弦，奏出美妙乐章。我如纯情恣意的野百合，满含娇羞迎向你的目光，欣然绽放。愿将永恒的花期植在你炽热的心中，为你留住一世的灿烂。

当每一个黄昏慢慢靠近黑夜，夕阳下有一个凝眸痴望远方的玲珑背影，那是我在默默回忆你的温暖。当午夜的钟声清晰地响在耳畔，依然辗转不能成眠，这是我对你深深的柔柔的与日俱增的思念。月光皎洁如乳，孤灯散落碎花，我想你的喃喃自语。

诚然，对于爱情，每个人都会在心底埋藏一个美丽而超越现实的梦幻。也许花好月圆，梦想成真，见证两个人奢华的幸福。也许迫于无奈，梦碎幻灭，情随落花流水，遗落一地叹息，但我们都需要以坚强的姿势站立，无怨无悔。彼此用心地爱过，足够回味一生。

岁月无声，青春有痕。款款心事，字里相依。静走凡尘，与你相逢，那些类似的心愿、类似的渴望聚集在流年的最深处。共一蓑江南烟雨，醉几许塞北风霜。今生遇见、牵手，共同盟誓，与你结伴而行。

宵宵子夜，风笺呢喃，雪映天地。琴瑟和鸣，浅吟低唱，敛我三生情怀。

一种相思，默默诉给夜听

当轻风和霓虹灯的光影跳跃于窗棂，当月光的银白柔和洒落于起伏不定的心胸，当那颗最亮的星星疾速地眨着多情的眼睛，仿佛来自远方的你满含柔情的问候。这一刻忽然像涓涓溪水般生动，郁郁竹林样多情，这一刻突然好想你，思念如潮涌。

一份牵挂，一份盼望，还有一丝落寞，次第涌上心头。脆弱的冷漠，不攻自破。想你，不由自主。爱的轨迹不是轨迹，是思念踏着莲花碎步在心尖寸寸游走。爱的夜晚不是夜晚，是思念缱绻在孤单的灵魂中轻歌曼舞。瘦尽一宵灯花，眉蹙几许轻愁，问你遥遥可有感应？

不再去想，花若恋上火，是在快乐的那一瞬间体验了毁灭，还是在毁灭的那一瞬间体验了快乐？不再去想，谁在幸福的左岸，午夜遥望彼岸，一任婉约的心事缭绕在水面，化作层层浮光潋滟。美丽幻象的投影，穿越缥缈时空而来。

如果爱是一株妖娆惊艳的罂粟，情愿把美丽留给你，让我中毒而死。如果爱是隔岸璀璨迷离的烟花，情愿为你灿烂一瞬，让我化为灰烬。遇见是缘分，分手是宿命。如果宿命改变，那是爱情的奇迹。如果宿命注定也是生活的常态。

第一次遇见，便感觉似曾相识。第一次对话，便真实地找回失去的温暖。在心底刻意忘却许久的那个影子又一次悄悄浮现于脑海，刻意埋葬了的往事又突然出现在眼前，突然就明白了一个事实：有一种缘分叫似曾相识，轮回有约。

他，尘封在了过去。你，生动了我的现在。网络邂逅，真情绽放在灵魂深处，我们情愿相伴着一起走向不可知的未来。望着屏幕，手指在键盘上飞舞。滔滔话语，倾诉心灵不绝。至诚诺言，重重叩击心扉。谁的唇角含着快意的微笑，谁的眸里燃烧着炽烈的火焰。

在静谧的深夜里与你心灵相通，仿佛听见身边一朵花开的声音，暗香沁脾。心瞬间轻舞飞扬，翩跹红尘。你与我就这样走进一段爱恋。经历了许多世事沧桑，看淡了爱恨情仇，心一度很冷。

就在这样的一个寻常又不寻常的夜晚，年轻的心再一次激情澎湃，你温暖的话语将我的热情又一次点燃。这个秋天很美，相思枫叶绚丽心间。相约一场不离不弃的爱情，用我的万种风情，用你的无限真诚。放我的温柔在你的掌心，十指相扣，牵手未来。

也许过往的许多时光会在某个黎明如一朵睡莲盛开，妖娆的暗红色的花朵，华彩一般铺满心底所有的风景区。而曾经感觉最美和最爱的却总是怯怯地藏在花朵背后，不敢去对视，不敢去触碰，却禁不住想念那一根弦的拨动。

与你相识在红尘的最深处，夜夜静谧无眠望瑶池，细数闲塘花落声，心香瓣瓣无言为谁醉？我是一个纤弱的女子，需要用心方可聆听到心跳和呼吸的声音。如若你懂，请你珍惜。如若你深深呼吸到空气中的缕缕温柔，请记得那是我在静静地想你。

你是我今生旖旎璀璨的梦，我许诺你三生不变的情。一种相思，默默诉给夜听。一种缱绻，久久缠绵在心里，静默体验简单的快乐和幸福。

冬天的抒情

辗转于光阴里的一缕心尘，伴着晶莹剔透的雪，柔情漫舞。行走在时光剪影里的生动记忆，和着冬的匆匆步履，浅吟低唱。无意的一个淡然回眸，有情的一次微笑流露。时间的荒原里，缘来相遇。寒冷的日子里，彼此温暖。轻笑调侃，媚语幽幽，两颗孤单的心陷入激情爱恋的欢喜中。雪韵迷离，独为君醉。清光凝碧，惜却琉璃。

想你的思绪，如寂寞的烟云吻着美丽的唇，如香醇的茶暖着苦涩的杯，如流动的空气在透明玻璃的另一面氤氲着潮湿的甜蜜，看清心底深处的祈盼和等待。想你的思绪，将午夜的无眠拉长，将墙壁的灯影望穿，将飞落心间的瓣瓣雪花升华成洁白透明的水汽，水汽中你的微笑优雅。想你的思绪，穿过冬的坚忍不语，默默飘向那个温暖的方向，有你的远方。

沧海遗珠，你是藏匿于我眼底不会轻易流出的那滴热泪。月下觅踪，我可是你睡梦中呼唤了千遍万遍情暖一世的那个影子？这个世界很大，大到跋涉千山万水、穿越大漠长河，我们之间依然隔着天涯海角的距离；这个世界很小，小到从清晨走到黄昏、从今生走到来世，我的眸里、心里依然只有唯一倾情爱恋的你。

镜中花水中月的虚幻缥缈也曾令我忧伤，让我叹息，单调肃寒的冬日也曾冷冻了相互吸引的脚步，但终抵不过爱在彼此心里越来越真实。无须言语，你理解我的软弱与坚强。不用探问，我懂你深情明眸里的坚毅笃定。要开心，不要负担，要笑容，不要叹息，你的涓涓话语和着我的汹涌感动见证爱情的无私无畏。

心灵相通的默契，展现出一种无与伦比的美丽，绽放出一种魅惑激情的妖娆。你悄然住进我心房，我款款走进你灵魂。从此，冬天里的花朵绚丽了我们的世界，盛放在苍白的雪地。你我的故事生动演绎水一样的温柔缱绻，风一样的青春流年，火一样的热烈执着，山一样的巍峨与无怨无悔。我们的故事只有自己最懂。

如雪花悄然落在肩，如爱的痴迷由浅渐趋浓烈，沉醉其间。如你的影子始终徘徊在梦中，如你的声音清晰在耳畔。如冬风小心呵护着枯叶飘零，如枯叶执着相信冬风另类的温情……我执着于缘分的垂爱，在风景变幻处瞭望，在孤单最深处回味短暂的拥有，在时光背后拖曳着一个不再有四季轮回的冬天。

漫漫人生旅途，每个人都有可能是别人生命中的过客。然而我却坚持为等待你变成一株血红的彼岸花，守望成一座永恒挺立的碑，爱恋轮回，将一份不变的情缘镌刻进心的城池。有形的身体可以在你的视线里消失，无形的温柔却如空气般挥散不去，刻骨铭心。命中注定你是我灵魂的牵绊，我是你醉美的红颜。

如果神话最传奇，我愿成为你的一个神话。如果幸福最向往，我愿成为你的一段幸福。倾尽所有，我愿为你谱一首千年恋曲，主题是来世的承诺，旋律是今生的相守。在今生来世每一个寒冷的季节，每一个落雪的日子里倾情为你歌唱，两情缱绻梦里相依。半盏青灯，一朵雪飘，夜色幽媚。心念如花，暗香浮动，相思有你。

你的世界，我曾经来过

雪舞时节，风过有痕。来自邈远天宇的洁白精灵，翩然飞舞，终于寻到安栖之所。冬去春来，流年一载，思绪纷飞。于花开花谢间，依然留恋论坛这处的温暖。这是上网后，第一个游走之处。这样的雪夜，这样的隆冬数九，有你，忘记了寒冷，一股暖流涌遍全身。

一直在期待一场惊心动魄的不期而遇，你却来得这样自然朴实。因了同来自父亲故乡的情愫，对你心存偏爱，有意无意间结下一份特殊的"缘"。体悟亲情般的关爱牵绊，知己般的真诚友爱，殷殷切切的心灵相通。缘来缘去，收获一份温馨，一份感动，璀璨了无数个心情灰暗的夜晚。用心的爱，隽永的情，岁月深深记得。

灵感跳跃，一个个文字诉诸笔端，从亦真亦幻的思绪中走来，透着露珠的晶莹，泛着桃花的烂漫。一篇篇稿件凝结了自己的心血，穿越了作者的心房，充实论坛的版块，拨动读者的心弦。纤指轻叩小小键盘，灵动点击无言鼠标。字字珠玑，句句传情。夜色旖旎，屏幕后灼灼的目光连接一颗颗寂寥而赤诚的心。灯火阑珊处的相知，是一生最默契的相逢。

时光，在轻蹙的眉间流逝。依恋于此安放文字，寄存心事，宣泄情感困惑。我的孤单在你的怀抱里，婉约成美丽开放的花朵。面对朋友的细细解读，倾心喜爱，心存感激。因了一条条评论，一句句理解和鼓励，梦想鲜活，信心倍增。一路有你陪伴，阳光明媚，岁月静好，不落光阴的尘埃。缥缈中望到真实，天涯近成咫尺，空灵温润的幸福感，偷偷地欢喜。

爱的轻舟也曾在这里划过心海，执着地激起波澜。轻扬风帆，逆流而上。爱与不爱都没有错，不是谁的漫不经心辜负谁的认真，是遇见的劫，是时间的殇。有过就值得珍惜和怀念。珍惜回忆，怀念温存。如奔腾的浪花，遭遇一次流放，依然在等待另一场浪潮的激荡。纵使我们为爱遍体鳞伤，依然可以缱绻如初，一往情深，憧憬美好。青春的心，拒绝老去。

阳光可以晒红微笑的脸庞，亦可以灼伤眼眸。曾在这里邂逅生命的卑微与伤害，不堪重负的日子，品尝着生命里不同的滋味。轻轻告诉自己即使受到了无端的伤害，即使失去了很多，也一定要学会从容和释怀，尽管它是那么难。明了人性的弱点，学会宽待他人，让恶澜变成清流，让狂风自成和风，用一颗平常心坦然面对一切。你教会我坚强，教会我豁达明朗地生活。

一切美好的事物总会留有缺憾，不是不爱，是生活中还需要很多忍痛割爱，就像现在我不得不对你说再见。心藏忧伤，酸涩告别。冷冷的冬天里，离了你是否还能够取暖。当空气中弥漫着离别的气息，泪水汹涌而来，不可遏止。铭记的人，挥别不欢欣的种种。我的记忆可以很宽广，宽广到每一个角落。我的记忆可以很厚重，厚重到深入骨髓。

空渺无回声，心不舍至苍凉。你的世界，我曾经来过。心里永远会留下一个角落，安放不得已而割舍的这份缘。缘已尽，但情未了。花开倾城，花落独舞。思念是一朵开不败的花，独自妖娆。你曾经给过我一个温暖的春天，请再许我一个离别的微笑吧，让我拉住你的手，心生光芒。无论将来你在与不在，记不记得我，我都会再来这里寻你，都会永远记得你带给我的快乐。一定记得！

刘春耀散文

难忘的味道

儿时吃的那盘锅贴，足以让我品味、记挂一生。几十年过去了，那香味，每每想起，都让我热泪盈眶，心雨成河，难以忘怀。

记不清是哪天，天还没亮，母亲把我从睡梦中叫醒，让我随同父亲去城里卖刚掰下的裹着嫩青色苞衣带着清香的玉米。

匆匆忙忙，我们踏上了去滨江火车站的绿皮车，二十多公里的路程，二十几分钟才到。我们寻一处空地，把两大袋子玉米放下，拉开锁链，拿出几穗玉米摆个地摊，然后就大眼对小眼等候买主。等到中午时分，才把玉米卖完。

我揣着一叠全是毛票的钱（最大的面值是一元），手心全是汗，生怕丢一张，就没了五根冰棍钱。直到把钱给了父亲，我才长出一口气。放松后的我，才感觉到已经饿得前心贴后背了。

不远处饭馆飘出的香味，让我不停地咽着口水，满脸挂着渴望的神情，心里想吃却又说不出口，眼巴巴地望着父亲。虽然那时还小，懂事的我心里明白，玉米换来的这点钱是父亲操劳的血汗钱，一家老小还指望它过日子呢。

我这点小心思，怎能瞒过父亲的眼睛。父亲看看我，踌躇了好一会儿，最后，还是下了决心，领我走进了那家饭馆。我欣喜若狂，毕竟这是我第一次下馆子啊！

饭馆不大，四张桌，八条长凳子，我们寻了个临窗的空座坐下。父亲仅点了一盘锅贴（煎饺），要了两杯热水，然后点支烟凝视着窗外，一言不发，若有所思的样子。

不大会儿，一盘热腾腾的锅贴就端上来了。锅贴是倒扣在盘上的，油汪汪金灿灿，散发着诱人的香味，些许细碎的葱花白中挂翠撒在上面，真是好看极了！

我心急火燎地看向父亲，父亲点头示意。于是，我迫不及待地拿起筷子夹了一个，贪婪地咬了一口……啊，味道好极啦！黄澄澄焦香的面皮包裹着丝滑的肉馅，满嘴流油，实在太好吃了。

我让父亲也尝尝，父亲摇摇头微笑着说："我不饿，你趁热吃吧，我喝点水就行了！"于是，我狼吞虎咽般风卷残云，片刻工夫将它们一扫而光！香，真香！

现在生活好了，见惯了大鱼大肉，吃腻了山珍海味，可那久违的香味却无法复制。它带着我童年的记忆和父亲慈爱的面容，一同翻涌在脑海之中，几十年挥之不去……

儿时的回忆

中国人爱攒钱，可能是穷怕了饿怕了留下的后遗症。上世纪 70 年代初，中国农村很贫困，吃了上顿没下顿。

最难熬的当是北方的冬天，单是那个冷，刺骨透心的冷，说能冻死人也不算夸张。因此，人们专找有火炉的人家去串门，哪怕没事唠闲嗑，赚个暖和。

由此可见，柴火在北方的冬天有多重要。所以，冬天取暖和烧饭用的柴，一直牵着妈妈敏感的神经，甚至成了她操持家务的心病。

我家地处平原，不靠山，没有林，每人三分地，收的秸秆根本熬不过漫长的冬天。冬天的地里比脸还干净，埋在土里的农作物茬子都刨出来当柴烧，就连满地的树叶也成了抢手货。

年逾花甲的爷爷，每天吃完早饭，便扛上扁担、拎着耙子、带上干粮，走很远的路去搂落叶，那份苦、那份累就甭提了。

农村缺柴，缺到了人们去扒活树皮当柴烧。都说"人要脸，树要皮"，树扒了皮就活不了。于是，为防止树离皮枯死，人们想了很多招，尽量不让树皮断层。

爷爷从来不去扒树皮，宁可多走几里路到更远的地方搂树叶。他说那是作孽，就是冻死饿死也不干那事。

如今，柴火早已淡出人们的视线。它也失去了燃烧自己给人以温暖的机会，甚至遭人嫌弃。但它却把自己变成了肥料，默默回馈大地，始终奉献自己，情寄沃土，孕育新的生命。

树叶堆里藏着许多鲜为人知的感人故事，也藏着我温馨的童年，同时也记录着爷爷的勤劳美德，承载着妈妈养家糊口的辛苦日子……

心是风景

一到假期就纠结，不知道去哪儿旅游。凡是有点名气的景区，人山人海，不仅找不到停车位，想拍一张单人照都难，总有人不经意间闯入你的镜头。

景区里游人成了主角，一片喧嚣，没了心情游览。但又渴望出去走走，漫漫长假闷在家里，岂不是辜负了大好时光。心像长了草似的，旅游真是让人欢喜让人烦。欢喜的是它可以让你增长见识，欣赏美丽的风景，体味不同的风土人情，有探索未知、猎奇的因素，而更多的是，想换一换环境，换一换心情。

古人说要读万卷书，行万里路。令人烦恼的是，要做计划，做攻略，买景区门票、吃饭、住宿。劳心劳力，还要花很多钱，弄不好还会惹一肚子气。

旅游是什么，就是你住的地方别人来了，发现了美；别人常待的地方你去了，看到了不同的风景。住在黄山的人，你让他花钱买一张门票去看迎客松，他可能不会去。家门口的 AAAAA 级景区，可能几年都不去一次。为什么外地人一眼就发现了美，你却无动于衷，因为你太熟悉了，产生了视觉疲劳，忽视了它原有的美。

居家的日子中，天刚亮，太阳还没羞红天上的云。我独坐在阳台，点第一支晨烟，看楼下小区的风景。

满院的花都开了，吐着芳香，开得错落有致。绿草地上，两只纯白色的宠物狗，撒欢地跑着。远处的海，静得像潭，没一朵浪花，风拂过，层层波纹向堤岸延伸，宛如五线谱在琴键上跳动，弹奏着海的旋律。近海泊着几条小渔船，再远处是山和出海口，各色过往的船只影影绰绰，有点模糊……

我第一次发现，楼前的这片海竟然这么美，以前怎么没发现呢？于是，居家的焦躁瞬间被抚平了许多，心情也好了许多。这才感悟到，原来美景源自心情，心就是风景。

冬之花

在北方，冬季常开两种花，雪花和冰窗花。

腊月赏梅开，花落春自来。江南的暖，仿佛激怒了北方的寒，在凛冽的北风里，雪花开了。它曼妙飘洒，天当舞台，花落，染白了冬天。

一花开过百花杀，言尽了雪花的冷傲霸气。可我，更喜爱的还是冰窗花。

冰窗花是北方独有的，它不开在枝头，也不根植于泥土，不张扬，也不嫌贫爱富，总是在昨晚的梦里悄悄地来。一觉醒来，拉开厚厚的窗帘，它静静地挂在窗上，送来一份惊喜，开满童年。

冰窗花很娇贵，遇暖即化，随时都会凋零，比昙花还快。可又很顽强，开了谢，谢了再开，姿态各异，每一次都是重生。

冰窗花深知冷暖，维持某种相对的平衡，牵挂着屋里的暖，又惦记着窗外的寒。

坐在窗前凝视，冰窗花的美，让人倾心，它美妙绝伦。远山幽谷，沟壑纵横，阁隐云深，它像汉白玉雕玲珑剔透，似国画丹青磅礴深沉，或坐或立，或卧或行，气象万千。看谷不是谷，看山不是山；看谷还是谷，看山还是山。

让思想去飞，大自然的杰作，浓缩精华，镶嵌在这小小的窗户上。

冰窗花冷了，却更厚重；暖了，更晶莹可爱。

夏天，别烦

今年的夏天和往年一样，还是桑拿天，闷热得让人坐卧不安。

一夜换了几个地方睡，还是一身汗，冲一次凉，好受一会儿。弄得人看电视也烦，开空调能好点儿，又怕着凉了，把嘴吹歪，挺到凌晨睡一会儿。

闹人的蝉又开始了独唱，然后是合唱，在炎热的夏天里枯燥地表演，真是无奈。

只有早晨这段时光让人舒畅，跑完又是一身汗。夏天本就是出汗的季节，别违背自然，委屈了夏天，这样也可驱除体内的寒。

天依然还那么蓝，没有一丝云，干净得水洗过一般。远山不再空蒙，灯塔顶清晰可见，没了雾的遮掩。只有进港的客轮，鸣着长笛靠上码头，涌出一群人，在出口走散。

夜钓的人，熬红了眼，收了渔竿，拎着满满的收获，回家去吃早饭。马路喧嚣，挤满了上早班的车，红绿灯边的摄像头在不停地闪，又开启了新的一天。

该回家了，孙子在等着我送去幼儿园。我呢，也在等，等夕阳的霞染红大海，待太阳落山时，再来海边散步，看归航的帆。

妈妈，您歇一歇

农历四月初八，是妈妈走的日子。每年的今天我都纪念她，烧好多的纸钱。我牢记那句幼稚的话："长大了，挣钱给妈妈花。"

经历过苦难的人，都有一个共同的愿望：长大了，过好了，一定好好孝顺爹妈。遗憾的是，妈妈走得太早，我刚上班，第一个月的工资还没发，她就走了。子欲孝而亲不待，成了我一生的痛。

那一天，雨很大。当我从百里外赶到医院，妈妈已经昏迷不醒。我守在病床边，轻轻地不停地呼唤着，她都没醒，再没看我一眼，我也没听到她唠叨的叮咛。她就那样匆匆地、静静地走了，带着惦记、带着没看到我成家的遗憾。

当妈妈被推进火化炉里的那一刻，我撕心裂肺呼喊着——妈！妈！一片哭声回荡在告别厅。那一刻，天塌了……仿佛掉进无边寒冷漆黑的夜，我成了无根的浮萍，突然间灵魂没了着落。我再也看不到她慈爱的笑了，再也看不到她白发遮掩着的额上的皱纹了。

妈妈在的时候，我还知道来路；妈妈走了，我不知道归途。家是那么空旷冷清，妈没了，我再没了奔头，家在冷雨凄风中快要散架。从此，进门的第一句话"爸，我妈呢"成了伤人的利刃，把我定格在永恒的痛中。

妈是什么，妈是家！家是什么，家就是妈！所以，才有那么多人遥隔千里也要回家，那是一份丢不下的牵挂。她为你喜，为你忧，为你哭为你愁，为你累花了眼，为你熬白了头。她把全部的爱无私地给了儿女，哪怕是生命也在所不惜，再苦再累，也要坚挺地展开羽翼为你遮风挡雨。

总是在经历了以后才彻悟：不当家不知柴米贵，不养儿不知父母恩。这晚来的醒悟，误了多少事！趁父母还在，我们正年轻，别把遗憾留作夕阳后的晚晴。常回家看看，陪老人唠唠家常，说说曾经的事。

昨夜，又做了一场梦。梦里妈妈忙活着一日三餐，吆喝着鸡鸭鹅狗，田里的太阳毒得像火，她夜里挑灯做着鞋……"天堂好吗？妈妈，您该歇一歇了！"

影集里的语言

一次找东西，偶然发现箱底的一摞影集，我的心为之一动，仿佛触碰了某个神经，我情不自禁地把它们都搬了出来，像老朋友好久没见，很熟悉、很亲切。

影集有些泛黄，落了一层灰，如果不是偶遇，真不会想起这箱底还藏着这么多过去。再过几十年，或已成文物，成子孙们寻根的依据。

时间的尘附在上面，轻轻地擦去，历史逐渐清晰，如握手般热情，又像抚摸过去，追忆往昔。这瞬间的美好，定格在方寸间，成为永恒，藏在心里。

在过去，不管是穷家富家，多少都有一些照片，或贴在墙上，或镶在镜框里。主题大都是小孩的百天、周岁，老人的生日，全家福……总之都是值得纪念的日子。照片多了，也就有了影集。家里来了人，看影集成了保留项目。

影集被锁进抽屉，或装进箱里，成了历史堆在角落，任窗外的晨风进来巡视。如今太多的照片，艺术的、风景的……都在手机和U盘里分类保存，却没什么感觉。

或许是色彩太丰富，迷了眼，反倒没有黑白照片更令我震撼。它给人一种苦涩的甜，回味满满，有强烈的反差感。作为背景的老屋，虽破旧，却更显得凝重，富有内涵。

影集曾经是一代人的挚爱，几乎囊括了那代人的全部生活。它也是一部成长史，一本没有文字的人生经历的书。一张照片是一个小结，一整页照片是一个章节。闲时拿出来翻翻，不去回忆，不去总结，当成连环画，找画里有趣的事。影集里的语言无声，凝固在瞬间，搁浅在记忆的沙滩上。

大连的秋

　　大连的夏天要下一场雨比生孩子还困难，总是雷声大、雨点小，用炮追着轰也就泪落几滴。如果能连下三天雨，多半是台风在作祟。渤海湾就像佛祖的手，能抚平台风的狂躁；又像观音的大悲咒，能抚慰净化心灵。

　　所以，台风到了大连，就温顺成雨，淹没在渤海湾里。或许它在凝聚下一次的暴动，却只能在深水里暗流涌动，最后流向太平洋，到那里它才可以大闹天宫。这场台风带来的秋雨，在情理中，又是意外的喜。

　　大连的秋最宜人。天蓝海阔，虽热却不燥人，风柔如水，像少女沐浴后的头发，炎热裹着凉爽，甩一甩飘逸清新。草也勃姿英发，草坪越发茂密，没了春的斑驳、秋的萎靡，一直能绿到初冬，长长的秋让你怀疑秋要长留不走。

　　大连的秋天，海鲜最是鲜美。因渤海湾水深且冷，海鲜生长时间长，所以格外肥美。九月开海，各种海鲜陆续上市，渤海刀、大飞蟹、海参、鲍鱼、基围虾、大黄鱼、海蛎子等琳琅满目。找一处大排档，吃着海鲜，喝着啤酒，侃着大山，很是惬爽！

　　大连的秋，滩暖水温。去十里金石滩，租一顶帐篷，把自己埋进沙里，听阵阵海浪声。戴一副墨镜看蓝天，白云朵朵，像玉又像棉。等太阳落山了去游泳，水是温的，上岸后又冷战连连，喝一口辛辣的酒，冰火两重天。

　　大连的秋，就是水果超市，到处都是卖水果的小摊。苹果、葡萄、黄桃、梨枣、山楂、石榴……品类齐全，随处可见。如果你走进果园，不用花钱就能吃个够，大连人的大方在果园里体现得淋漓尽致。

　　大连的秋，美得醉人，如画一般。虽没有五月迎春花怒放，却满树樱花叶，更有月季满院、绿萝爬墙、蔷薇挂栏、油画般的银杏染黄小巷，逗笑了小巷深处的人家。

思乡之梦

很早我就离开了家，整日奔忙，累得精疲力竭，心也伤痕累累。总想找一个山清水秀、空谷幽兰的地方，歇一歇，静一静，自舔暗伤，让这颗躁动、疲惫、流浪的心有一隅寄存的地方。

最好的去处莫过于我的家乡，思乡之情时常萦绕在我的梦中……

坐在高铁上，望着窗外疾驰而过的景色，心像放飞的白鸽，一直向故里飞去。

浮想联翩，思绪如潮，乡情弥漫。家乡的山山水水，一草一木，一花一叶，夹道欢迎久别的归人；隔壁热心的王婶，鼻涕如河的二丫，淘气顽皮的三小，一张张儿时的面孔温馨着记忆。还有那猪牛鸡鸭鹅的叫声，撕破了农舍的宁静，给人以家的欢乐。

一重重山，一幕幕往事，结队簇拥在我的心中，思绪千丝万缕，让人久久难平。梦醒，若有所失，一切照旧。

梦里念它千百度，谁不说俺家乡好。叶落归根，当是家乡。

我思量着，再过几年退休后，远离车水马龙喧嚣的城市，回老家定居，享受那份神仙般的自在——摸一摸门前的那棵老槐树，嗅一嗅村庄四围的桂花香，听一听此起彼伏的鸟鸣声，品一品清澈甘甜的山泉水，唠一唠少时趣事，摆一摆奇闻逸事中的龙门阵……

陶冶于自然天趣，领悟时光不老岁月静好。正是：

其乐融融，其趣盈盈；

安度晚年，潇洒余生。

幸福很简单

　　生活中，我们都是远视眼，容易忽视许多离我们近的东西，譬如"幸福"。这是个很熟悉的词，每个人都渴望它，向往它，希望得到它。它仿佛近在咫尺，又远在天涯。像空气，让你随时都能感觉到它的存在；又像风，飘忽不定，让你抓不住，抚摸不到它。

　　幸福，自古以来就没有一个固定的、准确的定义，随心境，又因人而异。确切地说，幸福是一种体味，只可意会。幸福是比较出来的，是珍惜出来的，是点点滴滴积累起来的。对于生命垂危的人来说，活着就是幸福；对于身陷囹圄的人来说，自由就是幸福；对于乞丐来说，吃一顿饱饭，捉一捉虱子，晒晒太阳就是幸福。因此，幸福更多的是一种心态，一种感觉。只有心怀善良、感恩且知足的人，才能感觉到它。

　　其实，幸福很简单。它可能是小时候渴望得到的一个玩具，得到了；可能是长大后自己定下的目标，实现了；也可能是成熟后对生活的一种感受，领悟了。相爱时的牵挂是幸福，离别后的思念和回忆是幸福，小儿的那一声啼哭是幸福，父亲的叮嘱、母亲的唠叨是幸福，有早上和你挥手说"再见"、晚上平安回来的人相伴是幸福……幸福无处不在。穷时有人跟着你，病时有人照顾你，冷时有人温暖你，哭时有人安慰你，无论走到哪里都有人说你是好人……幸福无时不在。

　　幸福是激情退去，容颜衰老，还有人无怨无悔依然牵着你的手，幸福是即便家财散尽还有人依然陪你，不离不弃。幸福，不是房子有多大，而是屋子里的笑声有多甜；不是爱人有多漂亮，而是有那么多关心爱你的人。幸福是一种被需要的感觉，被自己、被别人、被家庭、被社会所需要的感觉。一个馒头能吃饱，半个馒头叫不足，两个馒头是富余，三个馒头是负担，更多的馒头叫累赘。锦衣玉食不一定就幸福，布衣粗茶未必不是一种修行。让自己快乐，让别人快乐。快乐是幸福的土壤和雨露，幸福是快乐的浓缩与升华。

　　只要你用一双善于发现、睿智的眼睛看平凡的世界，幸福真的很简单。幸福就是你困的时候能睡到自然醒，能做自己想做的事且做成了。自由自在，在田野里奔跑，站在山顶大喊，躺在草地上看蔚蓝的天空……幸福啊，就是在对的时间、对的地点遇见了你！零落成泥碾作尘，一缕清风入心底，只有香如故。

差一点

人们常把做一件事未做成，说成是"差一点"，但你知道这"一点"的差别有多大、距离有多远吗？

拿汉字来说，比如"王"字，加一"点"就成了"主"字，凌驾于王者之上，主宰一切；如果把"点"挂在腰间，就成了"玉"字，成了摆设、玩物。这一"点"，有了高度。

又如"家"字，有这一"点"就暖意融融，没有就成了"冢"字，悲冷凄清。这一"点"，有了温度。

再如"广"字，有这一"点"就浩瀚无垠，没这一"点"就成了"厂"字，固定了边界。这一"点"，有了广度。

中国的文字历史悠久，人们从劳动中衍生出的"象形"，本身就赋予了它丰富深刻的内涵。

项羽的差一点，成就了刘邦大汉四百年的辉煌基业；李自成的差一点，成就了皇太极近三百年的大清江山。如果没有玄武门之变，如果没有黄袍加身，如果没有袁世凯称帝……历史总是惊人地相似，总是差一点。可就是这一点，却改变了历史，改变了命运，改变了结局。

爱迪生如果没有千万次的实验，哪有那么多的发明，最后给世界带来光明；达·芬奇倘若不刻苦努力、坚持不懈，哪有那么多瞩目的成就，留下传奇；贝多芬虽然双耳失聪，还能谱出那么多优美的曲子，给人间欢乐。

可见，贵就贵在这一"点"上。"差一点"里有成败，"差一点"里有悲喜，"差一点"里有遗憾。"差一点"，那是一声沉重的叹息，尽显了无奈和乏力。千万别拿"差一点"来说事，来安慰和欺骗自己。虽然只差这么一"点"，说明你还没有努力到家，一点之差却相去万里。

坪上广郎散文

一个月饼的中秋

中秋节圆过几辈人团聚的愿望，一个月饼代表了民族文化，也让人追思一段牵肠的情感以及少时难忘的时光。

多少年了，我终于有机会在这个晚上听父母讲中秋节的往事。

那是一个波澜壮阔的年代，中秋节那天的气温似乎有些低，在院子里坐着还要穿一件毛线编织的背心。一家四口坐在一张楸木做的小方桌旁，看着母亲铺垫上一张油纸和一张带有月亮图案的红帖，然后才放上一个圆圆的月饼。"小饼如嚼月，中有酥与饴"，月光下月饼的诱惑可想而知。当时，我全部的心思都在月饼上，那一刻让我至今难忘。

关于月饼的故事很多，但元朝用月饼传递字条的故事，让父亲讲得动人心魄。虽然只是故事，但却知道了月饼也曾经为反抗压迫贡献过力量。而最美丽的故事，还是母亲讲的嫦娥奔月。

"大荒之中有山，曰天台山，海水入焉。"在很久很久以前，东夷古国的天台山上，有一个高大的用石头垒起的冢，那就是大羿的陵墓，碑上刻着"十南皇"的字样。其妻姮娥（嫦娥）死后，也葬于坟墓西边的南侧，墓碑上刻着"十南后"。大羿与姮娥生前非常恩爱，山盟海誓，生死相许，开创了东夷人一夫一妻制的先河。后来，人们为了纪念他们，演绎出嫦娥飞天的神话故事。母亲讲得动情，我们听得入神。

爱是生命的初心，真诚是生命的根本。大羿与姮娥的爱，彰显了爱的初衷，爱的永恒。

先人们费尽心思编出美丽的传奇流传至今，让华夏文化源远流长。月亮圆了月饼的香，牵动我的心。

父亲用一把竹制的刀把月饼切成六块，我心疼圆圆的月饼，真想独享这个秀色可餐的"圣饼"。当年的月饼花样单一却也不失美味，虽然得了六分之一，也是圆了一个馋了很久的愿望。

1968 年中秋的这个晚上，父亲为没给月亮点一炷香而深感遗憾，母亲也为孩子们只吃了一小块月饼而伤心难过。当时我在想，将来一定要在小方桌上堆满月饼，点燃几炷香，让父亲母亲都高兴一些，也让月饼的故事多一些甜蜜。父亲母亲的那份月饼压根就没舍得吃，最后还是留给了我和弟弟。

时光荏苒，当今的月饼真是形形色色，种类繁多，嫦娥仙女也在小小的月饼上有了更多样的呈现。小方桌上也堆满了月饼、燃烧的香，缭绕着的烟，让中秋的团圆味更浓了。

今天欣赏明亮的圆月，酣饮吴刚捧出的酒，陶醉在桂花香四溢的晚上，跟随漂泊的月光去滋润收割后的土壤，享受秋天那丰收的喜悦。

"十轮霜影转庭梧"，此刻的月光洒满院落的每一个角落，葡萄架下的影子婆娑摇曳，月亮游向中天，在不知不觉中照耀着这团圆的夜晚，让每一个角落都那么明亮。

美好是每一个人心中的向往，"一个月饼"的时代已过去，却又有着难以割舍的温馨，如果父母还健在该有多好啊！

今晚的月光遮掩了星光，却没有暗淡万家灯火的辉煌。月在中天，玉清皎洁，柔和地烘托出一片宁静与祥和。沉思中，我举起手中的酒杯，品味着古诗里那一句"小饼如嚼月，中有酥与饴"……

倪少丹散文

倪少丹，福建厦门人。现担任厦门冰王子文化传播有限公司董事长。《围棋报》特约记者。文章《图强路的回忆》和《欧洲杯与世界杯的"宿怨"》获全国大奖。

我的文学梦

文学是我的兴趣爱好，我也有一个文学梦。为了梦想一直努力的过程很长很辛苦，但坚持下来之后一定会收获无穷的乐趣。我一直沿着这条大道走着，坚持走到了现在。

我爷爷毕业于北京师范大学中文系，退休前是一名中学语文老师，担任过厦门第三中学的副校长。爷爷的文学功底很深，出版过多部文学作品。大概是从我读幼儿园中班的时候开始，每天晚上为了哄我入睡，爷爷都要坐在我的枕头边，给我讲几个故事，直到我入睡为止。就这样，每天晚上睡觉前，听爷爷讲故事，成了一个习惯，不听睡不着。日复一日、月复一月、年复一年的积累，我的知识储备大增，为我日后的学习，打下了非常坚实的基础。

小时候，房间里摆放了好几橱柜的书籍。我一有空闲，就去橱柜里翻书出来看，而且是每天必看。

刚开始，我非常喜欢看连环画（当时也叫小人书）。连环画每页简短易懂的内容，栩栩如生的人物、美景，深深地吸引着我。后来，家里面的连环画几乎全部被我看完了。爷爷一口气给我买了四大名著的连环画，让我阅读。那些年正在热播四大名著改编的电视连续剧，我常常一边看着电视剧，一边翻着连环画，来回品味着。再后来，家人又给我买了《中国通史》《孙子兵法》(都是一套六大本的)等中外名著的连环画,让我阅读。这些连环画,伴我成长,我把它们看了一遍又一遍,至今回味无穷。

到了小学三四年级的时候,我认识的字多了,开始看一些其他书籍,遇到不懂的生字就去查字典。我对历史类、文学类的书籍特别感兴趣,百看不厌。

当时,对于看书,我真是到了痴迷的程度。每天去洗手间的时候,都要抱着一本书,边蹲着边看,一待就是很长的时间。有时候,要家里人不停地叫,我才出来。因为这个所谓的"坏习惯"日积月累,我在洗手间里也增长了很多的知识。而且这个"坏习惯",一直跟随我到了现在,不过以前在洗手间里看书,现在主要是看手机了。

后来,家里的书已经满足不了我了。下午放学,或者周末的时候,我就跑去离家不远的新华书店里看书。经常一待就是大半天,看过瘾了才回家。直到现在,新华书店依旧是我常去的地方。

从小学三年级开始,我几乎每天都会写日记,或长或短。主要记录自己的一些点滴故事。博览群书,肚子里头的墨水自然也多了,对于写作方面的兴趣也逐渐增强。

小学四年级的时候,我的班主任是一位语文老师,她每周都布置日记,每月都布置作文。书看得多了,我在日记、作文里经常引经据典,借用名家名言,好词佳句不断,我的文章经常能得到高分。由于我爷爷的名气很大,班主任和同学们刚开始怀疑,我的作文和日记是不是在爷爷的辅导下才得到的高分。后来,为了洗清嫌疑,班主任布置的作文,我尽量当天就在学校里完成,然后直接交给她。

也是在四年级的时候,我们年级组织了一次作文竞赛,我的作文《跑道上的成功》获得了一等奖,并被学校文学社的吴老师推荐,刊登在了《小学生优秀作文选》上。这是我第一次在写作方面获奖,也是作品第一次被公开发表。

小有成就之后,我对写作的热情依然不减。吴老师把我招进了文学社进行指导。在吴老师的指导下,小学毕业之前,我又有数篇作文刊登在《小学生优秀作文选》上。

四年级的时候,我每晚都观看电视连续剧《联林珍奇》。这是一部以中华民族特有的文学艺术瑰宝——对联为题材的电视连续剧,随着剧情的推进，我对对联产生了很大的兴趣。当时很多电视台都在播放这个电视剧，一有播出我就看，尽量不落下每一集，甚至有些集看了很多遍。我常常边看边拿出笔和本子，记录下《联林珍奇》里的许多精彩的对联。不仅享受着每一集里的一个个美丽动人的对联故事，还受到了许多哲理的启迪。那年暑假，我让家人买了几本对联方面的书籍，好好地研究，并时不时地与同样喜欢对联的同学和邻居，一起对对联。那段时间，学习到的平仄相合，音调和谐，虚对虚、实对实等对联知识，对我后来的文学创作帮助很大。

五年级下学期的时候，学校里组织了围棋兴趣小组，我报名参加。接触了围棋以后，我对围棋的热爱程度不亚于文学。在围棋的学习上，我进步很快，进入围棋兴趣小组两个月后，在全校的围棋比赛中获得了冠军，一个月后代表学校参加市里的比赛，获得了第五名。之后，我多次在围棋比赛中获得荣誉。围棋成了我人生中必不可少的一部分，它也与我的写作以及文字梦想息息相关，它给我提供了许多写作素材。

上了初中以后，我继续坚持看书和写作，不断地为自己充电。我的初中语文老师蒋文胜的文学素养很高，尤其擅长写诗歌。他可以把学生的名字，拿来作成藏头诗、藏尾诗，用来鼓励和祝贺学生。也会把当下发生的事情，写成绝句、律诗、打油诗等。受蒋老师的影响，我对诗词的创作也产生了兴趣。买了几本诗词创作的书籍，进行自学。时不时会自娱自乐地写些诗词，送给同学，并多次向蒋老师请教。在蒋老师的指导下，我的诗词创作水平进步很快。

1998年9月，初中毕业后，我来到了福建林业学校（现在叫福建林业职业技术学院，简称林校）读书。这是一所全日制的中专学校，我的专业是植物进出口检疫。由于中专学校没有高考的压力，学习上，我对自己的要求也不高，六十分万岁，这样就可以将大把的时间和精力花在自己的兴趣爱好上。

刚进林校时，由于知识面比较广，又有文学方面的特长，班主任叶世森老师就安排我担任了班级的组织委员。每个月我除了组织每周一次的民主生活会和几场第二课堂活动之外，还花了大量的时间和精力写活动总结和计划。功夫不负有心人，连续两个学期学校的第二课堂活动中，我们班都位列全校第一，连续拿了两次单项奖和"优秀团支部"称号。担任班级组织委员的三个学期的锻炼，极大地提升了我的写作水平。

进入林校的第一个学期，棋艺协会（主要开展围棋和中国象棋的活动）成立了，招收会员的通知发到了各个班级。因在小学、初中时期，多次在围棋、中国象棋上取得过荣誉，我报名参加，并在随后的校园棋艺比赛中，取得了围棋冠军、中国象棋季军的好成绩。进入棋艺协会后，我先后担任组长、副会长，一年之后接任会长。在棋艺协会的日子里，我经常组织校园棋类赛事活动，并多次和周边的兄弟学校进行交流。其间，我经常要撰写赛事活动策划书、赛事总结、赛事计划、赛事报道等，这极大地锻炼了我的文笔。当时，我写的许多报道刊登在校园《天麟报》上，校园广播台也经常播报我写的报道，这让我很有成就感。

在林校的二年级下学期时，我在围棋上取得了一些不错的成绩。1999年获得了南平市中小学生棋类锦标赛男子少年组（13周岁至17周岁）围棋冠军和2000年南平市大学生围棋锦标赛冠军，成为南平地区知名的少年围棋高手。再后来，我被棋友们介绍到南平棋社，在切磋棋艺的过程中，认识了不少围棋高手，使得我的兴趣慢慢地转移到了围棋上，文学写作相应减少了。三年级开始后，我辞去了所有的校园职务，全身心地扑在围棋上面。当时买了许多围棋书籍进行钻研，还经常跑到南平棋社去和棋友们切磋。经过这一年多的努力，我的围棋水平有了质的飞跃。2001年获得了南平市大学生围棋锦标赛冠军，并在2002年毕业前夕，参加南平市成人围棋赛，打进了八强。这段时间的围棋学习，为我日后在围棋事业上的成就，打下了坚实的基础。

我常常怀念少年时期的那些日子，不是因为它比现在更美好，而是因为它是我生命中值得怀念的部分，且再也无法回去。

2002年从林校毕业之后，我来到了厦门市林业局森防站（后来林业局与农业局合并，森防站并入到了检疫站）工作。这年我才十九岁，许多同龄人都在大学里继续读书。为了弥补没上大学的遗憾，我一边工作，一边报考了函授。2002年5月，我顺利地被录取到福建农林大学经济管理学专科函授班。2002年至2005年，我每个学期去面授学习半个月，既可以进入大学课堂，体验学生时代的生活，还能在工作之余放松放松，当作度假。我很喜欢这样的生活，因此，在2005年毕业之际，我又继续报考了专升本的函授，并顺利地被录取到福建师范大学社会历史学本科函授班，继续享受着函授教育的美好时光。

那几年，在平常的工作之余，我依旧很喜欢看书充电。有空的时候，就写些文章，文学之路虽有断续，但一直没有停下来。

作为球迷，我经常买《足球俱乐部》杂志来看，里面精彩的足球故事令我回味无穷。我也写了不少关于足球的文章，投稿到了《足球俱乐部》杂志社，多数时候都是石沉大海，杳无音信。可是我没有灰心，稿件没有被录用，就当是锻炼文笔吧。终于在2004年欧洲杯前夕，我的《欧洲杯与世界杯的"宿怨"》一文，被《足球俱乐部》杂志社刊用了，登在当年第十一期上面，还寄来了稿费。久旱逢甘霖，这让我兴奋了好多天。2006年，我的又一篇文章《二十余年目睹世界杯之怪现象》被《足球俱乐部》杂志社录用，刊登在哪一期，我忘记了。

回到厦门以后，我经常参加围棋比赛。我将许多比赛的过程和棋友的故事写成了文章，存放在了博客里和QQ空间里。

2006年初，身边的许多棋友经常在"弈城围棋"网上下棋。受他们的影响，我也注册了账号，空闲的时候就上去下棋、会友。再后来，我被棋友们推选为海峡棋友会的会长，经常在网上组织棋友们参加棋友会的交流比赛和活动。当时的弈城围棋论坛很火爆，许多才子佳人纷纷在论坛里舞文弄墨，热闹非凡。我也把自己写的围棋相关文章，发表到了弈城围棋论坛上，得到了不少的赞扬，成为弈城围棋论坛上小有名气的"才子"。不久之后，"棋魂围棋"网也成立了，邀请我们棋友会过去玩，并让我担任了棋魂围棋论坛的版主。在棋魂围棋论坛上，也留下了我的许多文章。可惜的是，若干年后，棋魂围棋网和TOM围棋合并，论坛进行了更新，旧的论坛永久沉没了。对我来说，这不能不说是个遗憾。

由于我在围棋比赛中的成绩一直不错，从2010年开始，陆陆续续有家长联系我，让我辅导他们的孩子学习围棋。慢慢地，我的业余围棋俱乐部成立，且规模越来越大，我就从原来工作的单位辞职，专心经营围棋俱乐部。这下，我彻底把兴趣爱好变成了职业。

选择了围棋作为职业之后，我有了更多的时间和精力参加围棋比赛和活动，并经常撰写关于围棋的文章。2014年3月，时任《围棋报》编辑的刘宝东老师看到了我博客里关于围棋的作品，非常满意。刘老师加了我微信好友，征求我的意见，让我把这些围棋作品整理一下，发表到《围棋报》。第一批二十多篇作品，以"记忆中的厦门围棋故事"作为系列主题，连载在《围棋报》上，我还收到了一笔数目不小的稿费。之后，每年我都给《围棋报》投稿，《围棋报》的编辑们也很给我面子，几乎是每投必刊。

刊登的次数多了，《围棋报》给了我一个特约记者证。这既是对我多年投稿的一个肯定，也是一个纪念。

2017年4月，《围棋天地》的编辑于波老师也联系上了我，让我有空给《围棋天地》投稿。我也答应了。至今，我已在《围棋天地》上刊登了十多篇作品，也领取了数目不菲的稿费。

文学这条道路，我会一直默默地走下去。

岁月终会流逝，年华终要老去，唯一不老的是一颗永怀文学的心。

我的同桌情缘

纸短情长，诉不完当初年少。岁月悠悠，道不尽别时离愁。

小学五年级的时候，班里调整了座位，我和张铌成了同桌。张铌心地善良，性格开朗，活泼大方。我姓倪，她名铌。与她成了同桌之后，我们开始了许多相爱相杀的故事。

我的座号是十六号，张铌的座号是二十一号。我俩的生日只相差两天，每年我俩都是同时收到同学们赠送的生日礼物和贺卡。凭借着年长她两天的优势，我多次在张铌面前以哥哥自居。

张铌的乒乓球打得非常棒，印象中，每天早上，我们在早读的时候，她都要去学校的体育场练乒乓球，风雨无阻。一直到毕业，张铌的乒乓球球技相当可以，校园里无人能够出其右，年年获得校园乒乓球比赛的冠军，有着实验小学"邓亚萍"的称号，是名副其实的校园球王。当时我的围棋水平，在实验小学里也是无人能敌，年年获得校园围棋比赛的冠军，两次代表学校参加厦门市围棋赛，都打进了决赛，是名副其实的校园棋王。

张铌的学习成绩非常优秀，每个学期都获得三好生，课程全优。她的听写成绩一直是全班第一，英语朗诵曾在年级里获奖。学习成绩方面，我显然不如张铌出色。但是在写作方面，我还是不错的，还有作文发表在《小学生优秀作文选》上。

每天晚上做完功课之后，我和家人一起观看那些年热播的许多电视剧，比如《射雕英雄传》《白眉大侠》《联林珍奇》《唐明皇》《雪山飞狐》《戏说乾隆》《少年特工》《十六岁的花季》等，动画片很喜欢看《机器猫》《聪明的一休》《阿拉蕾》等。没想到，张铌也很喜欢看这些。晚上或者周末，看完好看的电视节目，第二天我俩都能分享。根据里面的剧情，我们给对方取外号。她说我傻得像郭靖，我说她刁得像黄蓉。她说我像秀念师兄，我说她像弥生小姐。她把《白眉大侠》里面的歌词，改编成"丹（刀）是什么样的丹（刀），金丝大环丹（刀）"，来气我的时候，我就把《聪明的一休》里面的经典歌曲读给她听，"钟声当当响，张铌（乌鸦）嘎嘎叫，战火红漫漫，张铌（草木）遍地烧。管它怎么样，张铌（和尚）乐逍遥"。我经常把《联林珍奇》里面的对联，抄下来考她，她总是有备而来，对答如流。

当年，张铌教会我玩一个叫作"欠人情还人情"的游戏，结果我怎么玩都玩不过她，感觉比围棋还深奥。

每当学校里的凤凰树掉落花瓣和树叶的时候，我和张铌都会捡起许多，把它们当作玩具的"刀"，玩比武游戏，看看谁的"刀"先断。

每个星期六的下午，我们经常在图强路一带打水枪。本来这是男生们玩的游戏，张铌被我忽悠过来，玩了一次水枪大战之后，居然上瘾了。之后，每到星期六的下午，她常常不远数里，从白鹿路赶到图强路与我们会合，和我们打上一下午的水枪大战。

张铌的歌唱得非常好听，经常和林入一起登台演出。每天的课间时间，我经常能尽情地倾听着张铌唱歌。当年的许多歌曲，都是先听张铌唱完之后，我才会唱的。总是当"收音机"也不太对，来而不往非礼也，我也很想唱一首张铌没听过的歌曲给她听听。1995年的寒假期间，看电视节目时，碰巧听了一首老狼演唱的歌曲《同桌的你》，给我留下了深刻的印象。第二天看重播的时候，我特地用纸和笔记录下了这首歌的歌词。寒假过后，我把《同桌的你》唱给了张铌听。

1995年，我们小学毕业。毕业考试结束后，老师组织我们全班同学在将军祠（现在的一中新校区）举办了一场班级聚会。张铌要求我再唱一遍《同桌的你》给她听，我欣然应允。

小学毕业以后，张铌考进了双十中学，我考进了第六中学。偶尔在路上碰面，打打招呼。再后来，彼此之间再无联系。十多年后，通过校友通讯录建立了班级群，我和张铌也加了群，后来又加了微信。

当得知我在从事围棋培训之后，张铌这位昔日的同桌对我的事业给予大力的支持，经常在朋友圈、微信群帮助宣传，介绍了许多家长来我们俱乐部学习围棋。每次，我出征围棋大赛的时候，她也给予我鼓励加油！

人生难得一知己，千古知音最难寻。人生的道路上，能够遇到这样的同桌，三生有幸也！

关于小倩的回忆

那年，我十九岁，开始了一段纯洁而又浪漫的故事。已经过去了整整二十年，尽管她离开了我许久，但是她的笑脸依然是我心中灿烂的阳光，在我的心里留下了深深的印记。

流年似水，情缘无双。当往昔的浮光掠影再次打开记忆的大门，和她在一起的那段短暂而又快乐的时光，如云影般掠过……

2002年1月，我们就读的福建林业学校提前进行了毕业考。就这样，我们完成了学业。虽然要到6月底才能领取毕业证书，但是从1月份到6月底，这半年的时间里，我们不用再回学校读书了。同学们各奔东西，踏上了各自的征程。

1月14日晚上，我打理好行装，依依不舍地告别了福建林业学校，登上了回厦门的列车。机缘巧合，隔壁班的同届毕业生小倩，也乘坐这一趟列车，并且和我在同一个车厢。同窗三年多，尽管彼此早已认识，但在学校里很少来往，也没什么交流。可是，在这一天的晚上，由于是在同一个车厢里，我们聊了许多许多在学校里的美好往事，也谈到许多许多毕业以后的打算等。这一个晚上的交谈，拉近了我俩的距离。

小倩是龙岩人，毕业后她并不想回龙岩。她说，厦门是个好地方，她准备先到厦门的同学家里住几天，看看能不能在厦门找到一份理想的工作。我说我是土生土长的厦门人，对厦门非常熟悉，如果有空的话，可以带她在厦门好好地玩一玩。我们相互留了联系方式，那个年代里我们都还没有手机，所谓的联系方式，就是家里的座机，和平常不怎么上的 QQ 号。

1 月 15 日早晨，列车抵达厦门站。我问小倩要去哪儿，我送她去。当时，我家住在图强路，巧合的是，小倩的同学家住在深田路，离得非常近。我带小倩先到我家里做客，中午在我家里一起吃饭。当天下午，我和小倩一起逛了中山路和中山公园，并一起在中山公园边上的影剧院看了电影《从前有座山》。随后的日子里，我们一直保持着联系，时不时一起出去逛一逛。

半个月后，小倩和我说，她的表姐多年前嫁到了湖北黄冈，现在和表姐夫在黄冈做生意，发展得不错，想叫她过去帮忙。小倩说，她一时在厦门也很难找到满意的工作，所以她想过去看看。还问我要不要一起过去，顺便玩几天再回来。

当时，家里已经帮我找好了工作，过完年之后，就去厦门林业局报到，所以我没有压力。此时，距离春节还有十来天，这段时间正好可以好好地安排一下。

我答应了小倩。然后和家里人申请了几天的假期，说是去泉州的同学家里，玩几天就回来。之所以没对家里说是去遥远的湖北黄冈，是怕家里人担心。毕竟长这么大，我还没独自出过这么远的门。

2 月 1 日上午，我跟着小倩踏上了前往黄冈的旅程。此时，脑海里想起了"赵匡胤千里送京娘"的故事，在列车上，我把这个故事讲给了小倩听。恍惚中，我成了赵匡胤，小倩成了京娘。中午时分，温柔的小倩渐渐睡熟，依偎在我的身旁，我则一动不动，作为小倩的依靠。列车抵达武汉之后，再转车到了黄冈，千里送小倩，一路上风尘仆仆。

小倩的表姐和表姐夫，开车到黄冈车站接我们。他们的家在陈策楼镇的一个村庄里，盖了一栋三层高的楼房。当天晚上，我和小倩住在了他们家里。小倩的表姐准备了一桌子的好菜招待我们。小倩的表姐夫拿出来一瓶压盖楚乡酒，给我们倒上。长那么大，我只喝过啤酒，白酒还真没喝过。但是在他们的热情邀约下，我也只好入乡随俗了。刚喝了一口，我感觉麻麻的，有点不适应。可是几杯喝下来，感觉香醇俱佳，越喝越有味道，越喝越有感觉。平生第一次喝白酒，回味悠长。

小倩的表姐和表姐夫有个女儿，名叫小钰。时年九岁，正在读小学三年级，长得水灵灵的，非常可爱。寒假已经开始了，小钰对我和小倩很热情，经常唱歌给我们听。印象最深的是《农家的小女孩》这首歌："竹篱笆呀牵牛花，浅浅的池塘有野鸭，弯弯的小河绕山下，山腰有座小农家……"

多年后，每当听到《农家的小女孩》，我就会想起小钰。想起她的时候，我也会放《农家的小女孩》来听。

小倩找表姐借了两辆自行车，我和她一人一辆。我俩骑着车，小倩在前面领路，我在后面跟着，没事的时候，我俩就在村子里和大街小巷里晃悠。空闲的时候，我还会辅导小钰做寒假作业。那几天，我还教会了小钰下围棋，小钰很开心。晚上，我和小倩一起在村子里看电影、听剧团唱戏。生活虽然简单，但其乐融融。

美好的时光总是短暂的，几天以后，我踏上了返回厦门的旅程。临别前的那个晚上，陈策楼镇的月亮非常的圆。从来不喝酒的小倩，倒了满满的一大杯楚乡酒，和我干了一杯。在柔美的月色中，小倩红红的脸庞显得格外的美。此刻，我很想对小倩说一声："我喜欢你！"可惜，当时由于脸皮薄，尽管心中已对小倩产生了爱慕之情，但是那个"爱"字就是没有勇气说出口。小钰问我："叔叔什么时候再来？"我回答："叔叔会常来看你的。"

隔天早晨，小倩以及她表姐夫一家子，送我到了火车站，一直送我踏上月台，登上了列车。汽笛声响起，即将告别心中的女神，可就是那个"爱"字，一直没有说出口。列车启动后，我们一直在挥手。带着对小倩的思念，列车越走越远。

春节过后，我前往厦门林业局报到，开始了工作。小倩留在了黄冈，帮助她的表姐和表姐夫打理生意。相隔千里，我和小倩时常通过 QQ 聊天，交谈着近期的生活状况。但是，随着时光的流逝和环境的变化，我俩的共同语言越来越少了。2003 年的"非典"过后，小倩在 QQ 上告诉我，她要嫁人了。我回复了一句："恭喜你，祝你幸福。"

过去的日子，已慢慢远去。我经常会回想起和小倩在一起的那段短暂而又快乐的时光。在那个纯真的年代里，那个"爱"字从未对小倩说出口，对我来说，不能不说，是人生中的一大遗憾！

谨以此文，祭奠一下逝去的青春！

厦门中山公园棋友们的快乐时光

厦门中山公园位于厦门市中心，因纪念国父孙中山先生而得名。在中山公园南部东侧，孙中山先生铜像的右前方，有一个群众活动区域，固定摆放着许多石桌子和石凳子。这里，经常聚集着一群志同道合的围棋爱好者，他们在此研究围棋，切磋棋艺，棋友们称之为公园棋友会，或者是公园游击队、公园杂牌军等。

最初，在中山公园活动的棋友主要有味道江湖（罗良元）、乔老爷（乔明光）、小熊（王仁祥）、鹭水闽山（吴亦闻）、王哥（王辉煌）、老蚂（占新佑）等人。他们建立了中山公园棋友微信群，闲暇时经常自己带着围棋棋盘棋具，来到中山公园下棋交流。慢慢地，在他们的带动下，队伍不断地发展壮大，吸引了很多来自五湖四海的朋友。日复一日，年复一年，他们聚在中山公园里，一起对弈、一起研究。不为别的，只因为热爱围棋。

公园棋友们，除了日常的交流外，还在中山公园里组织了许多场围棋赛事和活动。2020年暑假期间，举行了著名的公园三国围棋擂台赛。三十位棋友参赛，分为魏、蜀、吴三支队伍，由三支队伍的领队，根据实力水平，每队挑选十人。队员们每轮预约出战，每场比赛观看者甚多。历时两个多月，完成了赛事。2020年国庆节后，公园棋友们自发举办了公园围棋等级分赛，六十多人参赛，共进行七轮，每十天完成一轮。对阵棋友们自行预约，历时两个多月，完成了赛事。2021年春节过后，公园棋友们再次举办了公园围棋等级分赛。这些围棋赛事的举行，丰富了公园棋友们的业余文化生活，对"弘扬国粹，传承文化"起到了积极的推动作用。

2021年春节过后，公园棋友们和处于中山公园西门附近的冰王子围棋俱乐部斗西校区（简称斗西棋院）合作，每周二晚上，在斗西棋院进行交流和研讨，并邀请我担任主教练，帮助公园棋友们提升棋艺。公园棋友们经常聚在一起，对局和探讨棋艺。并时不时邀请鹭岛知名高手前来观摩指导。大家都进步得非常快，迅速成长为厦门围棋界的中坚力量。

公园棋友们经常结伴参加厦门各项围棋赛事及段位赛，成绩优异。王辉煌、王仁祥、叶昌淳等公园棋友参加了福建省业余围棋段位赛，都拿到了业余5段证书。在2021年12月份结束的厦门著名的民间围棋大赛——厦门鹭江棋友会夏季等级分赛中，赖坚胜获得了第五名的好成绩，凌忠海、王辉煌、叶昌淳等公园棋友也杀入了十六强。在这几年进行的厦门业余围棋巡回赛中，公园棋友们也是各个参赛队伍的"抢手货"，战绩彪炳。

随着时间的推移，公园棋友们的交流吸引了许多厦门少年高手们的关注。少年高手们经常利用周末早晨的时间，前往中山公园，与公园棋友们一较高下。后来，逐渐形成了一个传统，每周末早晨7点至11点，成为少年高手们与公园棋友们较量的固定时间。公园棋友们甘当绿叶，成为孩子们的磨刀石，陪练他们。他们称孩子们为正规军，戏称自己为杂牌军，鼓励孩子们横扫杂牌军，这样5段证书就可以随便拿。许润、卓立衡、刘嘉伟、邱翊桐、方子翔、黄启睿等都获得业余5段证书，他们是厦门有名的少年围棋高手，他们的成长离不开公园棋友们的支持和帮助。家长们说："中山公园棋友们给孩子们创造了非常好的交流平台，丰富了孩子们的课余文化生活。经常和公园棋友们切磋棋艺，复盘研讨，孩子们得到了很大的锻炼，成长得很快。孩子们非常喜欢与公园棋友们共同提高、共同进步。"

2022年春节过后，中山公园的群众活动区域进行了改善。添置了许多方便群众交流的桌椅，年久失修的地方也进行了修复。这些举措激发了公园棋友们的交流热情和积极性，他们致力于将厦门中山公园打造成一个棋友们的快乐家园。

厦门中山公园棋友们的故事，必将在厦门围棋史上留下精彩的一页！

一群70后棋友们的快乐时光

厦门大学的建文楼曾经是厦门大学工会的活动场所。时光追溯到20世纪80年代末90年代初，在当时的厦门大学围棋协会会长倪子伟老师的牵头下，每周六都有许多围棋爱好者们来此研究围棋、交流棋艺。

这群棋友大都出生在 70 年代，主要有李挺峰（外号和尚）、黄志雄、翁健、叶朝晖、张鹭清、赵忠辉、张靖、王秋忠、林雄岳等。当中很多人，在当时都属于刚入伍不久的"新兵"，水平比较差。大家聚在一起，臭对臭，杀得不亦乐乎，天天盼望着星期六快点到来。身为高手的倪子伟老师经常调教他们。周复一周，月复一月，大家都进步得非常快，迅速成长为厦门围棋界的中坚力量。

后来，活动场所由建文楼搬到了华侨博物馆消防支队对面环境更好的"大地主"张鹭清的家中。这里"豪杰云集"，经常有知名高手前来观摩指导。李挺峰是这个团队的关键性人物，他让大家由不认识到认识，为团队做出了莫大的贡献。

与此同时，同在美丽鹭岛的蓝天白云下面，另外一支也是以 70 后棋友为主体的围棋团队逐渐浮出了水面。他们主要的活动地点在湖滨北路，也叫滨北军团。比较强的棋手有陈文东、温海航、李祥毅、蔡稳定、汤彩斌等。

一山出现"二虎"，必有一场"恶斗"。经过交涉，双方下了战书，约定了时间和地点，一决雌雄！

这场比赛在赵忠辉家进行，李挺峰担任裁判员。双方尽遣主力出阵，前来观战者甚多。最终，建文楼这边的高手们发挥得更好，大胜滨北军团。

过了不久，挟大胜滨北军团之余威，他们约战了黄金时期的厦门大学代表队。但厦门文学代表队这支兵团云集了许云昆、苏华江、蔡建宏、潘奕俊、沈悦海、郭舰、林志芳等名将，战斗力极强。最终，建文楼军团惨败，只赢了两盘棋。

若干个月后，公园南门的棋牌社开张。几大团队的主战场陆续搬迁至此，开始了新的旅程。

童雪燕散文

童雪燕，合肥人，学士学位，高级工程师。业余时间喜欢写作。

冬至随想

最近工作繁忙，与家人和朋友聚少离多，有一个多月都在外面忙碌，奔赴在一个个电力系统维护现场，为电力系统安全可靠运行提供优化解决方案。与此同时，我也领略了各地人文风情和美景，尝遍了大江南北各地特色美食。对于吃货的我来说，这些美食会让我欣喜若狂，有种馋涎欲滴的感觉，这也会刺激我的味蕾，让它感受美食带来的兴奋和喜悦，当然这些都只是用餐瞬间的感觉。

2021年12月21日，恰逢冬至，我有种想写点东西的冲动。可能这是缘于自己在山东出差吧。在山东一个项目现场，我与客户进行了技术交流，并给客户提供了系统优化解决方案。愉快地完成工作后，顺便品尝了当地特色菜——地锅炖、特色海鲜，以及海鲜水饺，过了一个温馨而惬意的冬至。

走在回宾馆的路上，此时外面温度零下8摄氏度左右，寒风刺骨。对正经受北方瑟瑟寒风袭击的我来说，更添了一份萧索与乡愁，让我情不自禁地想起白居易《邯郸冬至夜思家》中的诗句："邯郸驿里逢冬至，抱膝灯前影伴身。想得家中夜深坐，还应说着远行人。"

正在埋头沉思之际，接到女儿乐乐打来的电话，问我啥时回家，说他们正在吃晚餐，品尝着外婆做的枞阳特色小吃——米粉粑粑，时不时还跟我说几句英文。在电话一旁的爱人和我妈也和我寒暄了几句。他们三个人有说有笑，其乐融融，使得漂泊在异乡的我心里暖暖的，但眼睛刹那间红了，喉咙哽咽得说不出话来。不过，这种有人爱、有家可回的美好画面，还是立刻浮现在我的脑海中，纵使长期在外奔波的我经历了人生风霜无数，此时也瞬间化去心头所有的寒意，似乎感受不到北方刺骨的寒风带来的痛和凄冷，这也许就是俗世心灵深处的安慰吧。想着此生不管你走多远，父母始终会在家乡小路的尽头等你；不管你在他乡多么疲惫和落魄，伴侣都会不离不弃，在风霜雨雪中与你相伴相依。想着远方那个指明方向的家，永远敞开怀抱，在等着你的归来，那里有满满家的味道，充满了爱，很浓厚，很温馨，所有的寒意和疲惫一瞬间都化为乌有。我想这就是家的魅力最深刻的体现。

作家巴克莱曾说："幸福有三个不可或缺的因素：一是有事做，二是有人爱，三是有希望。"

今日冬至，标志着2021年进入了尾声，但想到远方的家，想到家的味道，我不由自主地放下生活的负重，赶紧给家人捎去一份祝福。想赶紧回家给家人做一桌饭菜，与好友通一个电话。世界太大，有爱才有温度，生命短暂，我们需要好好珍惜当下的幸福。这一年，不管是起是落，是悲是喜，一切经历终会成为过去。在这个温暖的节日里，拂去一身风霜，珍惜人间烟火。

在这夜深人静他乡的夜晚，月光透过窗户，如水般洒在我的床前，让我暗吟李白的《静夜思》："床前明月光，疑是地上霜。举头望明月，低头思故乡。"我的思绪飞舞，特别怀念家的味道。月是故乡明，菜是家乡美，家乡菜的味道，寄托着人生沧桑的感慨，这种味蕾上的乡愁终生难忘。而且随着时光的流逝更让人刻骨铭心，是任何山珍海味所不能比拟的。家，是一个人行走天地间扯不断的根。在晓风残月的异乡，不自觉间就有种熟悉的味道悄然潜入心底，幽幽的，悠悠的。是玉米那"甜秆"的味道，越嚼越甜；是黄豆和花生炒熟了的味道，越嚼越油；是南瓜子炒调料的味道，越嚼越香……

思念着妈妈的米粉粑粑、洼丫鱼炖豆腐、排骨烧生腐……惦记着爱人常常在家准备的各种零食：花生糖、芝麻糖、山芋角、荞麦角、麻团团、坚果……想着家里的花花草草，担心这些小生命是否被家人好好地照顾了；担心长辈们是否安康，是否有不适之处；考虑到爱人和女儿比较挑食，担心母亲做的饭菜是否适合他们的口味等。每逢佳节倍思亲，在外待的时间越长，这种思念家的感觉就越强烈。

家，听起来是一个简简单单的字，可就是这简单的字，构成了一个不平凡的"世界"，一个最美的地方。有人说，家是温暖的港湾；有人说，家是平淡无味的白开水；还有人说，家是充满快乐的乐园。而我说，家是有魅力的，有味道的，一种刻在骨子里的魅力，一种温暖幸福的味道。特别对我这个浪迹天涯的游子来说，这种味道愈加浓郁。家的魅力时时指引着我前进的方向，提醒我不忘来路，让我在茫茫人海中，有了正确的前行航道和奋斗的目标。

家的魅力不仅仅是有家回，有饭吃，有人爱，更是凡尘俗世中最好的最简单的幸福。它让在外漂泊的我不再孤单，时时感受到有一群家人陪我一起并肩前行，一起奋斗。让我不再畏惧前路辛苦，让我的目标和信念更加坚定！

家的魅力是无穷的，所以每次出差回来之前，我会把行程单发给爱人。只要他在家，每次回来，第一眼就能看到，他在家楼下等我归来，露出满脸喜悦、坚定的微笑。爱人是个话不多的人，在我眼里，他就像个大哥哥一样，寒暄几句，就接过我所有的行李，让我感受到他无微不至的关心，满满的幸福感、仪式感，让我有种从心底流出的如沐春风的舒服感，很惬意、很温暖。

回家后，看着家人笑脸盈盈，我感受到家的温度和热情。偶尔，女儿和爱人也会向我八卦几句母亲做的饭菜太单调了，不合他们的口味。于是在时间充裕时，吃过晚饭后，我会和母亲去小河边散步，聊聊家常和美食的制作方法，以及营养搭配问题，聊做美食需要站在他人的角度去准备，这样大家吃起来开心，我们做起来也很开心，是个一举两得、双赢的好事。

为了改变母亲的烹饪观点，每次出差回来，我首先会奔进厨房，甚至夸下海口说：要把全国各地的美食带到家里来。当然，在美食准备的过程中，我需要根据我们安徽人的口味，做些改进和优化。

每次，我都很认真、很用心地提前备好一切。早早起床，去菜市场买食材，回家后做些安排，让母亲与我一起参与到制作美食的过程中来。我们一起唠家常，聊营养搭配的问题，流程的问题，小火慢炖的问题，控制量的问题，油盐酱醋放的顺序问题等。在准备美食过程中，我会向母亲卖弄几句我们公司流程管理的事，把制造产品的流程和标准，搬到我们美食制作的过程中来，我会虚心地、亲切地与母亲交流很久。在我看来，做饭和制造产品其实是一样的，首先目标要明确，其次严格执行标准和流程。我做饭的目标很明确：要让家人享受浓浓的家的味道，妈妈的味道，女儿的味道，老婆的味道，所以我很用心。

我们一起共进餐食时，女儿会做些搞怪动作。我也会开心地说："你这小孩儿，好像八百年没吃过美食一样，不要搞得那么夸张了。"此时全家人都会在餐厅里开怀大笑。寻常烟火里，藏着母亲绵长的温柔，爱人诙谐的幽默，女儿古怪精灵的可爱，也藏着我悉心聆听的无言的深情。《舌尖上的中国》中有这么一段话："人和食物，比任何时候走得更快，无论他们的脚步怎样匆忙，不管聚散和悲欢来得多么不由自主，总有一种味道，以其独有的方式，在舌尖上提醒我们，认清明天的去向，不忘昨日的来处。"人与食物，总在记忆中互相缠绕，食物承载着儿时的记忆和浓浓的乡愁。我总记得，小时候放学路上，远远看见村落里炊烟升起，飘来柴火饭香，勾起了肚里的馋虫，便会不自觉加快回家的脚步。中学时住校，熄灯之前，父亲打着手电，穿过黑暗的小巷，提一碗热腾腾的馄饨，我接过来狼吞虎咽吃下去，暖了胃，也暖了心。再大些，离家远了，每当失意受挫折时，我便格外想念家乡特制的腊肠和生腐，想起少时深夜吃的那碗辣椒拌饭。成年后的我们，尝遍各种美食，但依旧想念家里的饭菜。那是独一份的记忆，也是散不开的乡愁。这是家的魅力。

　　家的魅力是有很强驱动力的，让爱工作更爱生活的我，时常给家人制作各种美食，如果冻、蛋糕、寿司、各种馅饼、手擀面、丸子、饺子、发糕……我们在享受美食的过程中，也不忘赋予它一些所谓枞阳文化的气息在里面，月牙形状的面皮，裹着饱满的馅儿，捏上十二道褶，寓意一年中十二个月，都过得和睦美满。这让我不禁想起，梁实秋在《雅舍谈吃》中描述的温馨光景："吃顿饺子总要动员全家老少，和面、擀皮、剁馅、包捏煮，忙成一团，然而亦趣在其中。"这种其乐融融的氛围，驱走了冬日的萧索、凉意和出差的疲惫。

　　记得有次从陕西出差回来，我给家人准备了手擀面。在房间做作业的女儿出来，看到我在准备的时候，也把衣服脱掉来帮忙，她说："老妈，我来帮你和面、擀面。"一会儿恶作剧就开始了。她擀着擀着，就让面皮飞舞起来，举过头顶，身手敏捷地开始打拳，做各种搞笑的造型，我打心底感觉这孩子好可爱，禁不住让我联想到年轻时候看过的电影《功夫足球》里面制作面点的那一幕，心里还暗暗自喜，也没责备她什么，只是说："小孩儿，你不是来帮你老妈的，你是来用我的面团，做你跆拳道的道具的。"她听完哈哈大笑，更是手舞足蹈了。我控制不了她的调皮，就喊在客厅的爱人："小锐小锐，你快来厨房看看，你家宝贝女儿在干什么呢？"爱人看后，也感觉很好玩，竟然把这一幕拍下来，发到我们家庭群，让大家一起开心。有时我制作丸子时，孩子他爸也过来帮忙剁馅和油炸，还时不时给我们准备些茶水。这些都是我们享受一起制作美食过程中的欢乐，是家的味道的一部分。这正是对漂泊在外的人们一份温馨的提醒：外面的世界再精彩，家中那寻常的一隅，才是我们最暖的归宿。

今日冬至，路边炊烟袅袅，牵动着远在他乡的我的思乡之情。曾在网上看到，有人问："家对于人最大的意义是什么？"有人回道："家是寄托、是港湾，是你身后那一堵厚实的墙。"此时的我认为，家永远是我们行走世间最坚硬的铠甲，正如丰子恺说："我的归宿，是我的家。"无论我们在外如何劳碌，有家可回，寻常的灯火中总有一盏为你而亮，便能治愈一切不安与彷徨，抚平所有的创伤和失意。这就是家的魅力。

女儿的善良

自从女儿上高中后，每个周五的下午，我都忐忑不安，生怕有什么突发事件需要加班，也特别害怕，快下班的时候，有客户或业务员来电，要处理工作上的事情。因为每个周五，学校要求学生下午五点十分离校，我们公司下班时间是五点三十分，为了能够避开市内堵车风险，在最短的时间内赶到学校，接孩子回家，我事先也做了一些功课。走机场高速时间最短，需要一个小时左右，路程五十五公里，所以先让孩子的班主任潘老师和孩子商量好，在六点四十分左右，能到他们学校的南门接孩子。知道我工作性质的人，都会感觉很奇怪，怎么我这不称职的母亲，现在这么积极了？为什么说我不称职呢，因为在女儿上高一之前，我都没关注过她的学习，更别说去学校接送她了，一次都没有，有点惭愧。由于工作性质，在外出差的时间多，因此很少关注女儿学习。不过，说来也奇怪，自从女儿上高中后，我出差的时间少了很多，反倒她爸出差的时间多了。好像是上天特地安排的一样，给我这个不称职的母亲，一个表现和弥补在孩子学习过程中缺位的机会。既然上苍这么眷顾我，那我就实实在在地抓住这个难得的机会，抓住与女儿交流的机会，每个周五我都是以最快的速度赶到学校。

记得开学第一周的周五下午，我一路全神贯注地开车，终于在六点四十分赶到学校南门，看到女儿戴着口罩，背着沉重的书包，提着行李箱，蹲在学校门口的马路边等我。看到孩子的那一刻，我心如刀绞，内心在流泪，我看到整个学校，只有她一个人在马路边等我。她看到我的车停下来后，立即将行李箱放进后备厢，说："老妈你不要下车了，我自己可以处理的。"在回家的路上，我们一路愉快地聊天。聊天过程中得知，女儿怕我会提前来到学校，六点二十分就在学校门口的马路上等我了，足足等了我二十分钟，一刻也没有离开过。我说："傻孩子，老妈不是跟你说过吗，在最理想的状态下，一路飞奔，我也需要在六点四十分以后，才能赶到你们学校。"女儿说："因为学校不让带手机，我们无法取得联系，我知道你是个急性子的人，怕你到学校时，找不到我着急上火，所以我就早早出来了。""你站这么久累吗？""不累，好得很。""下次你出来早了，你们学校门口有桌椅，你可以坐在椅子上等我，这样你就不会很累。而且，书包那么沉，背时间长了，对颈椎也不好。"女儿说："好的。"接着，我们又开始一路谈笑风生，聊学校里的趣人趣事了。

一晃到了开学后第二个周五，我还是跟第一周一样，以最快的速度赶到学校。女儿这时正在学校门口等我，看到我的车后，立马过来，上车后，女儿很兴奋地说："上周你说完后，我这次就有经验了，在快到六点四十分才出来，不过我要告诉你一件好玩的事情。今天我在想，等你需要一个多小时，今天放学后学校的厕所没人，我痛快地解了一次大便。因为白天上厕所的人多，加上学校管理得严，什么事情都有时间节点，时间很紧张，所以白天没有尽情地解大便，有时看到有同学急，我就没好意思搞太久。"我哭笑不得，心想这种事情还能将就，这孩子真是傻乎乎的。但我也不能责怪她，只是说了句："大便是不能憋，憋大便对身体不好，下次注意点。"女儿好像没有理会我对她的忠告，反而很开心地对我说："老妈你知道吗，那种感觉很爽很开心！但是你知道吗？可能因为解得多，我冲厕所的时候，大便怎么也冲不走，冲不干净。我想，学校周五下午，保洁阿姨也回家过周末了，要到周日下午才能到学校，那这个没冲掉的大便，需要两天后，才能有人来处理，那不很臭吗，而且也不卫生。我们要维护公共卫生，后来我想到一个解决问题的方案，首先到校园里找了个没用的树枝，接着从我的行李箱里，拿出了很多卫生纸，在树枝和卫生纸的赋能下，把那个臭臭推进下水道了，搞完后又用水把水池冲洗干净了，这才离开的。"听到这些，我内心有一股暖流涌出，瞬间感到无比欣慰和自豪，为女儿这种处处为别人着想的善良而高兴。因为我知道，女儿的善良是深入骨髓的，便只是平淡地说了句："推大便，你怕吗？你会感到恶心吗？"女儿说："还好，不会，一来是自己的大便，二来想想保洁阿姨每天都做这些又脏又累的活，更感觉微不足道了。"

听了这些，我再一次会心地笑了。女儿小小的举动，让我对善良有了更真切的理解：善良是一种修养，是一个人的修行。善待他人，就是善待自己，要想得到别人的爱，首先要学会爱别人。一个善良的人，不会因小事而斤斤计较，也不会因一时得失而大喜大悲。做事肯为他人考虑，小到帮助一个人，大到心里怀揣天下万物，每一次伸出双手都带着暖意，每一次回头都留下笑靥。善良是人生舞台最动人的旋律，如湛蓝的天空，干净通透，如开在红尘中的兰花，散发着宁静与淡泊，诠释着生命的云淡风轻。

这不禁又让我思绪纷飞，回想起女儿的很多善举。记得小时候，我带她去参加比赛时，有时我的声音稍微大了一点儿，女儿会提醒我："嘘嘘，老妈声音小点儿，不要大声喧哗，不能影响其他考生。"还有，过马路的时候，女儿也会提醒我："老妈一定要走人行横道，一定要绿灯才行，遵守交通规则，我们不给交警添麻烦。"

这又让我想起，她在五十中的中学生活。她在班里一直是前几名，有时在全校也是名列前茅，他们班主任、数学老师、英语老师、物理老师等都很喜欢她，都对她抱有很大的期望。而他们班的一个同学，一个也是很想上进的女生，需要得到她的帮助，所以她初二以后，大部分时间都在帮扶这个同学，自己花在学习上的时间也少了很多，毕竟一个人的精力是有限的。我母亲就这事，提醒我和责怪我很多次。其实我也考虑过，也跟孩子沟通过，后来我还是尊重孩子自己的意愿。因为我想，孩子在做一件她认为很有意义的事情，比纯粹为了考高分更重要。这点像我，宁愿自己吃亏，宁愿自己牺牲些物质上或所谓名利上的东西，也不愿拒绝别人。不过她这次善良的代价有点大。

记得中考分数出来后，没有达到老师对她的期望。我说："孩子，你对你这次中考的结果满意吗？"女儿说："还好，比我预期的要好。""那就好，只要你满意就好！"

对于女儿这次中考的结果，我的很多朋友都感觉很惋惜，给予我们一些鼓励、帮助和祝福。其实，我跟女儿想法一样，认为这很正常，就像女儿跟我说的，她有一个健康的身心和幸福的家庭，比什么都重要。这句话也触动了我，让我这个有点虚荣心的母亲，也在思考一个问题：一个孩子好的品行品德比分数更重要，特别是善良。善良如雪花一样晶莹纯洁，是人生的底色；它如太阳一般温暖明媚，是爱与爱传递的桥梁；它如山间泉水一样清澈透明，荡涤生命的尘埃；它如琴音一样拨动心弦，在心湖上奏出最动听的乐章。善良是一盏心灯，照亮人们前行的脚步，是装点生命的诗行，善良是人生最美的风景。善良是一抹发自灵魂的微笑，是对生命的一种敬意，更是一种至真的心灵境界。善良可以驱赶腊月的刺骨寒冷。人生路上，用一颗善良的心来对待生命的际遇，生活就会处处明媚。赠人玫瑰，手留余香，每一份感动，如五月漫天纷飞的花瓣，花开不败，只因那份美丽长留天地间。与人和善，于己宽容，每一份善良如甘露，滋润着生命。岁月流逝，即使有一天容颜不再，生命也会因为善良而美丽。女人可以不漂亮，但善良的女人格外动人，如花中之莲，纯洁而高雅。她们有一颗清澈见底的心，将温暖藏在唇边，将美好根植在清清浅浅的岁月中。善良的人啊，温暖和善，举手投足间，都散发着淡淡清香。如春天的细雨，润物细无声地将善良播种，温暖自己，芬芳他人。但，还有一句话：人善被人欺，马善被人骑。善良也要有个度，不要一味地傻乎乎的善良，否则容易被人欺，触碰了底线时，一定要坚决地说"不"。

这些又让我回忆起很多：因为我和孩子她爸的工作都很忙，去学校很少，孩子都是自己骑车上下学的。经常听说，他们班某某同学她妈带她一起去体育馆锻炼，某某同学她爸放学送她回家，某某同学她爸接送她上课外辅导班，小区某某家孩子他爸带她一起去图书馆借书、看书之类的事情，现在回想，应该都跟孩子善良的品行有关系吧。所以从今天起，希望我们每个人，都做一个迎着灿烂的阳光而生长的明媚的人吧！

致敬我生命中的恩师唐晓发老师

人生的道路崎岖坎坷，有很多个岔道口，在行走的过程中，会遇到很多人，有自己的父母，兄弟姐妹，亲戚朋友，每个阶段的恩师和同学，每个阶段的领导和同事。然而，总有那么一个人，可以影响你人生的一个时期，甚至整个人生，在你的心灵深处留下深深的烙印，让你一直记忆犹新，不能忘怀。这个人于我，就是我的高中物理老师，也是我的班主任唐晓发老师。记忆拉回到二十年前。

1995 年，我经历了人生的第一次高考。一直认为自己是菁华村的骄傲，是村里那届唯一考进当时县重点高中的人，对自己充满盲目的信心。学校里有父亲的战友，母亲的亲戚，毕竟这三年是人生最关键的三年，可怜天下父母心，望女成凤心切，所以父母打了招呼，让校教导主任和老师多多关照一下我。每个周末，还有叔叔专车接送。这一切，让一个本来可以按照自己节奏发展的我，有些飘飘然，不能专注学习，以致学习成绩忽上忽下。终究结果不会撒谎，高考成绩出来了，我考了 466 分，离重点线差了几十分。虽然这个结果在意料之中，但是作为曾经所谓"学霸"的我，不能够接受这个事实，痛不欲生，万念俱灰，感觉这是莫大的耻辱，觉得自己无法面对面朝黄土背朝天的双亲和家乡的父老乡亲们，也无法面对一些闲言碎语。对我来说，这是一次刻骨铭心的失败。

当时唯一念头是：让父亲给我找个到外地打工的机会，一走了之。一心一意渴望我离开贫瘠落后的农村，到大城市里去一展抱负的父母，坚决不同意。记得当时，父亲严厉而又讥讽地说了句：就你那瘦小的身板，打工都没人要你。

所以，当时给我的只有两条路：一是花钱上池州师专，二是复读。那个暑假我做了很长时间的思想斗争。上师专意味着以后当老师，考虑自己个子矮小，普通话不好，感觉自己不是当老师的料，所以我否决了第一条路；但是继续在浮中复读，我有些不愿意，因为在那里我心里笼罩着"照顾户"

的阴影，心上仿佛压了一座大山，无法正常呼吸。问题总归要解决，我选择跟父母来次长谈：复读可以，复读的学校我自己选择，是成是败，一年后见分晓。父母有种恨铁不成钢的疼痛和无奈：这个多少莘莘学子梦寐以求的县里唯一的一所重点高中，就被我这个叛逆女云淡风轻地给否定了。但爱女心切，最终他们还是妥协了。

得到父母的许可，第二天一早，我就迎着炎炎的烈日，骑着单车，来到离我家约三十五公里的浮山中学，取我的成绩单。那天碰巧遇见几个同班同学来拿他们的大学录取通知书，有考到中国科技大学的方同学，有考到北方交大的芮同学，有考到南京大学的杨同学，有考到合肥工业大学的盛同学，还有考到同济大学的黄同学……记得中午，班主任吴老师让我们在他家吃饭，那顿饭我不记得是怎么吃下去的。

吃过午饭，跟老师和同学们告别，当时没有跟老师和同学们讲自己接下来的打算，实际上，心里的目标已定。顶着火辣辣的太阳，我骑着单车继续前行，一路前进，一路问询，终于来到当时一所不知名的普通高中——会宫中学。经过不断打听，我找到了当时负责复读的老师——教导处陆主任，只记得，当时陆主任看到我的成绩单和学校，半天没有给我回复。他打了个电话，叫来一位物理老师和一位化学老师，一起讨论如何安排我的复读。最后，那位物理老师，也就是复读班的班主任唐晓发老师，像位老大哥一样关切地问我："你下定决心来我们这个普高来复读吗？别人都希望去重点高中复读，你怎么跟别人不一样，我们这里师资力量、学校环境、教学设备、住宿环境、生活条件等，都不如浮山中学，我一会儿带你去我们校园逛逛，你再决定。"我说："行，没有问题！"

接着，唐老师一路谈笑风生，他诙谐幽默、平易近人，我参观了会宫中学的校园。依稀记得，唐老师首先带我去了女生宿舍。这是一个大通铺的宿舍，这哪叫宿舍啊，我只知道是一个房间，里面砌了很多混凝土的墩子，墩子上面简单地放了几块木板。因为当时是放假期间，房间没人打扫，木板上有好多老鼠屎，而且里面有异味，当时我恶心得差点吐了出来。老师似乎看出了什么，自嘲地说了句："我们这是穷乡僻壤的小地方，交通不便，住宿环境恶劣，开学时，需要你们自己带被子等洗漱用品。可怜的孩子啊，这里也没有自来水，所有的生活用水，需要自己去提。"

随后，唐老师带我来到食堂前面一口深深的井前，老师看着瘦弱的我，眼里充满关切。说实话，看到这一切，一种心灰意冷的感觉油然而生，心情来了个一百八十度的大转弯：这里没有窗明几净的宽敞教室，没有自来水，没有设施齐全的宿舍。相比之下，浮山中学因"东西南北皆水汇""山浮水面水浮山"而得名，山水清秀、岩壑灵奇，以火山岩洞、摩崖石刻为特色，此时，恍似仙境的浮山美景——浮现在我眼前。但是，想想昨晚跟父亲母亲的长谈，说出去的话覆水难收。同时，我被眼前这位英俊潇洒，性格温和，但很有魅力的唐老师深深吸引了。我坚定地跟唐老师说：决定在此复读。唐老师露出了矜持的笑容。他没有华丽的辞藻，只是用朴素的语言告诉我，利用假期的尾声，预习一下高三的课程。同时，送我两句名言，让我回家好好反省："天才是百分之一的灵感加百分之九十九的汗水"，"学习上要有钉子精神，善于挤和钻"。

不久，就到了开学时间，按照学校规定，我整理了行李，带了些干粮，还有那所谓的梦想，踏上了复读之旅。唐老师特别用心地把我安排在前后都是女生的座位上，我的同桌是一个勤奋好学、学习成绩优秀的小女生。来会中之后，我看到了一群纯真质朴、朝气蓬勃、乐于挑战、永不服输的孩子们。我的恩师以身作则、恪尽职守、以校为家。他每天早晨，都是第一个来到教室，监督我们早读。他总是告诫我们，以杰出校友为榜样，抱寒守志、勤奋刻苦；要以振兴中华为己任，勇毅笃行、敢于担当。他希望，同学们志存高远、自强不息，登高才会行远，积厚方成大器；同时，要脚踏实地，用行动践行自己的人生抱负和青春梦想。他还要求，要增强法纪观念和规则意识，要诚信友善、服从管理，要注重细节、学会生活，要善待他人、懂得感恩。恩师的谆谆教诲，和"风声，雨声，读书声，声声入耳"的校园，让我这个曾经高傲的"学霸"，有种"踏破铁鞋无觅处，得来全不费功夫"的顿悟：人生需要专注、埋头苦干、脚踏实地，生活再艰难也需要一步一个脚印地走，生活没有捷径，你走的每一步都算数，你看过的每一本书都算数，你遇见的每个人都算数，它们都将成为你成长道路上宝贵的财富。时间是最公平的，你把它浇灌在哪里，哪里就可能开出灿烂的花朵。

在恩师唐老师的指点下，我复盘了我这一次高考，同时因为恩师风趣幽默、形象逼真的教学方法，让我喜欢上了物理。记得第一次学校模拟考试，我就考了学校第一名。恩师唐老师每次看到我，都会露出欣慰的笑容，他关切的问候、激励和鞭策，让我感觉有种家的温暖。记得那时，每个周五放学，我都要回家一趟。有时能刚巧跟唐老师坐同一辆三轮车，老师会在车上给予我关切的问候，问长问短的，给我感觉就是一个大哥哥在关心妹妹，我心里美滋滋的。后来的每次考试，我大部分时间都是学校第一名，偶尔会被应届班一个男生超越，但不会掉出年级前三名。在恩师的鼓励下，我还参加了学校组织的英文、数学、物理、化学竞赛，代表班级都拿到了奖项。从此，我也成了大家茶余饭后的谈论对象。记得，每次回家等车时，就有其他班级的同学主动来跟我搭讪：你就是每次考第一的"童雪燕"吧，同学们还会主动给我让座，让我很是感动。记得一次有个低年级的女生，竟然要我给她签名，还送给我好多她手工制作的祝福卡片。人生第一次，我有种当明星的感觉。

毕竟是复读生，到高考前夕，我有些疲乏和松懈的情况，恩师给我讲一些心灵鸡汤：不经历风雨，怎能见彩虹；不走过低谷，怎攀得高峰。坚持，不是为了感动谁，也不是为了证明给谁看，而是一路奔跑，总比原地踏步要好。水滴石穿不是水的力量，而是重复的力量，重复的能量，不是相加，而是相乘。有路，就大胆去走；有梦，就大胆飞翔。成功的道路，不怕万人阻挡，只怕自己投降；成长的帆，不怕狂风巨浪，只怕自己怯懦。

恩师唐老师按照我每次模拟的考试成绩，给我定的目标是清华大学。

经过一年的寒窗苦读及恩师无微不至的教导，我终于结束了1996年的高考，高考分数下来了，我只比重点线多了十五分，没有达到老师的期望，但是只有自己知道，当时有道关，即心理素质关过不了，所以这个结果，我自己是能够接受的。对这个成绩，父母当然很高兴，这也化解了我们之间的矛盾。毕竟我又创造了奇迹——我们村第一个本科大学生。于是，又得到村里和乡里领导的关怀和鼓励，我也成了村里家喻户晓的名人，父亲母亲高兴得心花怒放。特别是父亲，一个大字不识的退伍军人，高兴得合不拢嘴。往后，父亲又可以在他的战友和工友面前吹牛了。

光阴似箭，日月如梭，一晃二十六年过去了。而我内心深处，依稀记得，恩师那年的善举——接收我这个濒临颓废的学生复读，让我第一次深刻领会到"梦想不是浮躁，而是沉淀和积累"的真谛。经过恩师一年的指引，我被辽宁工程技术大学录取，并在攻读了四年的电力系统及自动化专业后，从农村娃转变成一个与高压电打交道的女汉子，让我的人生轨迹发生了质的改变。唐老师成了影响我一生的引路人和恩人。

记得那届高考，我们班考得很好，恩师也成了学校的"红人"。自那以后，唐老师在仕途上顺风顺水，一路高歌猛进。他曾先后担任枞阳县会宫中学副校长，钱桥中学校长（书记），横埠中学校长（书记），浮山中学校长。曾获"安庆市优秀校长""安徽省教育工会优秀工作者"等荣誉称号。曾任安徽省第十二届人大代表，中共安庆市第十次党代会代表，中共枞阳县第十次和第十二次党代会代表，安庆市第十五届人大代表，枞阳县第十五届人大代表（常委）。曾应邀参加清华大学召开的全国重点中学校长会。

唐晓发老师现在还奉献在教育事业一线，可谓是育人无数，桃李满天下，他的学生大部分是各行各业的精英。作为茫茫人海中一个小分子的我，感恩感谢老师您！因为您，我不管遇到什么困难，总是相信天无绝人之路；也是因为您的教导让我明白：人生的精彩之处，不仅在于取得怎样的成就，更在于拼搏奋斗的过程。奋斗的滋味是，苦中有甜，甜中带乐，只有品尝过，才能体会人生的珍贵。这些都是我生命中最好的馈赠，一直指引着我不断进步。再次感恩感谢唐老师！

低调中的修养——隐

光阴似箭，日月如梭，一晃自己已过不惑之年，正迈向知天命的年龄。在忙完一天紧张的工作之后，特别是夜深人静时，我突然变得喜欢回忆：回忆女儿小时候可爱的样子，爱运动的样子，有主见的样子，不让我们父母操心的样子……有让我特别感触和震撼的一点，我用一个字概括为"隐"。

为什么叫"隐"呢？这还要从女儿小时候的表现说起。记得女儿小时候，我和他爸都没时间接送她上下学，这个光荣的使命只得交给女儿的外婆，也就是我的母亲大人来完成。女儿小时候，就比较喜欢运动和学习，借她的小学班主任兼语文老师李婷老师的评语：张子同同学是个内秀及德智体全面发展的四好少年。她自己会安排好学习和运动的时间，不需要我们去操心，经常自觉地参加学校的运动会项目，如跳绳、跑步、铅球、接力赛、跳远等，都是自己报名过后，才告知下我们。

有天我下班回来，母亲轻轻地走到我的身边，很神秘对着我说："我发现你家乐乐，跟别人家孩子不一样。"也许是作为母亲特有的反应，我很紧张地问："乐乐怎么了？"母亲说："今天下午放学回家后，你家孩子一边做作业，一边叫我去翻翻她的书包。我很好奇，就去翻了下她的书包。我好像哥伦布发现新大陆一样，大声对乐乐说，你书包里怎么有那么多奖状啊！你这些奖状，是老师上午发的吧。因为我中午在你们学校门口等你放学时候，就看见一个小男孩，拿着一张奖状举过头顶，兴高采烈对他奶奶说自己得奖啦。我看你出来时很平静，以为你这次没得奖呢，所以也就没敢问你。原来你这小兔崽，是把奖状藏起来了，要给外婆一个意外的惊喜吗……"母亲唠叨了这么多，女儿只是对着母亲微笑了下，点了下头，表现得特别镇定，继续做她的作业。

母亲高兴得像个孩子似的，跟我说了好多。母亲这么一说，我在脑海中稍微回忆了几十秒，发现这孩子确实有那么点意思，低调中有修养，善于"隐"。于是乎，我的思绪开始飞舞：我也不知道她怎么这么淡定，我想这点像他爸吧，不禁很欣慰地暗自微笑。

突然，我又想起一件事情。记得乐乐在上小学时，我给她买的衣服上都有品牌的标志，有的标志还比较明显。后来她不愿意穿了，只穿些哥哥姐姐小时候的旧衣服，有的衣服都变形了还在穿。我心想，这孩子怎么这么懂事和朴实，还有着勤俭节约的优良品德呢，是不是体会到父母工作的艰辛和不易啊。怀着一颗疑惑的心，我们开始了亲子聊天模式：我问她为什么不穿新买的衣服，女儿好像怕伤我自尊似的，弱弱地跟我说："老妈，你能不能低调点，我们小孩穿衣服不要什么牌子的，以后你买衣服能不能买不带品牌标志的，或者以后我的衣服我自己去买。"听了女儿这句话，我的脸唰地红了，抬起眼皮看了她一眼，我有些无地自容，当时感觉，自己竟然连十岁不到的孩子都不如，我的灵魂深处有莫大的触动：我们枞阳人优良的传统美德——谦虚谨慎、不张扬，低调做人、高调做事，都被我抛到哪儿去了？作为母亲的我，还冠冕堂皇吹牛，怎么教育孩子，现在反倒是孩子来教育我了，给我的心灵来了一次洗礼。

刹那间，我冷静思考。是啊，当今社会物欲横流，外面的世界很精彩，诱惑也很大，一不小心，我们就会迷失当初的方向，会被带进沟里。古语说得好：满招损，谦受益；满必溢，骄必败。层次越低，修为不够，越是难以沉下心来提升自己，越喜欢张扬自己。作家刘同说过一句话："浮于表面都是风光，沉下心来自有答案。"毁掉一个人最快的方式，就是让他得意忘形，活在自吹自擂的虚假世界里。明朝大才子唐伯虎就是个很好的例子，自幼聪慧，绘画天赋非凡。得名师沈周指点后，绘画技艺更是一日千里，超然众人。得到师长的肯定，同行的赞誉，久而久之，唐伯虎内心难免生出骄矜浅薄之气。于是，他打心底里瞧不起同行的画作，有时甚至连老师沈周的批评、提点也不放在心上。其实，他当时的绘画水平，与老师还有着天壤之别。绘画方面如此，连进京赶考，他也是极度骄傲自负。作为乡试第一名的解元，本应前途似锦，但他因自视甚高，科考后口出狂言："状元一定会是我的！"最后，唐伯虎不仅和状元失之交臂，还因牵扯到科考作弊案被下了大狱。

《老子》有言："水因善下终归海，山不争高自成峰。"越是成熟的稻穗，越懂得弯腰。放低自己，并不是贬损自己，而是心怀谦卑，以低处立，往高处行。境界越高的人，姿态越低；而越是轻狂无知的人，越把自己太当回事。天外有天，人外有人，无论什么时候，都要放低姿态，不自大、不自夸、不自耀，才能行稳致远。让我们做个低调中有修养的人，学会隐藏。在前行的道路上，时刻纠偏，不忘初心，方得始终。

张民良散文

张民良，笔名南山浪人，陕西西安人。喜在文学的海洋里寻求快乐，爱将生活当作一首动听的歌。偶拾心得，写成文章，以文章寄托朴素情感。

大漠明珠——居延海

晨曦微露，我已站在观日的码头，向着东方不停地翘首。

码头上熙熙攘攘的人群，像海鸥一样唧唧啾啾，即使寒冷的深秋冻得瑟瑟发抖，但胸中像有暖阳升起，热情依旧。

一个小时后，海的东方白如鱼肚。慢慢地，一道红线连接了海天，红晕跳动，橘红色晕染了一大片，好一派壮丽景观。

忽然，太阳露出了海平面，金光灿烂。海面上跳动着一道红色的火焰，和幽蓝的海水争宠比肩。

云遮住了阳光，太阳脸上像罩着一层虚实相间的条状灰纱，朝阳时而露脸，时而躲闪，纱缝里漏出明亮的眼，射出道道金光温暖人间。

当太阳由金色变白时，天已大亮。此时，水天一色，微波荡漾，海面宽广幽蓝，远方黄沙在风中漫卷，近处红柳守望海前。

眼前，枯黑的土地表皮如老人脸上的黑斑，远处的沙丘上空弥漫着淡淡的云烟。野鸭悠闲地游着，结队表演。鸿雁与海鸥忽而在天空飞翔，忽而贴水面掠过，嬉戏着游人的情感。

海上不时有快艇飞过，一道道白浪闪亮登场。机动船载着兴高采烈的游人，优哉游哉地开向远方，身上洒满明亮的阳光。

海边的芦苇，依水结伴，连成一片片，用朴素的情怀为绿洲代言。

这里的芦苇，有的结实粗壮，像大漠里朝气蓬勃的铁骨儿郎；有的身材修长，像藏在大漠深处的俏娘。虽然形态各异，但它们有一个共同的特点：像大漠中的胡杨一样坚强，个个挺立向上！

芦花茸茸，随风飘动，妩媚的姿态撩拨得人流连忘返。

无际的芦苇，苍茫的大海，蓝色的天空，绵延的沙丘，翱翔的海鸥，悠闲的野鸭，飘逸的快艇，夺目的太阳光，构成了一幅壮丽的画卷，在一片寂静中展现历史的亘古与久远。

这就是大漠明珠——内蒙古阿拉善盟额济纳旗境内巴丹吉林沙漠里的居延海美丽的风光。

居延海连着中南海，居延海有着大漠情怀。只要你来，定不负此行。

心中的胡杨

是谁带来了梦幻般的色彩，是谁留下了千年的悲哀？大漠戈壁上的精灵古怪，三千年守望，只盼你能快点到来。

胡杨，那醉人的金黄，早已是我心中的梦想。曾经数年奔波，总是在追梦的路上。胡杨，又像我暗恋的姑娘，虽然相识，却未有火花相撞。

有缘无分，那是上苍的安排；有缘有分，那是修来的福气。不努力追求，哪会获得真爱！

胡杨，梦中的新娘，我何时会成为你的新郎？胡杨梦，像胸中的一团火，烧红了整个胸膛。心多少年在梦中癫狂。

现在，胡杨已穿戴好最美的霓裳，小鹿在胸中冲撞，在大漠深处急切地把你眺望，诉说着多年来对你的失望和它的坚守：

哥哥你若是一只绝情的雁，妹妹我就再等你三千年。生也等你，死也等你，等到天荒地老，我心永不变。这是何等的期盼！

沙漠上谁最坚强，沙漠上谁有不屈的脊梁？那就来胡杨林看看吧！

千年不死，千年不倒，千年不朽。三千年历练，三千年等候，三千年守望，三千年忠诚。

风雨洗礼，它虽老弥坚；情有独钟，守望大漠一守就是几千年；精心装扮，只为把美丽带给人间。

只有你来过胡杨林，目睹过它的风采，才能懂得什么叫不离不弃，才能懂得什么叫生死相依，才能懂得什么叫不屈不挠，才能懂得什么叫无比坚强。

胡杨，就是泱泱中华五千年古老民族的代言。

金秋十月，你和胡杨林相见，看着那拥挤的人群，听着人们近似疯狂赞美的呼喊，才会真正感受到，什么叫金色梦幻，什么叫多姿多彩，什么叫五彩斑斓……

长途跋涉，历经艰辛，庚子年中秋月圆国庆时，胡杨，我终于与你团圆。体验过你的热情，才有了之前的感言。胡杨，你让我癫狂，你让我留恋。因你，我的余生会更加坚强。

时光把最绚烂的季节给了秋天，秋天把最亮丽的色彩回报给人间。犹如这金秋的胡杨，错过了十月，那就再等一年。岁月变换，来年是否还会相见？也许，失去了会成为永远！

请珍惜这美好时光，额济纳旗胡杨林期盼你的到来。有缘相会，缘来缘去不过如此。

胡杨，你的美丽，你的深情，你的精神，永驻我心上！

情深意浓，绽放美丽，坚强不屈，越挫越勇。这，就是我心中的偶像——大漠精灵胡杨！

夏雨荷香

五月榴花红，六月荷花香。六月是荷花盛开的季节，人们称六月为荷月。荷月赏荷，理所当然。

夏至过后，荷花竞相怒放，到沣东新城中国荷苑（简称荷苑）赏荷，更是再美不过的事情了。

夏雨初停，天色昏暗。阳光虽不明媚，但气温凉爽宜人，正是赏荷的好时节。

初入荷苑，顺着一条两边栽满盆口粗国槐、上面倒挂五颜六色油纸伞的林荫大道向西前行，一会儿就来到了荷塘边。

放眼望去，荷叶田田，荷花依依。虽有"接天莲叶无穷碧"之绿意，却无"映日荷花别样红"之艳丽。但夏风中叶与花的爱恋，却令人心生嫉妒。

那一个个"小荷才露尖尖角"，直指天空，与叶争雄；那摇荡绽放的花朵，一朵朵瑰丽多姿，像热情的主人迎接远道而来的贵宾，张开双臂，揽你入怀，令你陶醉。

那粉嫩娇羞的、艳红如血的、橘黄如火的、雪白如玉的、淡绿如翠的、鹅黄似金的，还有那珍贵的"东湖情思""紫霞映雪"等，一朵朵，一片片，相映生辉，给夏日的荷苑带来了温馨与浪漫，总让人留恋不舍。

真个是"风吹荷塘绿浪翻，幽香暗送醉心田"。

连日的夏雨洗刷了荷叶上的浮尘，池塘里的荷叶更加清新，绽放的荷花也更加亮丽。

阵阵夏风吹过，荷叶翻飞，荷花轻摇，像是如花似玉的少女翩翩起舞，曼妙变化，让人销魂！淡淡的清香扑鼻，慢慢地嗅着，嗅着，让你如痴如醉。

风平幽静时，荷塘上犹如铺着一个超级大的绿毯，又似一把伞静静地舒展在池塘上，像是在为谁遮风挡雨。

一个个挺拔的花蕾，仿佛一个个哨兵，骄傲地护卫着自己的领地；一个个丰满的莲蓬，专注地睁大眼睛，监视着周围的一举一动。安静盛开的荷花，母亲般慈祥地守护着她的儿孙们。

最令人惊羡的当数那亭亭玉立的白荷，宛如身着白衣的凌波仙子，"出淤泥而不染，濯清涟而不妖"，比其他的荷花更多了份清新和自信。

无风时的荷塘，一切都是那么沉稳、洒脱，让人感受着她深沉内敛的美。

上午的夏雨还未完全隐藏她的身影。空气里弥漫着淡淡的泥土与荷的清香。凉风吹拂，清香扑鼻，让人感觉浑身清爽。慢慢地转着，慢慢地看着，慢慢地享受着这夏雨后的荷塘带来的乐趣。

一转身，雨后的荷叶与荷花的完美搭配，又让我眼前一亮。这粉里透红的荷花，挂着未掉落的水珠，煞是可爱。金黄的花蕊、碧绿的莲蓬稳居中央，姿态诱人。碧绿的荷叶像翡翠一般发着亮光，叶窝里掬着的水珠犹如绿色翡翠里镶嵌的钻石，熠熠生辉。

这灵动的生命，这绝妙的组合，也只有在合适的时间、合适的地方，遇见有心的人才能被发现，被感染。而这静美浑然天成，凝聚了时光，丰富了想象，让我从雨荷中又看到了人生新的希望。

坐在荷塘边的休闲椅子上，看着静静的荷塘，嗅着悠悠的清香，沉浸在五彩缤纷的世界中……

忽然，荷塘边的树林里响起了叽叽喳喳的鸟叫声，而且叫声越来越响，但我却没有一丝心烦气躁的感觉。一会儿"呱呱，呱呱"蛙声又起，听着那熟悉的声音，又让我想起了从前和小伙伴们在涝池捉蛙时的场景。

这动物的叫声给幽静的荷塘增添了新的乐趣，使人醉心于鸟鸣蛙叫的合唱之中。

荷塘边一片白雾冉冉升起，一会儿就将我包围其中，隐隐约约看见碧绿的荷叶、多彩的荷花被"仙气"萦绕，向空中飘浮，我也仿佛化身为仙，心儿飞到了九霄云外……

秘境奇观

长时间生活在喧嚣的尘世中，受各种噪声的困扰，人不免有些烦躁。于是，总想寻找一个清静的地方，放飞自我，抚慰心灵。终于有了机会，我和几位好友不谋而合，相约到山里游玩。

开始登山时，天空阴沉，雨雾蒙蒙。一路上只能看见潺潺流淌的小溪和近处的绿植，稍远的地方被雾气笼罩，难辨真容。我们就像穿梭于幽暗的森林隧道里，只能欣赏近处的风景。大山的雄伟壮丽，森林的波澜壮阔，这时也只能在心中回味。

此时此刻，不免有些伤感。途中不时传入耳畔的各种鸟鸣和不期而遇的各色鲜花，算是对我们此行的安慰。既来之，则安之，虽然天不作美，但我们信心百倍，不登顶峰誓不罢休！

经过三个多小时的艰难跋涉，我们终于如愿以偿地登临山顶。这里三面是悬崖，近百平方米的石面上坐落着破败的庙宇，少有人至，极其清静。环顾四周，白茫茫一片。青山依旧在，故人难相见。先到的游人告诉我：你们来晚了，看不到云海奇观了。可惜，可惜！

在崖边稍作休息，竟落大雨。难道我们的运气就这么差？大家拿起背包正准备到庙里避雨。让人欣喜的是，大雨骤停。

一会儿，群峰竞秀，万木葱茏。云团相互交织，时分时合，不断变换着它们的身姿，形成新的景观：一会儿犹如棉花抱团，蘑菇擎天；一会儿犹如玉笋耸立，芦花飘舞。虽身在山巅，却看到了乘飞机穿云层的奇观，好不惬意！

云一静止，像是一巨大的白色纱幔瞬间罩住了群峰，秘不可宣；稍一流动，又像大雪纷飞连广宇，浩瀚无垠。顷刻之间，云天一色，山没了、树没了、云朵没了，翠绿也没了，眼前只是白茫茫一片。

数分钟后，那一片片洁白的云彩飘着、飘着，被风儿扯成一丝丝、一缕缕，呈现出来的又是别样的景观。它时而像玉带飘飞，环绕山间，把山峰分割得绿白分明，妩媚动人；时而像天降飞瀑，填补沟壑，让群山紧密相连，大气磅礴。

这时，不知从哪里传来了袅袅佛音，既空灵悠远，又余音绕梁，身临其境，使你飘飘然若神仙。

云开雾罩，云山交错。云海中的山体若隐若现，形态各异，栩栩如生，如巨龙腾飞，似乌龟爬坡，像鳄鱼探头，犹猎豹飞奔。还有的如青蛙凝望，黄鼬钻洞，锦鸡静卧，神鹿望月，天马行空，雄狮镇关。一会儿，云朵变化，让人仿佛看到沙漠漫漫，驼队悠悠……

此时，你只要展开想象的翅膀，就可以任意驰骋。何为鬼斧神工？何为天地造化？在这里都得到了很好的诠释。

美景天成，可遇不可求。沉浸在如此仙境，不由得令人手舞足蹈，大呼小叫。哇，漂亮，壮观，美得很，棒极了……各种口音、各种赞美，不约而至。有身着华丽长袍的美女，还有人做出飞天的姿势予以应和，如仙女游天，妙趣横生。

渐渐地，云退山青，阳光普照，尽显庐山真面目。玉祖亭上，把水当歌，开吃开遍，笑谈正欢。不觉天色昏暗，又细雨飘飞，大家收拾行囊，打道回府。

下山途中，虽一路小雨，但有鲜花相送、翠绿为伴，好景致呈现眼前，鸟鸣声不绝于耳，自然喜形于色。雨滴打身，既凉又爽，冲刷着身上的凡尘，荡涤心灵，好不逍遥快活！

苜蓿情

苜蓿，多年生草本植物，据传由张骞从西域引入。它用途广泛，既是饲料，又可当菜，人畜均可食用。

春天，我在高速路上巡查时，看到了两边护坡上长势良好的苜蓿，就情不自禁地想起自己的童年时代。

那时候整个社会物资匮乏，经济萧条，人们常常缺吃少穿，特别是到了青黄不接的三四月份，我们家的日子就更加艰难了。此时生产队的苜蓿地就成了我经常光顾的地方。

春雨过后，百草萌芽，苜蓿也纳翠吐绿苗壮成长，嫩绿的枝叶随风微动，煞是可爱。真是秀色可餐，让人垂涎呀！

趁着看苜蓿的人回家吃饭，我和同伴便发起冲锋，跑到地里撅苜蓿，不一会儿就塞满了身上所有的布兜，像凯旋的战士跑回家，将自己的战利品摆上案板。

每当这时，我都会遭到母亲的训斥：小孩子偷偷摸摸不学好！我在心里反驳：不这样，吃什么，难道饿死不成？

训归训，母亲还是用我拿回来的苜蓿做出五花八门的美食：凉拌苜蓿，翠绿爽口，回味无穷；苜蓿汤面，面白菜绿，热气腾腾；苜蓿糊糊，白中泛绿，清香四溢；苜蓿疙瘩，口感筋道，酸辣可口；苜蓿麦饭，雪裹翠枝，柔中有韧；苜蓿酸菜，辣子点缀，色香味俱全。这些美食，无不彰显妈妈的勤劳和智慧。

初夏时节，苜蓿花开。那淡淡的紫色，簇簇花团，雅而不俗。而那片给予我美食的苜蓿地，又成了我们赏花的乐园。

大家在苜蓿地里追逐打闹，看蝶飞蜂舞，闻阵阵花香。这是一段多么美好的时光，忘了饥饿，忘了忧伤，只有欢乐在心上。

苜蓿花虽然没有牡丹的大富大贵，却也将我们的世界点缀得更加美丽。

随着改革开放步伐的加快，人们的生活发生了翻天覆地的变化，儿时的苜蓿在家乡已难觅踪迹，现在能吃上苜蓿已是一种奢侈。

今天，我在包茂高速太乙匝道旁的护坡上，忽然看见了成片成片盛开的苜蓿花，不禁勾起我对往事的回忆。

苜蓿，我生命里有你的营养，感谢你给了我成长的力量。苜蓿，更令我想起永不消逝的妈妈的味道！

太白山游记

太白山，国家级自然保护区，秦岭最高峰，中国南北地理气候最高分界线秦岭的主峰，号称中国大陆青藏高原以东第一高峰，横跨陕西省境内的周至、眉县、太白等县，以高、险、奇、峻、寒著称。

太白山主峰拔仙台海拔 3771.2 米，位于太白县境内东部，为太白山群山之最。国家一级保护植物独叶草为太白山所独有，特别珍贵。

太白山国家森林公园位于宝鸡眉县的汤峪镇，国家 AAAAA 级风景名胜区。景区内的最高处"天圆地方"（海拔 3511 米）为景区终点，与太白山自然保护区相接。

二十年前我曾去过太白山，但由于时间仓促，只游览了下板寺以下的主要景点。二十年后的今天，一大早，我们自驾游，再次开启了太白山之旅。六点五十分到达目的地，然后乘景区公共交通至红桦坪。

驻足观望，远山连绵叠翠，晨雾缭绕，观者如云，人头攒动。转身前行，有一山包挡住视线，人们争先恐后登上山顶，摆弄姿势拍照留念。这便是太白山森林公园最高处的"天圆地方"，海拔 3511 米。站立山巅，仰望天空浑圆，俯瞰大地如盘，方知天圆地方。

这里也是中国地理南北分界线秦岭的最高处，南为长江流域，北为黄河流域。不禁遐想：如果天下大雨，雨点滴在中线上，水花四溅，部分流入长江，部分流入黄河，周游四方随心所欲，那是多么浪漫！站在此处，双手叉腰，肩扛蓝天，脚踩南北，既体验着南方的湿热，又感受着北方的清凉，再被四周的美景包围，是何等的享受。

离开天圆地方，我们向太白山主峰拔仙台挺进。走在木头栈道上，顿觉天蓝草绿云白，如入仙境。脚步咚咚催人奋进，让人停不下追求梦想的步伐。

出了小文公庙，道路崎岖难行。说是路，实则全是乱石。正如鲁迅先生所言："世上本无路，走的人多了便成了路。"低头俯瞰，深不见底，尽管小心翼翼，但还是不时会踏在松动的石头上，险象环生，令人提心吊胆，毛骨悚然。我们走的正是第四纪冰川遗迹，著名的石海、石林是大自然鬼斧神工的杰作。

好汉坡全长约五百米，是大文公庙通往大爷海的唯一途径。

山势陡峭险峻，从坡底看山顶的人犹如蚂蚁。中途有一平台，游客们在这里休息一下，唱歌、拍照、跳舞、侃大山、吃饭等。大家用这样愉快的心态驱赶着疲惫，脸上的笑容灿烂得如花儿一般，心情实在好极了。

站在平台远眺，前面沟壑纵横，草甸随风舞动，云雾时聚时散，一条石河蜿蜒曲折通向远方；后面群山连绵层峦叠嶂，山势险峻雄伟，植被茂盛幽绿，绝妙的一幅壮美江山图。

稍加休息后，我们终于爬上了好汉坡顶。坐在道旁的崖石上，吹着呼呼的山风，感受着胜利的喜悦，从头舒爽到脚。

下坡后右转前行，大约两小时可抵达大爷海。大爷海系太白山拔仙台下的高山湖泊，呈椭圆形，水色幽蓝清亮，像镶嵌在太白山顶上的一颗蓝色宝石，熠熠生辉；又像太白山的一只眼睛，注视着周围的动静，精心地呵护着太白山。

山风阵阵，大爷海波光粼粼；艳阳高照，水面上银光闪闪。站在水边，水中游人的倒影忽长忽短，十分有趣。有人捡起水边的石片，弯腰扫视，嗖的一声，石片飞向水面，又跳跃着到远处直到落入水中。在这高山之巅的湖泊边能玩这样的游戏，定是十分有趣。

尽管大爷海的水十分冰凉，但我还是蹲下身，捧一掬清水，闻一闻它的气息，感觉特别骄傲。

下午两点多，我们向终极目标拔仙台发起冲刺。长话短说，我们费了九牛二虎之力，历尽艰辛，终于攀上了高高在上的拔仙台。

首先映入眼帘的是一个破旧的铁钟，孤孤单单地吊着，像是在向游人诉说着拔仙台凄惨悲壮的故事。铁瓦和吊钟，也让我们想象到姜子牙在此封神的盛典。

时过境迁，物是人非，空留一座遗迹，感怀、悲伤等多种情绪交织在一起，不禁让人慨叹历史的无情。

人在高处，举目远眺，点点山峰尽收眼底。它们簇拥着拔仙台，一个个"俯首称臣"，"会当凌绝顶，一览众山小"的豪迈气概油然而生！

阳光灿烂，近处的山峰绿意盎然，远处的山峰青黛连绵，层次丰富，色彩鲜明，地势地貌一览无余。拔仙台上的幢幡迎风摇曳，像是特意为登顶者举行的欢迎仪式，又像在召唤更多的勇士前来相会。

暖阳当头，寒风呼啸，有温暖，有清凉，心旷神怡；蓝天白云，山花烂漫，有诗意，有远方，逍遥快活。身处神仙圣地，自有福报喜气。

我沿着拔仙台的残垣断壁向远望去，不经意间发现，二爷海和三爷海静静地躺在拔仙台右边的山窝里，周围荒无人烟，十分静谧，一条小路清晰可见，从它们旁边伸向远方……我想，这就是传说之中的勇士之路（鳌太穿越路线）吧！

带着胜利者的喜悦和自豪，我们在拔仙台整整游玩了二十分钟，呐喊、欢呼、摄影、摄像，完成了所能做的一切事情，然后原路返回。

回想这次太白山的探险之旅，带着成功的喜悦，不禁为自己点赞！我深深地体会到：只有目标而没有行动，一个人永远无法到达理想的彼岸；只有行动起来向着既定目标前进，才有可能接近和实现目标，才能让美丽的梦想绽放出成功的光芒。

朋友，坚定信念，整装出发，向着自己的人生目标勇敢前进吧！

朴素的爱

深秋，一辆蓝色的轿车缓缓地行驶到秦岭深处红土坡村路边的停车场。他开门下车。

车场的角边，五六个上了年纪的妇女边招手边喊："自家种的蔬菜瓜果，无污染，吃着香。来，来，给你带点。"

他本无购买的欲望，况且家里什么都不缺，这次来主要是想看看这里的丹霞地貌。但看到瑟瑟秋风里冻得发抖的老人，他动了恻隐之心。

唉，七八十岁的老人还在这人烟稀少冷风飕飕的山梁上等买主，深山里的老乡生活是多么不易。而这时，城里六十多岁的人大多在街道上闲转。两相对照，山里的老人能照顾就照顾点吧！他想着，不由自主地来到摊位前。

梅豆绿中泛白，野蒜苗散发着清香，板栗油光发亮，核桃一碰嘎嘣作响，土鸡蛋满满一筐……

这里距山外几十公里，交通不便，东西绝对新鲜、无污染。他凭着多年的经验判断。

"给你带点核桃吧，你看都干嘣嘣的。"她搅动着核桃，发出脆响。

"我这梅豆早上才摘的，既嫩又新鲜！"说着，她拿出一根展示。

"这野蒜苗刚挖的拿来卖，带点吧！"她边说边掐掉黄叶整理着。

"我这是土鸡蛋，攒了十几天了，自己舍不得吃，就想卖两个零花钱。"她边说边指着山坡下，"我散养的鸡就在那里，你放心，绝对的土鸡蛋！"她发着誓！

"你看我这板栗，颗颗饱满，皮红润发亮，没有虫眼，绝对新鲜，吃着香甜。"她极力推荐着，顺手剥开一颗板栗让他看。那鲜黄的板栗仁十分诱人。

她们极力地推介着自己的特产；他嗯呀、好啊地应和着。

"我们在冷风里坐等了五六个小时了，还没卖一分钱，你就买一些吧。"一个约八十岁的大娘带着央求的口气说。

他心里一酸，很快做出决定：把她们各自的东西都买一些，算是对她们辛勤付出的肯定，也算是自己对山区人民做的力所能及的贡献吧！

"好，秋冷寒天的，把大家都照顾一下。"他说道。

五六个袋子里装满了山货。他知道，老人们最需要的是现钱，就把身上所有的现钱付给了她们，不够的部分用手机支付。

"你真是个好人！"她们不约而同地赞扬着他。

一个年轻一些的妇女主动帮他把东西拿上车，一直说着感谢的话。

过了一会儿，他要离开了。经过她们身边时，她们喊着："好人，好人！好人一生平安！"他回答："谢谢大家了！"并挥手道别。

蓝色的轿车载着爱心缓缓地消失在红土坡的村道上……

薯叶情

过往岁月，母爱暖心房；今又重阳，思亲泪两行！重阳佳节，谨以此文怀念远去的母亲。

对薯叶的喜爱缘于 20 世纪 70 年代。那时，我正在上初中。

我家地处关中平原的腹地，在 20 世纪 70 年代，村子贫穷偏僻，群众的生活极其艰难，主粮常常是青黄不接。人们平时生活以玉米面等粗粮为主，副食多是酱菜疙瘩，绿叶蔬菜短缺，很少能吃到。因那时都在"割资本主义尾巴"，一般人家里是不能利用空闲地方种蔬菜的，能吃到的多为野菜。那时的土地都是生产队的，而村子又是产粮区，不种蔬菜，所以，吃菜相当困难。为了增加食欲，应季的苜蓿、豆苗、豆叶、红薯叶等便成了碗中的常客。特别是八月十五前后直到霜降（霜降后的薯叶只能当牲口的饲料）挖红薯，几乎家家的副食都和红薯叶有关。群众（那时叫社员）在红薯地干活时，免不了掐上一大把红薯叶当菜吃，我的母亲也不例外。

红薯叶被带回家后，母亲总是想着法地使它的作用发挥到极致，以利于我们增加食欲，补充营养，健康成长。我曾品尝过母亲用红薯叶做的好多面食和菜品，至今记忆犹新。

红薯叶菜面是最常见的一种吃法。母亲把红薯嫩叶摘下来，洗干净，再在案板上将叶子剁成碎末。然后与麦面搅拌，加入适量清水和盐后不断搓揉，至手感很筋道时擀成面片下入开水锅中。一会儿，一碗绿油油的红薯叶菜面就好了。当然少不了合适的调料。这菜面看着诱人，吃着清香可口。母亲看到我大口大口地吃，微笑着，一个劲地说：慢点儿吃、慢点儿吃，面还给你留着。等我吃得打嗝时，她才给自己下面吃。要说我当时吃菜面的感觉，就是一个字：香！

母亲还会做红薯叶烙饼。她把洗净的红薯叶捣碎和面，再搅拌搓揉一会儿，然后擀成一厘米左右厚的圆饼，再放入抹了油的铁锅里烙。熟后切成小块，放入盘内。后蘸事先调制好的油泼辣子蒜水，吃着酸辣可口，外脆里筋，满嘴溢香，真香！此外，红薯叶还可以用来制作菜疙瘩，我们常称它为碱疙瘩。母亲把洗净的红薯叶切碎和面，加入适量的水与碱面，搅成糊状后装盘放入锅中蒸熟，然后切成小块蘸油泼辣子蒜水吃。又筋道又软糯，色香味俱全，百吃不厌。

但红薯叶也有我不喜欢吃的做法，比如白面里下的红薯叶或清炒红薯叶，吃起来口感涩涩的，似有苦味，总觉得难以下咽，但我还是努力吃下肚了，只因那里面有母亲的爱、心酸和无奈。

红薯叶还有种别致的做法，叫浆水菜（也叫酸菜）。母亲把红薯叶连带茎洗好后，放入开水锅里，然后捞出八成熟的红薯叶放到专用的盆里，待温度接近常温时，把"浆水引子"倒进盆里，上下翻动搅拌均匀，盖上盖子，让其自然发酵。过两三天后，薯叶浆水菜就做好了。想吃时，揭开盖子，一股酸溜溜的味道扑鼻而来，酸得人倒吸凉气，不由自主地打起颤来。吃时，咬一口酸得咧嘴；吃下去，酸得心慌。那薯叶酸而涩，下咽时总觉得如鲠在喉，咽几次才能进肚。虽说红薯叶浆水菜的口感不好，但在那年月里，一家人在秋天能有酸菜吃也是难得的，偷着乐都来不及呢。那时的贫穷，那时的艰难，现在的年轻人是体会不到的。也可能是饥不择食，也可能是出于无奈，也可能是家教的影响，难吃的酸菜每次都被我吃得干干净净。我心里明白，酸菜来之不易，应当倍加珍惜。节约为本，不能浪费！

母亲偶尔也会清炒红薯叶茎。她把摘了薯叶剩下的嫩茎洗净切成约一寸长的小段，再和青椒丝（或段）一起炒，出锅后吃起来油汪汪、香喷喷、酸辣辣，虽辣得我隔会儿就要吸一口气，但还是经不住诱惑，吸气过后继续海吃。那时，全家人围着菜盆就馍吃，胃口大开。

红薯叶的食用功能被母亲发掘得淋漓尽致，也让我从中受益匪浅。母亲当年用红薯叶做的几种美食，现在想起来，都有点流口水的感觉。只可惜我再也吃不到母亲做的红薯叶美食了！

20世纪80年代初，我离开家乡参加了工作，很少在吃红薯叶的季节回家，也就无缘吃到母亲做的红薯叶美食了，但我对红薯叶美食的想念从来没有断过。

几年前，和兄弟博聊天谈到了红薯叶，勾起了我对红薯叶的向往。兄弟知道了我的心思，千方百计弄到了红薯叶送我。妻很辛苦，早早起床择菜洗菜。约半个小时，她烙的红薯叶饼，清炒的叶茎就端上了餐桌。看着香喷喷的饭菜，我迫不及待抓起烙饼咬了一口，仔细地品尝着！那略带涩味的清香，那柔软而又筋道的口感让我兴奋。这不就是当年妈妈的味道吗？我再也顾不上文雅了。蘸着油泼辣子蒜泥水，不一会儿，三大块红薯叶烙饼被我拿下！旁边的妻看着我笑着。清炒的红薯叶茎色香味俱全，火候也到位，脆而不黏。咀嚼着细长的叶茎，慢慢品尝着还带着泥土清香的美味，还有那浓浓的兄弟情……

现在，生活富裕了，人们的观念转变了，城里人更崇尚绿色无污染的农家蔬菜了，薯叶作为农村特产也就被村民送到了城里。虽说现在好多人不认识也不知道如何享用红薯叶，但从贫困年代过来的人对它还是很喜欢的，一来旧情难忘，一来物以稀为贵。

每次看到红薯叶，我都要买点，因为它藏着母亲的味道和兄弟情谊，有我挥之不去的美好记忆！

捡拐枣

几天前和朋友一起去东部的炮里原上欣赏田园风光，却意外地在一个叫朱耿村的路边发现了很多年不见的拐枣。

看到拐枣后，大家兴高采烈，不约而同地发出了"呀，拐枣！"的惊讶之声。看到满地的拐枣，大家好开心，弯下腰边拾边聊。

聊着聊着，一段往事随风而来。

我们这一个年龄段的人，出生于20世纪60年代初期，正是祖国最困难的时候。由于物资匮乏，平时我们很难吃到水果或干果。自从懂事起，我知道了村东的拐枣树，那里就变成了我们儿时的乐园。

春天，小伙伴们围着一搂粗的拐枣树玩老鹰捉小鸡的游戏。一人当老鹰，几个人依次牵着前面人的衣服排成一纵队，领头的小鸡以树为中心左右摆动，对面的老鹰则要闪挪腾跃瞅准时机抓最后面的小鸡，直到只剩鸡头方算胜利。这样一玩就是几个小时，小伙伴们都很开心。

夏天，硕大的拐枣树冠遮出了一片阴凉，小伙伴们又聚集在树下玩甩包（用纸张折叠的方形玩具，有正反两面）。两人一组，用"石头剪刀布"的方式，输家先丢包在地上，赢家用自己的包使劲地打输家的包，如果丢下的包被打得翻了面，包就归打包的人了；如果丢下的包没被对方打翻面，先丢包的人拾起自己的包反过来打，只要谁把对方的包打翻面了，包就归谁了。直至一人输完了自己手里的包才算结束战斗。输者垂头丧气，赢者趾高气扬。最后，对着拐枣树撒泡尿，各回各家。

到了秋天，大家除了在拐枣树下玩各种乡土气息很浓的游戏外（如嘣弹球、打尜等），还把注意力集中于树上的拐枣。看护拐枣树成了每个人自觉的义务。大家望着树上的拐枣，像数星星一样，乱七八糟地数着，谁也没有个准确数字，但却还常常望着树上的拐枣数，几乎天天如此。其实，小伙伴们守的不是树，守的是对拐枣的期待，守的是拐枣成熟后那个香甜可口的味道，守的是浓浓的乡情！

深秋，树叶枯黄了。一阵大风吹过，树叶沙沙落地，树上就剩下深褐色的拐枣了。当然，这时也有少许拐枣随风而落，便自然成了小伙伴们的美食了。大家争先恐后地捡拾着树叶和地上的拐枣，有人甚至迫不及待地把它放在嘴里咀嚼。只不过霜降前的拐枣吃起来有点涩涩的苦味，口感不佳。

深秋初冬，霜降过后，天气骤然变冷，寒霜覆盖在新长出的麦苗上，大地像抹了一层珠光银涂料一样惹人喜爱；大树上的拐枣细枝也变干变脆，留下的极少的黑色枯叶也自身难保，更别提护卫自己的伙伴了。

一阵寒冷的大风吹过，树上的拐枣落到地上。获悉消息的小伙伴们聚集在拐枣树的周围，又开始了激烈的"战斗"。有时，几人同时发现了一串拐枣，几乎同时扑上去，你撞我，我撞你，身强力壮者自然占上风；有时，两人为争夺一串拐枣，相互撕拉，两败俱伤，最后仰面朝天倒下；还有人拾多了没处放，干脆扎起裤腿，解开裤腰的松紧带，将拐枣放到裤裆里，放到别处怕被偷……经过激烈"战斗"，拾得多的扬扬得意；捡得少的愤愤不平；来迟了没捡到的更是垂头丧气，那就只能靠人缘沾点好运了。

经过了霜冻的拐枣，吃起来香甜可口、回味悠长。吃着自己的战利品，心里甭提多高兴了！看着手里的一大把拐枣，逢人便炫耀。看，我拾了这么多！这也算是对守护一秋拐枣树的回报吧！

由于拐枣皮厚肉肥，易于保存，我还将大把的拐枣挂在墙上，想起来就去摘点儿，撕掉拐枣籽和筋，把拐枣肉放到嘴里慢慢地咀嚼，慢慢地品味。一想到这样开心、香甜的日子竟然要过好久好久，心里那个得意常让人合不拢嘴。后来的好多年，霜降过后的初冬，我还有点"望拐枣止渴"的快感！

这样的情景年复一年，陪伴我度过了幼儿时期，伴随我上完了小学、读完了初中。

20 世纪 80 年代初，由于村里划拨庄基地，比脸盆还粗的拐枣树没能逃过命运的捉弄，轰然倒下。从此，属于我们的拐枣树就永远地消失了。此后，我再也没看见过拐枣树和拐枣了！但拐枣那香甜可口的味道却扎根在心底。那是家乡的味道，那是我对故乡的深情，一辈子都不会忘记！

意外地见到了几十年未见的拐枣，我内心激动无比。拾着地上的拐枣，聊着儿时的故事，我们说着笑着，仿佛又回到了快乐的童年时光。你可知道，我们虽然捡的是拐枣，但捡起的还有童年的记忆、家乡的味道、浓浓的乡情和终生难忘的乡愁！

盛乐明散文

盛乐明，山东人，定居青岛市。青岛市诗词协会会员。诗歌散文等作品散见于报纸期刊。

赏　秋

初秋时节，万物渐丰。我和老伴走进家乡的田野，欣赏着初秋碧绿又略带黄的庄稼，呼吸着清新而又带着香甜味的空气，聆听着微风吹拂庄稼时发出的悦耳动听的声音，看着这漫山遍野即将成熟的果实，心中愉悦而舒畅。

首先映入眼帘的是一片片挺拔而高大的玉米，它们酷似一排排威武的士兵，强壮而坚毅。那油黑发绿的玉米叶子，窄而长，护卫着玉米茁壮成长，犹如绿带随风摆动，发出动人心弦的簌簌声；那一绺一绺的玉米缨，宛如黄发垂髫，粗大而又绿中带黄的玉米棒子，斜逸横出。层层叠叠的玉米皮，保护着即将成熟的一颗颗珍珠般的玉米粒，待到成熟时，它的绿皮变白，有的露出金黄色的头部，呼唤着精心耕作和管护它的主人来收割，将一颗颗金珠珍宝奉献给人们。

前方是一片浅绿而又清香的黄豆地，我和老伴快步走过去，弯腰扒拉着扁平而又宽大的黄豆叶子。看到那一串串新鲜翠绿的豆荚，颗粒鼓胀饱满，鲜嫩清香，我情不自禁地对老伴念叨："这个时候的豆荚，清水煮熟，那该是何等的美味可口脆嫩清香啊！"

放眼望去，蓝天下黄澄澄的一片旱地稻子，仿佛金色的海洋，风吹来稻浪翻滚，此起彼伏，层层叠叠。它的秸秆已被头顶的皇冠压弯，却依然不屈不挠继续顽强地生长着，面带笑容频频招手，欢迎着人们的到来，传送着独有的清香。

我们带着稻谷的清香，恋恋不舍地离开了稻田，又向前面的红薯地里走去。匍匐在田里的红薯秧，藤壮叶肥，生机盎然。

昔日不愿谈的红薯叶，今日摆上餐桌。现如今红薯藤和红薯叶是美味可口的食材，摘下脆藤嫩叶，切成一段一段，炒着吃，那香脆的味道，真是人间美味，过齿不忘。

我慢慢扒开红薯秧底部的泥土，看看它们的果实，几个相互依偎的红薯，被主藤牵着，正沉睡在温暖的地床上，它们睡得那么安逸和香甜。看到这里，我不忍心再惊动和打扰它们，双手慢慢掩上了盖土，让它们安静深睡，甜蜜地生长。

随后，我们又来到了铺天盖地的花生地。椭圆形的花生叶已变微黄，粗壮的枝是淡绿色的，秧的底部根须多数扎入土中，哺乳着已经结出的白白胖胖的花生果，个别裸露在外的根须，底部挂着绿色的小角。

老伴高兴地告诉我，她扒开一株花生底部的泥土，粗略地数了数，足有几十颗花生果。我顺手摘下一颗花生果，剥皮取仁放入嘴里，那清香脆嫩的味道，真是让人唇齿留香，回味无穷。

初秋的田野，生机盎然，瓜果飘香，一派丰收在望的美好景象；初秋的田野，它是一幅纷呈多姿而又壮丽的画卷，展现出夺目的光彩和秀丽的景色；初秋的田野，它即将带来丰收的果实，使人们感受到劳动的甘甜和丰收的喜悦。

老宅院里的情趣

"久在樊笼里，复得返自然。"十年前，我从繁忙的工作岗位上退休后，心里始终期盼着有一个幽静的地方，可以让我远离城市的喧嚣，远离世俗的浮华，在清静的环境中，品一品生活的闲适。于是，我和老伴商量回老家把老宅院整修改造一下，每年回去居住一段时间，会别有一番风味和情趣。

我们在保持旧貌的前提下，重新对院子进行了规划改造。由于院子面积比较大，整体分了两个区域：北半边区域在留出部分空地种花之外，其余进行了硬化，作为休闲活动之场地。南半边区域用于栽种各种果树和蔬菜。

简朴清淡修心性，幽静自然闲养生。几年过去了，我的老宅院成了闲坐聊天的好场地；成了品茗、赏花的好地方；成了健身强体的好场所；也是我思绪纷飞写作的好地方。这是我和老伴心目中休闲养生的最佳住处。

春有百花秋有月，夏有凉风冬有雪。老宅的庭院里，花木是其中不可或缺的风景，在花开花落的时光里，有携老伴看花的浪漫，也有我心中涌动的诗句。花的雅致身影，有动人的风花雪月，也有令人怜惜的枯叶落瓣。但是，在清风处，在墙角边，在窗户前，总有两三枝摇曳的鲜花，时时撩拨着我的思绪和情怀。每一种花的盛开，都标志着一个季节的暗香浮动。玉兰花朵朵洁白无瑕，是初春时节耀眼的主角，它那稚嫩的花蕊，仿若孩子们的幼脸，又如姑娘们顾盼生辉的笑靥，而这时候，春天的脚步，从蹒跚到雀跃，正一路高歌，大踏步地走来。婀娜多姿的牡丹花，绽放美丽的笑脸来迎接着夏日的到来，她那朵朵鲜花，向人间播撒着祥云福音。秋的季节，盛开如繁星的金黄桂花，香气扑鼻，令人神清气爽，真是"家有桂花树，庭院十里香"。春节期间，我和老伴欣赏着明艳耀眼的茶花，它是那么鲜艳夺目，仿佛刚刚升起的太阳，光芒四射，为春节增添了喜庆的气氛。我们在寒冬中观赏着茶花，仿佛感受到丝丝的温暖。更让人欣慰的是院子里的月季花，她从不争春，不夺夏，不和秋菊比艳美，默默无闻，姿色多样，四季常开，风雨中永不凋零妩媚，不断绽放着她艳丽的风姿。在一日三餐后，携老伴坐花下，嗅花香，赏花景。在平淡中，品出生活的闲适；在无意中，押得雅致的韵脚。细数着四季的光阴，美了流年，醉了时光。

清闲品茶能涤性，借茶静心度春秋。在晴朗的天气里，从屋子里搬出小方桌，放在院子中间。坐着小马扎，泡上一壶茶，和老伴对坐在小方桌旁。这时候，阳光轻轻照在身上，这种温暖的感觉让我忘却所有的烦恼和忧愁。赏着花木，看着瓜果，喝着清香茶水，抛开脑子中浮躁的思绪，细细咀嚼这情与景，感受这返璞归真、寂静怡然的纯粹美，内心油然而生一种观而赏其妙、闻而悦其香的快乐幸福感。

白云入窗，清风入怀。老宅院里的那块菜地是我和老伴劳作消闲的好场所。一垄垄各式各样的蔬菜，从种下的那一刻开始，它们就是我俩的牵挂，浇水、施肥、除草，每天精心照料它们好几次。早晨蹲在菜地里，看那水灵灵的小青菜、韭菜、油菜……都给露水洗得油光锃亮。中午站在菜地里，看它们在阳光的照耀下，发出夺目光彩，细听它们拔长的微弱声音。傍晚，伴着天边的红霞，钻进黄瓜架里，看一个个长着嫩棘，顶着黄花的黄瓜，在霞光的折射下，它们显得格外鲜嫩，感觉它们吮吸大地的养分，在微风的吹拂下生长的快乐感。

在家乡，最惬意的事莫过于晒太阳。春、秋、冬三季，阳光轻柔暖和，和煦怡人，没有夏日那般炙热和浓烈，在院子里晒晒太阳，让人感到周身舒适，这真是一种美好的享受。我和老伴经常坐在藤椅上，背朝太阳，轻松自在地聊着天，阳光暖身，也暖人心，别有一番情趣。有时双眼微闭，大脑进入一种放空的状态，全身感受着从空中射来的温暖光芒，这是一种纯粹美的感觉。晒后闻闻身上的衣服，馨香的"阳光味道"扑鼻而来。我和老伴相互看看，面色透红润亮，是典型的健康肤色。

轻步曼舞，娴婉柔靡。每日吃罢晚饭，我和老伴到街上散步后，回到院子里。从手机里搜出做健身操的视频，随着节奏，伸伸四肢，按按穴位，拍拍全身，活动一个多小时，微微出汗，再喝上一杯温开水，全身舒畅轻松，老年人那种疲惫不堪的感觉便会烟消云散。

在我整修院子的第二年春天，我的老宅院屋檐下忽然来了两只燕子，嘴上叼草梗、衔泥巴，在那里做窝筑巢。至此，它们的家就安在了我的老宅院屋檐下。燕子的到来，给我们增添了不少乐趣。清晨，它们早早醒来，出去找食。特别是当窝里有了几个幼小的燕子后，这可忙坏了当爸爸妈妈的大燕子，它们追飞蛾，捉毛虫，给小燕子分食。从那时起，我再也不用为菜地里灭虫而烦恼了。

燕子是春的使者。每年春天来临，树上刚刚露嫩芽之时，燕子也从遥远的南方飞来。它识旧主，重感情，只要不伤害它，每年它都会准时来到老宅院的屋檐下，先叽叽喳喳地叫上几声，好像是给主人报个到。当我和老伴站在院子里抬头看它时，它会在你的身边飞来飞去，转上几圈，以示亲切的问候。每天，燕子东来西往，飞来飞去，时而如长剑掠过，横空刺去。时而又如战斗机，俯冲而来，在院子上空飞翔着。有时在屋檐周围转来转去，守护着自己的家园。时而又飞向屋脊和院墙，四处观望，选准抓捕猎物的最佳地方。它那一身羽毛光滑漂亮，再加上一双剪刀似的尾巴，一对劲俊灵巧的翅膀，是那样的活泼可爱。我和老伴痴迷地欣赏着，仿佛又回到了快乐幸福的童年时光。

晚年是生命中的一个阶段。苦和甜来自外界，体味幸福则来自内心。老了，回归老窝，回归家庭，故乡是我们的大后方，是可以敞开心扉、安静度日的地方。我的老宅院，它给了我们静默淡然、轻松消闲的雅致韵味，给了我们精彩的生活和开心快乐的心情，给了我们一个温馨幸福、安度晚年的港湾！

小菜园也有大用场

壮时离乡穿戎装，退休归田园中忙。我的父母在老家给我留下了一处老宅子，院子里有一块菜地。我和老伴退休后，每年都回老宅子住一段时间，过一过轻松悠闲的田园生活，接续着父母在院子里种菜的好习惯，实践着蔬菜成畦手自栽，餐餐绿色满碗香的生活。

老来学艺在于谦，手中握技在于勤。一年四季，哪个季节应该种什么菜，怎么种植，如何管理，怎样科学施肥等，这些种菜的基本常识，由于地区不同，气候也有差异，光靠从网上找答案还真是难以解决问题的。另外，随着农业科技的发展，几十年前有些传统的种菜方式，已远远落后于时代。为此，要种好菜，就要注重学习，不耻下问，甘愿当一名小学生，遇到问题，随时请教老农和技术人员，并及时记录在小本上，再付诸实践。经过一段时间的摸索，我也慢慢成了行家里手。种出来的蔬菜既肥壮又鲜嫩，不仅自家能吃上新鲜的蔬菜，还能经常送一些给邻居们吃。这收获的不仅仅是蔬菜，更是一种亲和与友善。

整地下种不误时，每日勤劳不得闲。翻土、育苗、浇水、施肥，每天坚持不懈的劳作，虽然让我的脸庞被晒黑了，体重也减轻了，却愉悦了精神，硬朗了身板。

功夫不负有心人，美妙景色陶醉心。种下的种子，经过暖阳光照，慢慢破土而出，几天的工夫，菜畦里就布满了一片新绿。早晨起床，到菜园里欣赏着"飒飒复霏霏，清晨坐掩扉。短篱垂豆角，破壁上苔衣"的美好景色，这真是一种精神的享受。那绿油油的叶菜被露水洗得油光锃亮，显现出水灵灵的深绿色，在晨光的照耀下，越发郁郁葱葱；一排排韭菜簇拥在一起，旺盛地生长着；畦中的香菜在风中悠闲地晃动着，时不时随风飘来一股股香气；根根莴苣露出了翠嫩的叶子，正朝气蓬勃、争先恐后地往上蹿，真有一股不服输的感觉；一尺多长的豆角挂满了竹架；紫色的茄子一个个棒棒的，大片的叶子也遮不住它那肥大的身材；熟透的西红柿像婴儿的红脸蛋一样，俏皮可爱，让人情不自禁地摸一摸，随手摘下一个，当场入口，那鲜脆清甜的味道使人回味无穷；茂盛的黄瓜，一个个顶着黄花，瓜蔓沿着枝头迂回攀升着；特别是油菜花盛开的季节，它似换上了金色的礼服，微风一刮，与蝴蝶、蜜蜂一同跳着优美的华尔兹。看着这一幕幕美好的景色，仿佛自己也融入其中，和它们一起尽情享受着欢乐的时光。这诱人的小菜园令人如醉如痴，给我和老伴增添了生活的甜美和心情的愉悦。

俗话说得好："手中有粮，心中不慌。"这几年，由于疫情防控，人们时不时要居家。在这特殊时期，小菜园为我们每天都能吃上新鲜蔬菜发挥了很大的作用。当每餐做饭前，到小菜园随手拔一些油菜和莴苣，或者割点韭菜和茴香，锅里一炒，就是几盘又香又脆的菜，美味可口，营养丰富，是应急度日的最佳食材。这既不用麻烦政府每天配送，还能吃上新鲜可口的青菜，及时为身体补充各种营养，一举多得，何乐而不为。经过这段经历和感受，我想起小时候跟随老人一起生活的一件事。在 20 世纪 60 年代末期，随着家中经济条件的好转，当我向父母提出了将院子的菜地进行硬化，这样既可以增加院子的面积，方便平时清理卫生，雨天又可以防滑的建议时，妈妈没有正面表态，而是给我讲起她经历的两件事：一件是 20 世纪 30 年代末期 40 年代初期，日本鬼子占领了我的家乡，在村子附近建起了炮楼，鬼子不管老百姓的死活，经常进行扫荡，抢菜夺粮，杀驴宰牛，人们苦不堪言，难以到地里收获粮菜。在这种情况下，为了生存，家家户户都在自己的宅院里种点庄稼和蔬菜，用于充饥度日，维持生计。另一个是 20 世纪 60 年代初的"三年困难"时期，地里颗粒无收，老百姓要靠吃野菜、树皮等进行充饥，那个时候，谁家院子里能种点庄稼和蔬菜，就能勉强生活下去。当年母亲说的这两件事，使我明白了防患于未然的道理。现在虽然物资丰富充裕，人们过上了小康生活，但不可预料的危机时有发生。作为一个普通民众，也要居安思危，为国分忧。利用空闲的地方，种植点粮菜，这也是应急度日的一个好办法。

老宅院里的这块小菜地，是我和老伴这几年劳动锻炼、应急尝鲜、调节心情的精神家园。这真是：

　　　　老朽菜园忙，挑鲜品味香。

　　　　春冬尝叶绿，秋夏赏瓜黄。

　　　　伉俪调琴瑟，夫妻舞凤凰。

　　　　谦和歌日月，执手悦时光。

乡间纳凉

今年入夏后，我和老伴商量，回家乡老宅过个夏天，回归童年夏日时的生活，体验一下现在农村夏天纳凉的感觉。

"携杖来追柳外凉，画桥南畔倚胡床。"我和老伴回到老宅的第一天傍晚就早早地吃了饭，拿着小板凳和扇子，往村南河边的树林子走去，这是村子里已经延续上百年的夏日纳凉地之一。在我们走去那里的路上，老远就看到村民三三两两走在我们前面。有的人正在场地里点燃艾蒿草，提前把蚊虫熏跑，以防蚊虫的叮咬。我和老伴到达后，与已经到的人们一一打了招呼，便放下板凳坐下纳凉。

唐代诗人王维在《纳凉》一诗中写道："乔木万余株，清流贯其中。"这真是对故乡纳凉地的真实写照。夏日的夜晚，河边的清风拂面而过，树林里散发出清香而又自然的味道，沁人心扉，可缓解心中的闷热和烦躁。"新月挂林梢，水阔烟波渺。"星稀月盈的景色挂在河边的树梢上，映照出点点亮光，给人们带来轻柔的凉爽。树上密挤的一片片树叶，用自己的一生守护着夏日的阴凉，无私地给人们提供了纳凉的好地方。

几十年前，农村的人们夏日夜间纳凉，多数谈论的是家长里短，说说东家媳妇西家娘、南家父亲北家郎的一些事情。现在人们都有了手机，国家每天发生的一些大事都很清楚，大家纳凉聚在一起，常常探讨议论社会上发生的一些事情，发表自己的看法，也会相互交流一些种田和致富的经验。

这真是执扇追来户外凉，河边闲说好时光。

我的一个发小，在家中排行老四，比我年长几岁，今年也是七十几岁的人了，但身体健壮。他和老伴种着二十多亩地，两人还负责村里清洁和垃圾清运工作。我和他打招呼后，就问他："四哥，你今年种几亩小麦，收成怎么样？"

他起身拿起了小板凳，往我跟前靠了靠，轻轻地吸了一口手中的香烟，笑了笑说："老弟，你们外面人还关心我们种地人的事呀？我今年种了十多亩麦子，收了一万多斤，今年小麦价格比去年又涨了一些，我和你嫂子一季就比去年多收入了好几千元。"

我很惊讶地又问了一句："你这个年龄的人了，还种这么多地，不觉得劳累吗？"

他淡淡一笑，说："大弟，咱农村人种地是本分，现在社会好了，技术也提高了，庄稼的收、种都是机械化，比过去种地轻松多了，用不了多少体力。习近平总书记说要把饭碗牢牢地端在自己的手里，我们庄稼人一定要为国家多出力嘛！"说到这里，他略停顿了一下，接着说，"再说啦，国家对我们老百姓也不薄，给我们种粮补贴，我们有什么理由不好好种地呢？我只要能动，就继续种下去，等到八十岁以后，看看身体是什么状况，再决定种不种地的事。"

我听到这里，为他的觉悟而赞叹和自豪，同时也为他的辛劳而感到心痛。

这时，河边传来了青蛙"呱呱、呱呱"的叫声。我扭头一看，一只青蛙跳出了水草，在河岸边左右观望。一会儿，又向纳凉的人们"呱呱、呱呱"叫了几声，好似在说"欢迎、欢迎"。然后又迅速纵身跃起，在空中一闪，扑通一声，跳进了河里，激起一簇一簇水花，荡起一片涟漪，转瞬间它又加入了青蛙大合唱的队伍。

一会儿，纳凉的人群中，有一位稍年轻的王老弟向大家提出一个问题："今年下雨多，地里既不缺肥又不缺水，但菜园子里的黄瓜怎么长得还不如去年好？"我抬头看了看在座的人们，心想谁能说出答案呢？安静了片刻，一个过去在村里当过几年农业技术员的老王点了一支烟，慢语细声地解释道："俗话说，天旱浇田，雨停浇园。也就是说天旱了要抓紧浇田里的庄稼苗，雨停了后，立即浇菜园子里的菜苗。为什么要这么办呢？因为雨水含酸性物质多，蔬菜多数（特别是黄瓜）是碱性的。所以，雨下得越多，菜地里的酸性就越大，雨后一定要用井水浇一遍，把土地里面的酸量冲淡。你浇井水了吗？"王老弟右手摸摸头，不好意思地说："没有浇，我还认为不缺水和肥，黄瓜就能长好呢，没想到还有这么多技巧。"听到这里，我心想，纳凉也能学到技术，它既给人们带来了凉爽，又互相交流了种地的经验，真是一举两得。

"高柳乱蝉多，鱼戏动新荷。"当人们交流经验正浓时，头顶的大柳树上，数只蝉忽然叫个不停。我抬头望去，大柳树主干直径足有一米多，上方几根粗枝，有一根已枯萎，我问其原因。纳凉的一位长者讲，在二十年前的一个夏天，老天爷忽然打起了响雷，下起了暴雨。由于当时大柳树在周围林子中属于最高的，结果被雷劈断了一个分枝，幸亏没有伤筋动骨，其他枝叶虽受到了轻重不同的损坏，后来又慢慢活过来了。我听到这里，随口说了句："这棵老柳树近百年的树龄了，人间的酸甜苦辣它都尝过，在这期间，它为人们遮风挡雨，给人们带来凉爽和欢乐，雷公怎能忍心把它毁掉呢？大家说对吧！"在场的人们异口同声地说："说的对，说的对！"

我童年时跟随着大人们经常在这里纳凉玩耍，时不时还和小伙伴们爬到大柳树上，玩捉"强盗"的游戏，对不知我们去向的"强盗"搞突然袭击。当"强盗"来到树下时，我们从树上忽然跳下来抓住"强盗"。当我们宣布胜利时，小伙伴们那个高兴劲儿，真是用言语都难以表达出来的。

时间过得真快，闲谈中，不知不觉两个多小时过去了，纳凉的人们感受着轻柔的微风和大自然的气息，享受着夏夜的温柔和凉爽。我们仰望着夜空，含羞的月亮正推着云朵，慢慢地运动着。天上的星星一闪一闪，好似在给人们传递着一种幸福和愉悦。

我和老伴在返回老宅的路上，心情既高兴又忧虑，脑子里在不停地思考着：现在乡间纳凉的人群中，老年人比过去多了，年轻人比过去少了，孩童基本不见了；人们互相交流致富思路和方法多了，谈论家长里短少了；心平气和谈论事情多了，吵吵闹闹的现象少了。这种变化，是农村的进步和人们思想觉悟提高的重要标志，我们倍感高兴。同时，也为今后农村缺少年富力强的劳动力和进一步发展的人才而感到忧虑。我和老伴在高兴之余，也沉浸在思索中。

回到老宅，我们久久不能入睡。

乡间小路忆童年

今年夏天，我和老伴在老宅住的那段时间里，经常沿着当年在家乡时玩耍和劳作走的那条小路散步。这条小路是穿过树林、越过河流、景色优美之路；是爬过陡坡通往田野的希望和收获之路；也是打开心扉，让我回味无穷之路。

鱼儿河中游，水花飞溅起。小路的南边，有一条清澈见底的小河。我和老伴走着走着，老远就能听见小河哗啦啦的欢呼声，好似对我俩的到来，表示热情欢迎。老伴边走边和我唠叨："世上小河千万条，我最喜欢童年玩耍的这条河。记得小时候有一次，我和几个小朋友到河边玩，看到一些蝌蚪在河里游来游去，兴奋地伸出两只小手去抓蝌蚪，经过不懈努力，终于抓住了两只。我高兴地向其他小朋友大声喊着：我抓住了两只蝌蚪，在我的手心里，还活着呢。当小朋友要围过来看的时候，我看到蝌蚪在我的小手指间里努力地挣扎着，好可怜的样子，我便迅速把它们又放回河里。小朋友们看到我好不容易抓住了蝌蚪，又把它们给放了，都责怪我、埋怨我，我委屈得落下了眼泪。"说到这里，老伴停顿了一会，有点无奈地说："现在清澈的河水依旧在不停地流淌，蝌蚪还在水里自由自在地游玩，只是曾经的小女孩转眼间已经变成了老太婆。"我笑了笑对老伴说："生命从幼年到老年，这是一个不可抗拒的过程。无论你到哪个时期，只要你内心能体味到幸福和快乐，并能让这快乐装满你生命的花篮，那你就永远是年轻和幸福的。"

林中漫步清风拂，悠闲度日快乐归。小河的两旁，是一片挺拔的杨树和柳树，它们相互交错地生长着，树林的中间有一条弯弯曲曲的小路。我和老伴顺着小路，漫步在遮天蔽日的树林里，感觉格外凉爽和轻松。一阵阵清风吹来，树叶相互摇摆碰撞，沙沙作响，好似在演奏一曲轻音乐，入耳进脑，使人心旷神怡。走到这里，我想起童年时期和小伙伴们在这里玩耍打闹的情景。有一次，我们看了电影《小兵张嘎》后，小伙伴们一心想和张嘎一样当个小英雄。因此，十几个小朋友就在河边的树林里玩起了"打鬼子的游戏"。其中六七个小朋友装扮成八路军，头戴柳树枝编成的帽子，手持木棒，小腰用柳树条扎着，埋伏在树林子里打伏击。另有五六个小朋友，头戴地瓜蔓做成的帽子，脸涂垩粉，手持木棒，装扮成鬼子，鬼鬼祟祟往"八路军"的埋伏地走来。当到了伏击点时，"八路军"突然冲出来，一边喊着冲杀，一边手举木棒，一个对一个地"枪毙了鬼子"。当"鬼子"全部倒地"死去"后，"小八路"们高兴地手举木棒喊叫、蹦跳起来，共同欢庆这取得的胜利。这时，受惊吓的鸟儿叫着，迅疾从树上飞向了远方。我跟老伴说着说着，竟然也情不自禁地学着儿时的样子蹦跳了起来。

我们越过小河，走到了河的南岸，爬过陡坡，就是弯弯曲曲的田间小路，左右两边长满了青草野菜。童年时期，小朋友们经常结伴拿着筐子、铲子和镰刀，在这路边挖野菜、割青草，回家喂猪喂羊。回忆到这里，老伴记起了一件事："在我十一二岁的一天，放学后与邻居的一个小朋友到这里挖野菜，开始两人商量好了，一个在路左边挖，一个在路右边挖，无论自己所在路边的野菜多少，谁也不能到对方的那一边挖。谁知对方挑选的那一边野菜长得不多，在夜幕降临准备回家时，俩人相互看了一下筐子里的野菜。她忽然哭了起来，边哭边说她挖的野菜这么少，回家要挨妈妈骂的。我看到她那可怜的样子，就把我筐子里的野菜送了一些给她，并告诉她这样她母亲不但不能骂她，反而会表扬她呢。她听我这么一说，便破涕为笑。看到她开心的样子，我自己也觉得很快活。回家后我把这件事如实告诉了母亲，母亲表扬我做得对，还说帮助别人就是帮助自己。当时对母亲的话我还不太理解，当走向社会后，我才慢慢领悟到母亲说的这句话的真正含义。"

满眼青景一片，庄稼油绿无边。小路左边的田地里种着一片绿油油的豆子。由于今年雨水充足，再加上老农们的精心照料，豆秆和叶子长得盖满了大地，风儿一吹，此起彼伏，就像绿色的波浪一样。我们的视线又移向了右边的田野里，那是老农们种的一片玉米，玉米秆长得一米多高，横竖成行。抬头望去，就像整齐的方队，又绿又长的玉米叶子，随风飘动，发出簌簌的响声。在这轻音乐的伴奏下，它正伸开柔软的上肢，翩翩起舞。这纯净的自然气息和浓浓的乡土味，又勾起了我当年在农村时候的回忆。那是1970年我高中毕业后，按照规定，要回乡接受劳动锻炼和贫下中农再教育。当时农村机械化程度低，多数农活要靠人工去完成。每年的夏收夏种和秋收秋种两个季节，是种田人最忙最累的时期。那时，我还不到十八岁，在整个农活中，我感到最苦的活除了割麦子外，就是秋天刨玉米秆，它需要有足够的力气和一定的技巧：要一手抓着玉米秆，一手举起镢头，镢头要往玉米秆根部刨，一镢下去连根带秆刨起来，再把根部的泥土磕掉。刨上一天，手上磨起了泡，手臂肿胀得厉害，身上的皮肤被玉米叶子划得一道一道的血迹。就是这样，第二天还要坚持刨，因为抢收抢种不误农时，是对种田人的基本要求。两年的劳动，我深深体会到"锄禾日当午，汗滴禾下土。谁知盘中餐，粒粒皆辛苦"。这首诗是种田人的真实写照。同时，这艰辛的劳动经历也使我一生受益。

西边的太阳，在天边的云霄中慢慢落下，火红的晚霞，早已染红了半边天空。我和老伴漫步在返家的田间小路上，思考着生活，感悟着人生：每个人在生命的旅程中，有许许多多小路、弯路、险路，甚至是暗路。只有意志坚定且永不停歇的人，才能穿过暗路，越过险路，在远征中从弯弯曲曲的小路走向光明而又宽广的大路，从而实现自己的梦想！

李泽中散文

李泽中，现供职西部机场集团。热爱写作，多篇作品发表于报刊。

艺术之美

　　人类是何时诞生的？是开始直立行走的时候？是使用工具的时候？是使用火的时候？从审美的角度来说，人类又是何时觉醒的？人类觉醒于第一个人用兽皮、树叶做成衣衫用来蔽体的时候；觉醒于第一个人把漂亮的石头和兽牙凿孔穿串并挂在颈上的时候；觉醒于第一个人用木棒和着灰泥把追逐猎物的场景画在洞穴岩壁上的时候。因为从那一瞬间开始，人类懂得了审美，能够理解美、热爱美和追求美，这是人与动物的区别。

　　草原上的骏马也有眼睛，奔跑之中充满了自由和美感，然而它的奔跑只是发自本能，而不是出于对那一片辽阔草原的热爱；花海中的蜜蜂，也有鼻子（就是它们的触角），能够通过嗅觉找到可以采到最好花蜜的花朵，然而它们只会终生忙于采蜜，永远不会欣赏花海的芬芳；山谷中的猕猴，也有舌头，贫乏之时会向游客讨要食物，然而它们只会一味地索取食物果腹，却不会细细咀嚼，享受食物在舌尖绽放的美味。

　　相较于这些动物，人类的感官是何等弱，鹰的视力是人的八倍，蝙蝠的听力是人类的一百五十倍，狗的嗅觉是人类的一千两百倍。但也不能以一概全，岂不知人类的感官又是何等的高级！因为它们与心灵相通，可以让感官的刺激顺畅地转化为心灵的震撼，让美的感受油然而生。即便残疾如海伦·凯勒，丧失了视力与听力，但当她站在尼亚加拉大瀑布前时，依然能够通过飞溅的水珠和震颤的空气，感受到大瀑布那种壮观的美。

　　自然的美景是上帝的杰作，造物主是最伟大的艺术家。在人类的认知范畴内，创造美与接受美的过程便是艺术。

梵高用油彩涂抹着画布，百余年后，崇拜者眼中的《向日葵》依然是一团火焰，不似向日葵，却像它每日抬头仰望的太阳本身，散发着无穷的生命力；《星月夜》中的星星，也依然如同萤火虫一般，在流淌着的静谧的夜色中闪烁着昏晕的暖光。

贝多芬拾起鹅毛笔，在乐谱上谱写下不朽的《命运交响曲》。两百年后的人们，依然会被交响曲初始的四个音阶所震撼，惊讶于乐圣何以能够从四个音阶的无数排列组合中，找到了最能叩人心扉的一组。

李白举杯邀明月，望庐山写下了"飞流直下三千尺，疑是银河落九天"的千古名句。本以为后无来者，不承想苏轼的"把酒问青天"，异曲同工，同样彰显出庐山之风采，续写出"横看成岭侧成峰，远近高低各不同"的万世绝句。（千百年之后，这些诗篇依然是孩童口中朗朗上口的启蒙作品，也让他们在长大之后感受到唐宋文墨的气魄与意境）艺术并不仅仅是创造，接受也是同样重要的一部分，在创造与接受的过程中，美完成了它的传递。这些艺术家虽早已作古，但他们留下的艺术品，作为美的载体却可以不朽于世，通过代代相承，把艺术家所创造的美传给后人。

同样，美也区分不同的层次，这就是工匠和艺术家的根本区别。工匠所创造的美，在于"术"的层次，他们会不断地去磨砺技能力求创新，其技术会让人一眼看去便赞叹不已。可是，能够在高超技术的基础上，赋予艺术品以灵魂的，才能称得上是真正的艺术家。具有灵魂的艺术品所蕴含的美，才是"艺"的最高层次。技术带给人的美感，虽然直观，却不会让人赞叹太久，而艺术品的灵魂却能够让人沉思，获益良多。

因此，要做一个好的工匠，只需坚持不懈地提升自己的技术，终究有一天会成为大家；要想成为艺术家，就不能仅仅磨炼自己的技术，更要磨炼自己的精神，用一颗超越平凡的心灵去赋予艺术品以灵魂，成就"艺"之美，从而更加深刻地影响欣赏艺术品的人。

我们在欣赏《蒙娜丽莎的微笑》的时候，不只是欣赏达·芬奇的绘画技巧，更是通过那神秘的微笑，去探索画家隐秘的内心世界，获得美的享受和心灵的抚慰；我们在阅读《平凡的世界》的时候，不仅会专注于其中平凡的故事情节，也会在意故事情节所展现的平凡人与命运抗争的勇气；我们在欣赏电影《勇敢的心》的时候，会被其中气势磅礴的战争场面所惊讶，也会在男主角呼唤自由的时候潸然泪下。

我们这个时代，有传播速度迅疾的社交软件，人人都能成为传播者，却没有莎士比亚；有可以拍出超高清视频的摄像机，能够制作视觉效果绝佳的电影，却没有卓别林；有更加高保真的音响设备，让歌者的声音无比动人，却没有帕瓦罗蒂。如同美女一样，"术"再好，只是美丽的皮囊，而"艺"才是心灵，肤浅者醉心于其美貌，深刻者倾倒于其内心美。

记得有这样一则故事，一个雕刻家雕刻了一座精美的雕像，欣赏者看过之后大为赞叹，雕刻家却说："雕像原本就在那里，我只不过是把多余的部分去掉了。"于是，我得到了启发：其实美原本就是你的，好的艺术家与其说是在创造美，不如说是把原本就存在的美以更美、更艺术的方式呈现在你面前。

当你听到一个优美动听的旋律，是否觉得似曾相识？其实那首曲子原本就在你心里，只不过你可能没有能力把它化作乐章，而音乐家却做到了；当你看到一段耐人寻味的文字，是否觉得甚合心意？其实那段文字原本就在你的思想里，只不过你可能没有能力把它付诸笔端，而文学家却做到了；当你看到一幅精美绝伦的画作，是否觉得眼前一亮？其实那画面原本就在你的梦里，只不过你可能没有能力把它泼墨成画，而画家却做到了。

所以，当你被艺术品深深感染的时候，当你对艺术家无比敬仰的时候，其实你本身就是艺术家，那些你所觉察到的美，原本就深埋在你心里，艺术家们不过是把它们挖掘出来而已。

艺术之美便是人类之美，艺术之美便是本真之美。常与艺术为伴，人，就是这样变美的，你说是吗？

天才与人才

天才与人才，有何区别？有人说，生而知之者为天才，学而知之者为人才。我们身边或多或少都有人才，却有很多人一生都未必认识一个天才。

伟大的音乐家莫扎特，一生仅三十五个春秋而已，但已达到了任何长寿之人也无法企及的艺术高度。他只过了三年浪费时间的婴儿生涯，便开始展现出无人能及的音乐天赋。未会走路，便会弹琴；未会写字，便能谱曲。但这没有使他成为"仲永之伤"，相反他有着无穷无尽的创作精力，毕生完成六百多部作品，其中包括二十多部歌剧、四十多部交响乐、四十多部协奏曲、一部安魂曲以及奏鸣曲、室内乐、宗教音乐等。

一个普通人，如果每天用八小时仅仅去抄写他所创作的乐谱，用尽三十五年也抄不完。也就是说，他创作乐谱的速度比别人抄写他乐谱的速度还要快得多。有人说是上帝通过他的手，把音乐带给人间，这样的说法毫不夸张。

也有一位类似的、同样伟大的音乐家，那就是贝多芬。相比莫扎特，他更像人们口中的"人才"。贝多芬的父亲为了把贝多芬培养成第二个莫扎特，每天对小贝多芬进行严格的训练，稍不如意就加以棍棒，这样的经历甚至一度使他厌恶音乐，但也使他成为强迫教育的成功典范。

贝多芬一生创作了九部交响曲、三十多首钢琴奏鸣曲、十部小提琴奏鸣曲、十六首弦乐四重奏、一部歌剧、两部弥撒、一部清唱剧与三部康塔塔，另外还有大量室内乐、艺术歌曲、舞曲，对世界音乐的发展具有非常深远的影响，因此被尊为"乐圣"。

除了让人高山仰止的艺术成就之外，贝多芬还塑造了人格的典范，虽然他长相丑陋、性格固执、脾气暴躁，却一生光明磊落、毫无污点。在创作第九交响曲的时候，这位大音乐家已经双耳失聪，靠着把扩音器直接抵到鼓膜上来进行创作，全世界的人都可以欣赏他的音乐，唯有创作者的他不能。就是在这样艰难的条件下，贝多芬创作出了旷世杰作，扼住了命运的咽喉。其作品在维也纳公演的时候，贝多芬完全是依靠经验而不是声音进行指挥。演出结束后，贝多芬的世界一片寂静，有的只是完成工作后的疲惫和颓然。一名乐师上前把面向乐团、背对观众的大音乐家拉转过身，大音乐家才看到原来所有的观众都起立为他疯狂地鼓掌。此时，贝多芬不禁老泪纵横。

如此比较，天才和人才到底哪个更伟大？从成就来看，根本无法分辨。天才也好，人才也罢，我们所向往的是成才。至于是天生之才，还是后天成才，并不打紧，能生而知之固然好，倘若不能也不奢求，通过努力和不断地学习，我们终究会找到属于自己的天地，成就自己的才华。每条到达罗马的路远近各不相同，但只要能到达罗马，纵使多走些弯路也值得。

建功难，立业难，知难不难。如果我们自知不是天才，那么就要和每一个普通人一样，一点一点地努力了。实际上，这个世界上根本就没有天才，或者说每个人都是天才。只要你能够准确了解自己的天赋，根据自己的天赋为自己树立正确而宏大的目标，并能够为这个目标持之以恒地努力，并善于把握时机，把理想变为现实，那么，你就是一个天才！

徽州已远

徽州在哪儿？

宋徽宗宣和三年（1121），改歙州为徽州，府治所在为歙县，历宋元明清四代，统一府及歙县、黟县、休宁、婺源、绩溪、祁门六县。这是历史上的徽州，那我们心中的徽州又在哪儿呢？

你去木坑，竹海深处掩映着小桥流水人家，登上山顶，俯瞰秀女湖和一座座玩具似的小村庄，远闻鸡鸣犬吠相和之声，那个惬意难以评说。哦，徽州在这里！

你去塔川，从山上俯瞰金秋的红叶，呼吸一下稻谷熟透的芬芳，再看一看朝阳里炊烟与晨雾的交错，心情美到极处。哦，徽州在这里。

你去棠樾，七坊同路，即便没请导游，也会对那挺立的牌坊肃然起敬，七位国家级道德模范的动人故事、姓名标在静默的七个牌坊上流传上百年。哦，徽州在这里！

你去西递，登上一家顶楼，层层马鞍墙映入眼帘，簇拥着千百年的历史向你诉说曾经，沧桑的古韵奔腾心底。哦，徽州在这里！

你去宏村，跨越南湖，踏过画桥，观赏月沼的静谧，青瓦白墙的倒影疑为另一个世界。步进家家厅堂，副副楹联展示着过往的荣华；路过户户门前，精美的三雕彰显出昔日的富贵，徽州在这里。啊，徽州在这里！

徽州究竟在哪儿？

它在你所走过的每一个村落里，它在妇人们淘米洗菜的小溪里，它在臭鳜鱼和毛豆腐的徽菜里，它在静坐写生孩子们的心田里，它更在汤显祖"一生痴绝处，无梦到徽州"的感叹里……

如今，我们在城市里努力打拼赚钱，却把世代赖以为生的几亩薄田，卖给别人经营；我们在城市里省吃俭用，买几十万乃至上百万的房子甘做房奴，却让老宅的门锁年年锈蚀；我们吃着花样繁多的垃圾食品，却让故乡的味道在舌尖上越来越淡。

如今，我们崇拜着与我们毫不相干的成功人士，却任由祖坟被荒草层层掩盖；我们拼命地学习去变得优秀，却逐渐淡忘维系亲情的古老传统；我们即便衣锦了也借口不愿还乡，却在假日里跑到别人的地头发思古之幽情……

如此看来，我们的故乡——印象里的徽州，距离我们却越来越远了……

心之所安便是故乡

在青松与白桦构成的林海雪原上，皑皑白雪深可及膝。万籁俱寂中，一个由整齐的木篱笆圈成的独门独院映入眼帘。雪橇停在院门口，小木板房房檐上的雪和地面的雪几乎连在了一起，就像冬天里人们把自己包裹得只剩下眼睛一样，仅留下一点空间给窗子。而那昏黄的灯光透过布满霜花的窗子，仿佛在给身在远方的游子指引着回家的路。

夕阳中的世界不再银白，而是略带着一点蓝色。没有风的天气里，袅袅炊烟像冻住了似的，用慢得不能再慢的速度缓缓升起又飘散，让人心灵宁静，所有的烦思愁绪也同那炊烟一起消散，一切像是嵌在圣诞贺卡或者贺年卡上的童话世界，令人心旷神怡。

也许你未曾见过如此醉人的美景，就是这样一个世界，守护着每一个东北人心目中的家园。

我何尝不知道故乡双鸭山和许多东北城市一样，靠着丰富的矿产资源发展起来，而如今也正在随着矿产资源的枯竭而逐渐走下坡路？我何尝不知道故乡没有任何值得夸耀的人文、历史名胜古迹，特产也仅有黑煤块，提起来十之八九没人听说过？我何尝不知道故乡一年有五个月是冬天，最冷的时候零下30多摄氏度，以至于每年冬天医院都特别繁忙？就是这样一个故乡，在我离开她之后依然让我魂牵梦绕，叫我思念永远。她富也好穷也罢，毕竟是生我养我的可爱故乡。

大学我是在长春念的，虽没离开东北，但大城市的富庶、繁华、先进和便捷，给我留下深刻的印象。四通八达的铁路，方便迅速的动车，低廉多线的航班；沧桑的伪满八大部和"皇宫"，繁华的红旗街和重庆路，大学和书店；文化广场上晨练的老人和嬉戏的孩子，净月潭和南湖公园的湖光山色，全国领先的巨幕影院和长影世纪城主题乐园，长春市的一汽厂区和令人大开眼界的车展……一派欣欣向荣，较之故乡，天壤之别。

后来，我家从东北搬到了青岛。我的爷爷是民国时随曾祖父推着小车，从山东"闯关东"来到黑龙江的，所以我骨子里并不觉得此地陌生。这里比长春更富庶、兴旺、繁华，景色也更美。首次看到大海的我，深刻感到沿海城市的博大胸怀。五四广场上随着春风舞动的风筝和"五月的风"塑像，奥帆基地停靠的游艇和海面上的点点白帆，啤酒博物馆附近物美价廉的海鲜大排档，百年历史的德国建筑群等都让我大开眼界。

秋日里，站在八大关花石楼上看着红叶飘零入海，海尔、海信、澳柯玛工厂机器日夜不停的轰鸣声，青岛港停靠的比航母还大的 COSCO 货轮起航时雷鸣般的汽笛声，在栈桥和小青岛拍岸惊涛中自由翱翔的海鸥，黄岛那绵延几公里的金沙滩……青岛的朝气、活力、文化底蕴，让我仿佛置身天堂。

双鸭山是哺育我成长的地方，长春是我母校所在地，青岛住着母亲，还有外公外婆的坟茔，这些都能算得上是我的故乡。

时间久了，我也不自觉地以青岛人自居了，慢慢地发现，自己终于又找到了一个故乡。我想，亲人不在于血缘，而在于你的牵挂；故乡不在于地域，而在于你的心安。我们要用一生的时间，去寻找让我们牵挂的人，否则，即便亲朋环绕，也势必孤独；我们要用一生的时间去寻找让我们心安的地方，否则，即便身在故乡，也只是游子。

现实版愚公移山

愚公移山的故事想必大家小时候都听过，故事体现了中华民族的传统美德，自强不息，勇于担当，即便是山一样的困难摆在眼前，只要有毅力有恒心，也一样能够成功。

但是不知大家有没有注意故事的结尾，《列子·汤问》中的原文结尾是这样的：

操蛇之神闻之，惧其不已，告知于帝。帝感其诚，命夸娥氏二子负二山，一厝朔东，一厝雍南。自此，冀之南，汉之阴，无陇断焉。

就是说，主管当地的神仙看到愚公这么有决心就害怕了，把这件事告诉了天帝，天帝也被愚公的精神所感动，就派了一个神仙的两个儿子把两座大山搬到别处去了。

这样豪情万丈的一个故事加上这么个结尾不禁让人觉得泄气，仿佛作者急于用"移山"这个主题来表现人的主观能动性之伟大，但故事最后还是借助外力来移山，所以也就没有子子孙孙无穷尽的故事，直接打发了两位神子把山一搬就了事了，也不想想山搬到别的地方，这里的确是天堑变通途了，被搬去山的地方的人又怎么过日子。似乎作者也根本不相信即使子子孙孙无穷尽，靠人力就真的能把两座大山搬走。

当然，神话传说毕竟是神话传说，即便是五岁小孩，也懂得从中汲取营养而不把故事本身当真，似乎这样的事情在我们潜意识里也是默认为不可能的。

然而，这样的事情偏偏就真的发生了。

在一部由印度电影明星阿米尔·汗（三傻大闹宝莱坞的主角）耗时两年制作的反映印度社会问题的《阿米尔·汗：真相访谈》这个节目的结尾，阿米尔·汗为号召全国的观众团结起来，为消除社会不公而努力奋斗，讲述了这样一个令人震惊而振奋的真实故事：

在印度比尔哈邦，有一个小村子叫吉哈尔村，这个被群山环绕的小村子离最近的镇子也有七十公里的路。有一个普通的农民叫达施拉·曼吉，靠每天在山上砍柴为生，他在山上砍柴，妻子便负责为他送饭。有一天妻子走山路的时候脚扭伤了，盛食物的罐子也被摔破了，达施拉非常生气，发誓要把山像这破罐子一样粉碎掉。

没有炸药，也没有挖掘机，他卖了自家唯一值钱的财产——山羊，买了一把锤子一把凿子，不再砍柴而是靠妻子在村中乞讨度日，瘦小的他每天就穿着麻袋片在山上日复一日地凿着。

和愚公移山的故事一样，村子里的人都觉得达施拉疯了，人怎么可能凿开大山呢？然而达施拉相信自己所做的事是对的，是有价值的，所以就坚定不移地一直凿下去。结果是，再高大的山，也经不住人每天一锤一凿的破坏，二十二年之后，达施拉终于凿开了亿万年地壳运动所形成的大山，在山中凿出了一条人工峡谷，可以并排走两部小车，原来七十公里艰难的山路变成了七公里的通途。达施拉一夜之间就从一个无人知晓的穿麻袋片的乞丐变成了圣人。事实证明，移山这样看似不可能的壮举，不需要子孙，甚至都不需要像愚公那样发动全家来干，只需要一人一代便可完成。

听起来不是奇闻，讲起来也不是笑谈，凭借一己之力便能移山，这就是活生生的事实。

在时下这个信息发达的时代，网络成了无数无能之人发泄不满的场所，当然，人都是不喜欢承认自己无能的，所以发泄的对象就转向了他人、组织、社会和政府。诚然，世上也没有绝对的公平，但是我想知道，在抱怨之余对这些"害"了你们的不公平，你都做了什么？刘备卖草鞋的时候就想着如何复兴汉室，张居正还没当上大学士就在想如何改革弊政中兴大明，毛泽东在长沙念大学的时候饭都快吃不上了却依然能"身无半文，心怀天下"，这样的人，即使暂时解决不了问题，也没有振臂疾呼的风头，却有着埋头努力的踏实，而且他们最终都解决了问题。这才是我们的榜样，行动起来，而不是抱怨。

或许您听了这个故事，会觉得达施拉太笨了，会说："如果是我，我就花十年时间去赚钱，然后买上几吨炸药，雇上一个爆破队，直接把山炸飞！"如果把你摆在当时人们所面临的风口浪尖上，你所作出的决定十之八九不会比人家高明很多，更何况像这样"聪明"的人，肯定会跟"智叟"一样，觉得移山是一件不可能的事，而加入嘲笑"愚公"的队伍当中。有些时候，做事情需要的不是谋划，需要的只是坚持。

自强不息不是挂在嘴边的四个汉字的排列组合，而是要靠行动的，问题也不是每天一边抱怨一边等靠要就能解决的，解决问题同样也是要靠行动的。印度偏远山区中的一个智商不高、没有学历、身体瘦弱、穷得只能穿麻袋片的普通农民尚能凿开大山，作为更有能力的我们，又有什么资格每天只抱怨而不作为呢？

张沛星散文

张沛星，鱼台县作家协会理事，济宁市散文学会会员。鱼台县实验中学教师。酷爱运动，喜欢音乐、象棋等。钟情于文字写作。

叔叔，请上车

母亲在世时，我经常回家。母亲去世后，我回家的次数寥寥无几，家乡也就变成了故乡。

早些时候，侄儿打电话来说老房子拆了，我未能前往。前段日子又打来电话催，这次说什么也不能再拖延下去了。

暑假里，一个阳光灿烂的日子，我乘车踏上了回家的路途。

我被眼前的一切惊呆了，这哪里还有过去庭院的踪迹。曾经熟悉的三间毛坯草房不见了，取而代之的是四间一尘不染、窗明几净、建筑风格新颖别致的二层楼房。东西围墙下面是绿化带，花儿次第绽放，盆景鲜艳欲滴；南边的院落，由粉红色的大门与几间偏房组合而成，大门一侧停放着红色轿车及家什、农具等。我由衷地欣慰，赞叹不已。

说话间，亲密无间的伙伴、老同学张然富满面春风地赶来，未见其人先闻其声："是哪阵风，把你这城里的大忙人吹来了？还认家呀。瞧，这么大变化出乎意料吧。大街小巷、家家户户、从里到外都在改变。卫生设施、健身器材、宣传栏、文化广角一应俱全。新农村建设，咱们前张村是倾力打造的对象。你可知道，清河镇杞柳种植面积两万余亩，是著名的杞柳生产基地。这几年杞柳价格不菲，好年景亩产收益达万元。走杞柳之路，预见性强，老书记张乐杰有眼光。"

的确，我情不自禁跷起大拇指。

他拉住我的手，我们相互凝视片刻，他继续道："还记得吗？那一年秋雨霏霏，连续下了十余天。整个街道像条河，泥水浆没过脚踝。出，出不去，进，进不来，给生产生活带来了无法估量的损失与麻烦。庄稼人喜雨、盼雨、爱雨，适时节的雨水就是化肥，能节省劳动力。可是，那样的连阴雨却是莫大的灾难。"

"何曾忘记，即将入仓的粮食泡在水里，几乎发芽；悄无声息的雨水落在田地里，疼在农家人的心坎上。焦躁、迷茫、失望，又无可奈何。"我深有感触地说。

侄儿接过话茬："朦朦胧胧有印象。"他特意停顿了一下，话锋一转，道，"现在却是大变样了，不愁出行，不愁连阴雨，今非昔比！"

第二天，男女老少齐上阵，围着杞柳忙碌起来。我插不上手，决定步行到不远的姐姐家。他们执意送行，被我婉言谢绝了。

走过村头，向北五十余米便是绿树成荫东西走向的宽阔水泥大道，昔日是条土路，我不知走过多少遍，两侧是一望无际的庄稼地，现皆是一片片齐人高苍翠茂密的杞柳。极目远眺，宛如绿色的屏障，碧波荡漾，景色诱人。

前方是通向田间的小路，两侧的杞柳旺盛。信步来到地头，触摸着杞柳的躯干与枝叶，一墩墩，一处处，紧密相连。每墩少的发出六七枝，多的十来枝，高矮参差，粗细不等，尽皆呈现出努力向上的姿态。眼前的杞柳，看似普通寻常的枝条，削去绿装，变成长长的、细细的泛着金色光泽的银白色圆柱体，这就是真金白银呀！

"真金白银"前著名大队书记张乐杰经常谈到的一个词语，他把杞柳条视作发家致富的法宝，能花的钱财。他是杞柳种植的倡导者、奠基者，当初他曾预言："小小的杞柳能成事，将来，不久的将来，一定能叩开国内及国际市场的贸易大门。"果不其然，清河镇出产的杞柳，编织的工艺品，备受东南亚、德国等青睐。

"真金白银"成为深受人民群众拥护爱戴的好书记的代名词！鱼台县清河镇巩庄大队是杞柳种植的发源地，现已成为经济繁荣、闻名遐迩的游览景区。

我恋恋不舍地重返大路上，一辆红色夏利牌轿车从身旁驶过，在不远处停下来。这辆车眼熟，似曾见过，正纳闷时，侄媳妇从驾驶位上跳下来，笑容可掬地来到跟前，优雅地做了个邀请动作，甜甜地道："叔叔，请——上——车！"

"我……我……怕……耽误……"

她一边发动车，一边说："大热的天，一个人步行，老表们能羞煞死我们。该说我们'只顾干活挣钱，没人情味'。"接着说，"中秋节将近，礼品已备好，趁着你来，我们两个人结伴一起去，不是两全其美嘛！"

"是的，我怎么没有考虑到。"瞧，侄媳妇成竹在胸，说得头头是道，句句在理，令我刮目相看。

新型农村人，居住环境和物质条件均在改变。精神文明方面，保持了光荣传统、伦理情操及实干敬业作风，亦在向更好的方面改变，且是前所未有的改变。

鱼水情深，水乡王庙呈辉煌

6月1日8点许，鱼台作协采风团一行十余人，怀着崇敬的心情，驱车赶到王庙镇政府所在地。

首先参观了鹤来香食品有限公司。这是民营企业，是当地年轻人的舞台，生意做得风生水起，红红火火。他们把智慧融入梦想里，敢想实干，把一件件、一包包货真价实的优质特色产品，邮送到全国各地。负责人说："疫情防控期间，虽面临诸多问题，困难多，风险大，挑战多，但靠着优惠政策和政府的保驾护航，凭着领导班子精诚合作，秉持与员工风雨同舟、患难与共的友善，最终摆脱困境，渡过难关。最大的收获是与人民群众一道致富，并创建一百一十多个就业岗位。"

接下来参观了太阳贸易草编有限公司。这里银杏树枝繁叶茂，山楂树果实挂满枝头，竹子林苍翠挺拔，所生产的产品充满情趣，栩栩如生，备受东南亚各国青睐，出口创汇利润丰厚。

张波总经理是位残疾退伍军人，他深情地说："党与政府不离不弃，赐予我创业良机，群众拥戴，员工信赖，领导鼓励，如若没有方方面面的照顾，就没有我的今天，倾情回馈社会义不容辞。"

赶到周堂地道战遗址基地，已经中午十一点了。有位大妈正在晾晒刚收割的小麦，看到我们，热情地说："不好意思，粮食阻挡前行的道路了。早知你们来，晚些时辰又何妨。"我们与大妈攀谈起来。"十亩地，亩产千余斤，价格上涨。原先十天半月忙不完，现在，不一会儿就结束了。节省下来的时间，又可以出去打工，双份收入，农民的生活——芝麻开花节节高。"大妈说到高兴处，笑靥如花。

古色古香的建筑风格，把人们蓦然带入那战火纷飞的年代。"没有枪，没有炮，敌人给我们造。地道战、地雷战，游击健儿逞英豪……"

留住红色记忆，把历史编入活生生的教育课堂，周堂村做出较大贡献，成为闻名遐迩的游览景区。

最后，来到王庙村党支部书记岳文建的采摘园。五个大棚占地六亩，种植的品种有白富美、绿宝石二号、早甜脆等。棚内虽然宽敞明亮，温度却高达 42.5℃，不一会儿，汗流浃背。农民兄弟真的是不容易啊，每份收获都是汗水和心血的结晶。

我选了个头儿不大的白富美品尝，皮薄、微香、味浓肉多，含糖量高。这么上等的美味，何不买一些带回去，和家人一同分享。

理解老百姓，体会他们的辛苦、不容易，就以实际行动来表达。振兴乡村事业需要你、我、他，需要全社会的关注和支持。

鱼儿离不开水，瓜儿离不开秧，凡事离不开指挥棒。领导们如是说："关心农民经济收入，心系个体事业发展，要以主人翁的身份替他们排忧解难，虽然拓宽市场销路难上难。我们要牢记习近平总书记对共产党员的要求，知难而上，砥砺前行，发扬大无畏精神、长征精神。"

张畅主任欣慰自豪地说："这只是冰山一角，村村有特色，庄庄绿色环保，处处景色新。领导思路明确，工作扎实，卓有成效，人民群众热情高，干劲足，捷报频传。"

有机会的话，欢迎您来王庙水乡，欣赏美景，品味美食，体验农村新貌。

兄弟未了情

2020 年 2 月 2 日，比我大二十二岁的姐夫、我的好兄长溘然长逝了。虽然年龄相差一代人，但是，我们两个在认知问题和处理事情方面很投缘，有很多的话题和深入的交谈。他是我最敬仰爱戴的人，他弥留之际还念叨着，想见我一面。

姐夫在兄弟姐妹间排行老小，我们家中的老人都是由姐姐家照料，老人家们度过了幸福的晚年生活。姐夫孝顺老人，兄弟姐妹情谊深，住得近的隔三差五地看望，路远的逢年过节亲自前往。常念叨："三哥喜欢听左邻右舍的消息，爱吃家乡的土特产，别人代替不了我。"

姐夫文化水平不高，可他明白一个道理：要把儿女们培养成有文化、明事理、素质高、对国家有用的人才。农村生活条件艰苦，儿女又多，他比一般人更能吃苦，砸锅卖铁也要供养孩子们读书学习。几十年如一日，苦尽甘来，现如今几个孩子都有了自己的事业和美好前程。

1979 年高考落榜，我悲伤绝望之时，姐夫不停地鼓励我，给了我信心与力量，经过七个月的复读，我考上了曲阜师范学校，毕业后当上了一名人民教师，有了今天的幸福人生。姐夫总是把他人所需当作自己的事情去办，总是把他人排在前面，把自己排在后面。世间的辛苦如若有三分，他吃了十分。如果有来世，请求姐夫还做我的兄长。

姐夫想念着，等待着我，在最后的时光里希望能看到我的身影，我却未能出现在他面前。如果我在，他也许不会走得那么匆忙。谈一谈过往也许有奇迹发生，有我在身边给他搓搓后背，揉揉肩，定会减少他的一些痛苦。我不在场，不能处理后事，也不能当面安抚我的姐姐，未能献上虔诚的叩拜，不能护送到林坟上，这一切的一切都未能实现，将是我永久的遗憾与痛苦。我不是他的好兄弟，在最应该在的时刻没能现身，我不能原谅自己。现在我能够做的，只是在他乡异域默默地哭泣悼念！

当时正值疫情防控时期，无法回家奔丧，就这样疼我爱我与我亲如手足的姐夫离开了人世间。姐夫念着我，我牵挂着姐夫，鱼台——青岛一线牵。姐夫如若泉下有知，你定会理解支持我的选择，你生前常说，为大多数人谋福利，自身出力流汗算不得什么。

心有灵犀一点通，你一向懂我、理解我，定会为我的决定绽放出笑容。虽然不能前往送行，我在远方祈祷许愿：姐夫一路走好，安息吧！疫情即将过去，家人安然无恙。姐姐，我唯一的姐，娘走后，我就把你当作母亲。您也近八十岁的年纪了，请节哀，保重身体重要。

等情况好转，我立即返回家中，跪拜姐夫坟墓前，献上白色菊花，诉说兄弟间未了的情缘。

鱼台跑团，征战宿迁

来一座春光旖旎的名城，饮一壶回味悠长的美酒，跑一场酣畅淋漓的马拉松。

3月28日，鱼台跑团一行六人，相约首届宿迁马拉松赛事。

清早，我们赶到起点项王故里。

旌旗飘动，人声鼎沸。来自全国各地的万余名马拉松爱好者相聚在一起。

运动员做着赛前准备，志愿者服务队忙碌着，航拍机在低空盘旋，扩音器里响起雄壮的中华人民共和国国歌，全场低声咏唱，你感染着我，我感染着你，气氛高涨，热血沸腾，聚集能量，蓄势待发。

七点三十分鸣枪开跑。

身着蓝色运动衫的运动员，像潮水般涌起。护栏两边站满了热情的宿迁市市民，有的拿着相机，有的挥舞着红旗，有几人擎起手中的牌子，站在一起，打出"宿迁人民欢迎您"的标语。人们齐声呼喊："欢迎，欢迎！加油，加油！"

你挨着我，我拥着你，置身在这欢乐的海洋里，倍感马拉松参与者的幸福与光荣！

随着前行的脚步，距离渐渐拉开，没有紧张，没有顾虑，有的只是激动不已的亢奋。

前方是一个十字路口，两边是统一红色着装的小学生方队和青年舞蹈队在表演，他们给大赛带来了异彩。

甩开臂膀，专注地踏出每一步。行进三公里了吧，这是最艰辛、意志最薄弱的时段。队友的合作，大赛的渲染，热情的观众，把这感觉皆淡化了。

转过一道弯，这里又是一个红绿灯路口。白色太极服方队在表演，一招一式是那么的娴熟专业，平心静气，泰然自若。队友们明白，这是太极人用特别的方式来欢迎参赛选手。看来组织方对本次大赛格外重视，费尽了心思，进行了缜密的部署。

超越一名队友，我紧紧地跟随在高个子年轻队友的后面。

马拉松比赛彰显的是挑战自我、永不放弃的体育精神！这是意志与体力的综合考验，我咬紧牙关，坚定信念，"不到长城非好汉"！

在成年人的世界里，哪里有容易两个字？没有掉过眼泪，没有哭泣过的人，不是真正的男子汉。每一个成功者的背后，都有一个意想不到的艰辛历程。

中国工农红军二万五千里长征，上有飞机轰炸，下有敌人追杀，饥寒交迫，爬雪山，过草地。凭借着坚定的信念，凭借着对中国革命事业胜利的无限憧憬和向往，以超凡的毅力，胜利完成震撼世界、彪炳史册的伟大壮举。

"无限风光在险峰。"在我面前的好似一座高山，排除万难，再险也要涉足，再艰也需攀越，是一片云也要追上它。

不知不觉，十五公里补给点就在眼前，饮下一杯清冽甘甜的泉水，降降温；挥洒一把汗水，喘口气；回首望，蓝色的玉带绵绵延长。

年近花甲的我，参加属于年轻人的马拉松赛事，没有掉队。看来年龄不是问题，就朝着这个方向，就按这条道路，勇往直前。

一路的景色尽收眼底，一路的欢呼声陪伴着我们，宿迁市民热情无比，项王古城已经烙印在我心中。

平时的训练，在此刻得以验证，昔日的付出，在这里得以收获。人生能有几次搏，把握生命的每一分钟，全力以赴我们心中的梦。

距离终点奥林中心体育场还有五百米，一百米……奋力冲刺，成绩定格在两小时零七分。

名次不重要，成绩也不重要，重在参与。

与年轻人相伴，趁着春光明媚，游览祖国的名胜古迹。增添了友谊，锻炼了身体，坚定了信念，是件开心而又快乐的事情。

童年醉酒

六七十年代的天是蔚蓝色的，蓝得令人向往，白云淡淡，像新棉絮，似白雪……欣赏绚丽的天空成为当时人们的趣事。

每逢秋后水稻成熟时，地下沟的水位低浅，便是捕鱼的大好时节。捕捉到大鱼的欢呼声，拾鱼的尖叫声此起彼伏，热闹非凡，这样的场景只有在那个年代才能看得见。

父亲是个老把式，与土地打了一辈子交道。从早忙到晚，人与牲畜累死累活，也就耕地一亩左右。即便是最有劲的水牛，也只能拉动单铧头的犁。

东方红拖拉机的诞生改变了牛耕地的历史。原先十天半个月干不完的活，现在只需一天多的时间。并且耕的地又深又匀，正适合栽培水稻。大概是物以稀为贵吧，东方红拖拉机成为当时的时代宠儿。驾驶员十里八乡也只能挑选出一两名来，人们既崇拜又羡慕。

运民大哥是一名拖拉机驾驶员，负责我们生产队的耕地工作。他是我的本家，也是本村人，虽说是自家人，但也要以宾客之礼相迎。生产队负责招待，专门聘请伙夫准备了几道菜，其中一道是茄子炖小公鸡，另一道是切开流油的咸鸭蛋……

当时我上小学二年级，农忙季节有假期，小孩子出不了大力，拾麦穗是我们的任务。我们一边干活，一边欣赏拖拉机工作，好家伙，真厉害！一趟过去，作业宽度一米多，比人步行的速度还要快，每小时耕地几十亩。机械化效率高，人们赞叹着，颂扬着，把它当作圣物看待，我发誓长大后要成为一名像运民哥一样的驾驶员。

招待驾驶员的厨房就设在我家的前面，馋猫鼻子尖，我与伙伴保民闻到菜香味就拔不动腿了。这种美味平时是享受不到的，只有逢年过节才能有。即便是吃不到，多闻闻应该是属于我们的权利吧。运民大哥在屋里吃喝，我与保民在庭院里弹玻璃球或甩四角。其实，这两种游戏我们再熟悉不过了，这一次与平时有所不同，既能玩耍，又能闻到菜香，一举两得。嗅觉上得到了满足，应该知足了吧，难道还能有更多的想法吗？

保民的妈喊他回家吃中午饭，他虽应声，但是没有离开的意思，我们漫不经心地玩耍着。

突然，保民提高嗓门道："你的老保被我赢过来了（大而厚的四角），嗨，我胜利了！"

这声音，屋里唯一的运民大哥听得真切。可是，他无动于衷，似乎没听到，只顾吃喝。我明白伙伴的用意。我们从庭院轻手轻脚蹑步到房屋边，保民拉着门吊子哗哗作响。我一只手扶着门框，另一只手含在嘴里。我们俩不时地看他因喝酒而发红的面颊，看他用嘴巴吮吸流油的鸭蛋黄，听着他喝酒或嚼骨头发出的声音。他品着吃，吃一阵再呷一口小酒，洋洋自得的他几乎成了道成了仙。我俩又渴又饿，别说吃炖鸡了，哪怕是能吃到一小块鸭蛋也好呀。我俩像可怜虫，没人理会，只能拘束地低头沉默不语。运民大哥也许是喝兴奋了，也许是故意的，他大声道："光是肉没吃头，骨头连着筋的味道才好，越嚼越香……"

经他这么一说，我也有同感，手指头似啃着鸡爪子，口水快要流出来了。

"嗨，痛快，吃饱喝足了，剩下的菜怎么办呢？"运民大哥难为情地喃喃自语。

"喂狗，桌子底下啃骨头的狗，肯定喜欢吃。"说完看着我们哈哈大笑起来。

保民看着我，我瞧着保民，我们两个保持着默契：这么喷香的茄子炖鸡要喂狗？人还吃不到哩，怎么舍得喂狗。我俩疑惑不解。

紧接着他又说道："你俩想吃吗？"

我们没有立即回答，倒是害羞了，不好意思了。刚才不是说喂狗吗？怎么这么快改变主意，又说给我们了，也不管是玩笑话还是把我们当作狗看待，我们只是默默地点头回应。

"要不然这样吧，把瓶里的酒喝完，剩下的饭和菜全部属于你俩了。"

我们对视了一下，又看看酒瓶，里面的酒不足五分之一。看到伙伴喜不自禁，挤眉弄眼，我心领神会，便欣然同意了。

"你们可知道，这可是七十二度的景芝老白干。"运民大哥补充道。

什么高度低度，我们一窍不通，只要能吃到剩菜，其他的都不在话下。

　　"二一添作五，不偏不倚。我说全给你们就给你们，说话是算数的，做人是要讲信誉的。"他一边说，一边把酒倒在两个杯子里面。

　　我们端起酒杯，横下一条心，从容地扬起脖子，几乎是同时一饮而尽。咽到喉咙里似干柴，烧得我连连咳嗽了几声，保民呛得眼泪当下流了出来。

　　"你们真给喝下去了？"运民大哥慌了，赶紧拍打我俩的后背，劝我们快喝水。我一边说没，没，没事，一边夹菜……

　　这时，伙伴扛不住了，倒在地上。我也口齿不清，手指不听使唤夹不住菜了，只觉得天旋地转，也瘫倒在桌子底下……

　　多少年后，与同事朋友们谈及这个细节。有的说，你这是为东方红拖拉机的神圣而为之。有的说，在那个年代那种情况下，我也会像你们一样，勇敢地去追逐。也有的说，这叫初生牛犊不怕虎，敢打敢拼。

　　不论大家怎么说，醉了。童年的醉，醉倒在蓝天白云下，陶醉在无公害、青青河边草的幽美环境中。第一次品酒，醉得连渴望吃的菜都没能送到嘴边。现在回想起来还觉得头晕、嗓子痒……

黄佩君散文

怀念父亲

父亲，我来了！

踩着尘世的沧桑，在一个阳光明媚的早晨，我终于来到了这里，圆一个魂牵梦绕了半生的夙愿！

此刻，当我真真切切站在这里，激动得热泪盈眶。眼前已是荒凉一片，那破旧的老屋，空荡荡的院子，微风轻轻吹拂着那些荒芜的枯草……像在诉说着岁月的沧桑与无奈。

我拼命打开记忆的闸门，去找寻当年的点滴。这是父亲曾经工作过的地方，儿时的我不止一次地来到这里：风景秀丽，有山有水，人纯朴善良。这里留下了我童年最美好的回忆。隐约中，仿佛又看到了父亲慈祥的笑脸……

从院子里出来，旁边那座卫生院还在，只是重新整修过……思绪又把我带到好多年前。我与几个小孩在父亲单位不远的地方玩耍，玩着玩着不小心摔倒了，等小伙伴把我从地上拉起来时，胳膊感到钻心得痛。闻讯赶来的父亲一把抱起我，送到隔壁的卫生院。大夫仔细查看了伤情，又让我做屈伸动作，看到我有点吃力，就试着把胳膊往前拉，之后擦了点消炎药，找来绷带，围着胳膊缠了几圈，算是治疗完毕。现在想来，其实是骨头脱位了，那时医疗条件太差，没有拍片，也没打石膏固定。

回到父亲宿舍，我躺在床上心里好难过。虽然当时没怎么哭，但还是钻心地疼。喝完父亲递过来的药，听到父亲安慰的话语："不怕。药吃了就不痛了，过不了多长时间就好了。你是个坚强的孩子，这点伤算什么！"我眼里含着泪水，点头答应着。父亲随后拿来了几颗鸡蛋，在炉子上煮，又出去不知从哪里找来一个苹果，这些在那时已是顶好的东西了。接下来的日子，在父亲细心的照料下，我的胳膊慢慢不痛了，恢复健康。

这一幕幕仿佛就在昨天，泪水在不经意间早已湿了双眼……站在这片热土上，尽管它贫穷、落后，但无处不在的质朴与善良，总让我感动！

　　拂去尘埃，我这半生一直在赶路，哭着，笑着，走着，在世俗的染缸里不断被染色。走了多少年，蓦然回首，却发现，已经丢失了自己！只有儿时善良的心依旧，但尘埃已淹没了我的笑容。

端木礼红散文

端木礼红，军队文职退休干部。

"乳燕"降生记

有人说女人生孩子的那一刻，一脚踏生，一脚踏死。这样的危言，吓得多少女孩儿选择剖宫产！甚至干脆丁克，不生！现在的出生率真的不行。

可我要说，女人生孩子是件愉快的事儿！

1989年12月30日那个深冬的晚上，驻军医院大礼堂，座无虚席。

全体军人、家属、休养员正在举行庆祝元旦军歌比赛，歌声此起彼伏，一浪高过一浪！

"来一个！来一个！"失去音律约束的拉歌的吼声，声浪更是一浪更比一浪高！

不知是不是我这个大肚皮孕妇感动了评委，在一片欢呼声中，我所在的科室获得了第一名！

大家高兴，我更高兴，按照计划，第二天，我将去军区总院待产，迎接新生命的诞生！

回到寝室，我仍然无法平静，久久沉浸在军歌的激情中。我开始仔细回忆工作交班有无遗漏？麻醉药品，限制药品，精神药品等，确信无一遗漏后，还是不能入睡。

干脆从床上起来整理行李。突然，我觉得有点不对劲了……

屋外，苏南的冬夜月白风清。

夜半三更，我不想惊动战友，独自一人到外科瞧瞧吧。

值班护士将我扶上手术台，待妇产科主任五分钟后到达时，她已完成全部术前准备。

主任的手术刀立马要剖开我的肚皮，取出腹中孩子。这让我无法接受！

我相信自己能生！

我的孕产卡建在军区总医院！我已订好火车票，天亮就要去军区总医院住院待产。

一个三十七岁高龄初产妇，心里越来越惶惶不安。

主任严肃地说："孩子还没入盆，已先破水，你走不了了……"见说服不了我，护士奉命请示院长，院长指示医务处主任处理。

医务处王主任拍板转地方妇产专科医院就诊。

我被抬进救护车，王主任靠近我耳边细语叮嘱，到妇产医院你还是要剖宫产。我虽无语，内心却十分感激王主任。地方医院医疗设备好，遇复杂情况，专家多，经验丰富，我一定会顺利生下孩子的。

天亮了，救护车载着我，徐徐驶进部队驻地妇幼保健医院。

不巧，正当生育高峰期，待产室里"大腹便便"，人满为患。

我被加床在走廊里。

三位专家来给我会诊：孕妇三十七岁，胎儿体重六斤左右，羊水已破，未入盆。胎心音有力，高危产妇，立即手术。

我坚持不做剖宫产。专家不予理睬，通知我所在部队赶快派人来做思想工作！

很快，科主任等相关领导和同事来了六个人，他们劝我赶快答应剖宫产，否则大人孩子都危险了！

无望的我哭起来，拒绝签字！

哭声惊动医院首席专家，她很好奇，要我说出理由。

我说我的工作环境是医院药检室和制剂室，每天接触乙醇、苯酚类化学物质。虽然B超显示胎儿正常，但如果兔唇、并指等小部件缺陷，B超是看不到的。若果真如此，又做了剖宫产，两年内不能再怀孕，我这辈子恐怕不会再有机会生孩子了！

首席专家连连咂嘴，说情况都到这步田地，难得你头脑这么清醒！但是，时间不多了，如果催产素下去，胎儿不入盆，你和胎儿都凶险。

"行！"我破涕为笑！

在这宝贵的半小时内，奇迹真的发生了。

我被推去接产室，已是中午。接产室里五位医生正端着铝制饭盒，聚在一张桌子上吃饭。

宽敞的室内，五张产床贴一边的墙一溜儿排放，另一边放置手术床与各种抢救器械。第四张床上躺着一位大肚产妇，她瞪大眼睛望着天花板。床旁有位医生正把手上的橡胶手套脱下来，边脱边嘟囔，宫缩又停止，胎儿又缩回子宫了！

刚进门时，我就向正在吃饭的医生们哀求："我要生了！"

医生让护士把我推放在第五张产床上。

吃饭的医生们对我的哀求与惨叫不为所动，说她们一上午忙到现在，好歹让她们吃口饭，能不能不叫！人家生了七个小时还没生出呢，你才刚入盆就要生了！

我彻底绝望了！

一位医生端着饭盒一边吃，一边向我走来。

她低头一看，慌得立刻扔下饭盒：天哪！快！快！快！已经看见头了！

所有医生闻声都扔下饭盒，立即进入状态！

行了！行了！孩子已经出来了。

哪有一口气出一半又缩回去的？

我亦悲亦喜，看着医生们手忙脚乱，围着孩子，刚才的委屈，早已云消雾散了。随着孩子第一声清脆的哭声，幸福的热泪模糊了我的双眼！我下床想去抱孩子，被护士大声呵斥回产床。

后来，医生把孩子抱给我瞧。

那种瞬间被电流击晕的感觉，至今依旧在！

孩子，我们共同经历了跌宕起伏！粉嘟嘟的新生儿和我对视，仿佛读懂了我的心声。忽然，她笑了！

我看到圆形标签上写着：女，出生时间，1989 年 12 月 31 日 12 时 15 分，体重 5.9 斤，身高 49 厘米。综合评分，出生后 8.8 分，15 分钟后 9.8 分。

护士推着我去普通产房，路过楼梯口，有人叫我名字。原来，婆婆从外地赶来了。孩子的父亲还在千里之外。

普通产房里，刚生完孩子的妈妈们在交流生孩子心得。

有的诉说几天几夜的痛楚，并声称永远不要再生孩子了，有的在咒骂医生没有给她剖宫产，有的在痛骂男人。而剖宫产的妈妈们，麻醉药效过去，刀口疼痛，在大声呻吟！

有人问我有什么体会？

我说："生孩子是件愉快的事啊，要是允许生，我明年想再生一个！"

满室愕然！

我向大家兴奋地讲述，昨夜三更后，发生在一个高危产妇身上的奇迹。

"换别人，百分百剖掉了！"有人说。

"不对！一般情况下都应该自己生，大家一般都有能力自己生，只要你对孩子充满爱，充满信任，孩子会配合你战胜困难。在你爱心的浸泡中，聪明的胎儿会在羊水中，随着你的意愿，头向下游去。孩子在你体内，是你身体的一部分。每一个胎儿都是聪明有才智的。"

我心脏还有点问题，但我坚信胎儿和我心心相印，她的胎心音一直规律有力。支撑我为她争取到人生第一回合的博弈，并且以全胜结束！

我为小不点女儿喝彩，为我自己喝彩。我的情绪感染了大家，产房里荡起欢乐的笑声。

入夜，呼呼入睡的我，被一阵热闹的新生儿哭声惊醒。那哭声恰如夏日乡村满池塘的青蛙雨后集体欢叫。

那是世界上最美妙的声音，仿佛元旦新春音乐会上肖邦的钢琴交响曲。新生儿的肺活量在哭声中大增。

为让刚生完孩子的妈妈尽快恢复体力，医生规定时间给婴儿喂母乳。这时候的护士真是天使下凡。两个笑容可掬的护士推着婴儿车，把襁褓裹法统一的新生儿一个个分发给妈妈们。产房里温馨得直叫人想哭想笑，像吃了糖似的！

夜晚，新生儿都放在隔壁的育婴室。

九天后，我们母子安然出院。

满月后，我在新华书店翻遍了育儿书，美、英、法、日与我国所有书上都说，早产娃是难带的。

未知才最可怕。知道了就能够从容应对。

冰雪灵韵，晶莹诗心，恭贺新年，我给女儿起名——乳燕。谁说高尔基笔下能够迎战暴风雨的海燕，不是由出壳的乳燕长成的！

乳燕告状

古有杨三姐告状，还有开封府包拯专门接受冤屈者告状。

这说明人有了冤屈，就要向人诉说，乃坦坦荡荡的人之本能，盖不管男女老幼！

乳燕小不点在妇幼保健院烘箱待了九天出院。回到家中一切顺利，转眼满月了。

婆婆一人照料我们母女，十分辛苦。满月后，我便让婆婆回南京家中，休息一阵再来。

菜场、拿牛奶点都在单位斜对门，抬脚就到。趁着乳燕早上酣睡未醒，我每天起早去菜场，买回三条大鲫鱼与蔬菜，再拿回预定的牛奶。来回大约十分钟，回到家乳燕仍在酣睡中。

一日，菜场鱼摊贩说乡下塘鱼还未送来。我心烦意乱有些焦急，等了五分钟，急急忙忙回家。看到隔壁宁宁妈妈正趴在我家窗户上朝屋里看，乳燕在屋里哭。

我赶紧开门，她说乳燕一直在屋里哭，她已两次隔窗哄宝宝，说妈妈马上到。她说完赶紧回自己家，她的孩子也哭了，她的孩子只比乳燕早出生十天。

我慌忙抱起哭出了眼泪的乳燕，一边向乳燕检讨做妈的过错，一边赶紧喂奶。希望奶水能堵住乳燕的嘴巴，让她不哭。

意外的是，乳燕拒绝了吸奶，只是不停地哭！我慌透了，抱着哭个不停、拒吃奶的小乳燕，去给宁宁妈妈看，求教咋办？

谁知抱到宁宁家，我还未来得及开口，小乳燕看到宁宁妈妈，突然停止哭了，歪着头向宁宁妈妈发出咿咿哦哦咿咿的声音……然后头一歪，睡着了！

宁宁妈妈说："看到没？小不点向我告状呢，你把她一人丢家超过时间了！"

后来，我早上去菜场，一定会十分钟以内回来，小不点就是早醒了，也不大哭。

乳燕四岁时，堂弟媳家生了儿子，我前去祝贺。恰逢小宝宝在堂弟媳怀中哭个不停，拒绝吃奶！

我说可能大便了，堂弟的丈母娘立刻说，她刚给换了尿布后睡着，不到十分钟突然醒来就一直在哭！都哭了几分钟了。

我抱过宝宝，解开襁褓，宝宝屁股底下大便小便连成一片。

我给她换了尿布，抱起宝宝。这还没满月的小宝宝，仰头向我咿咿哦哦咿咿了一阵，好像是向我告状。

那时小宝宝出生才二十六天。

二乳燕家乳燕巢

我出生后，爷爷为我起的乳名是小凤，大堂妹跟着我取名字，叫小凤英。我给女儿起乳名乳燕，小堂弟的女儿跟着我女儿叫二乳燕。我尚不清楚这里面有啥内涵。

小堂弟一家生活在农村，日子一直过得很艰难。

堂弟去田里锄草，回来草鞋湿了，就挂院墙上晾晒，下次去田里锄草时再用。

堂侄女二乳燕说她家燕子就照着草鞋样，衔泥筑了草鞋状燕巢。

秋天燕子飞走了，年底扫尘，二乳燕用竹竿捣掉屋梁上草鞋状的燕巢，扔掉了院墙上的一双烂草鞋。

第二年春天，燕子飞回来了，找不见原燕巢。就仿堂弟夜夜使用、日日晾晒在鸡窝顶的圆形尿壶，在屋梁筑了尿壶状燕巢，壶口手把整得惟妙惟肖，真叫人哭笑不得！

老燕夫妇对自己夜壶形的燕巢很得意！很自豪！很骄傲！常领燕子们来堂侄女家，反复飞翔，欣赏它俩的建筑艺术！去年一窝生下三只乳燕。

一次老燕喂食时，有一只小乳燕在壶把处被挤掉下来。堂侄女从老猫口中抢下跌伤腿的小乳燕，细心地用布帮它裹好伤腿，送回燕巢。

秋天，小堂弟家盖了三间两层楼房。用上了抽水马桶。

旧房推倒，墙土送责任田做了肥料。

乡里生产组在她家新楼前，放上一长条桌。每每听广播，村民们前来此处做核酸检测。一套核酸检测器具被燕子们看中了。

现在堂侄女二乳燕家楼房的廊檐上有三处燕巢，一巢像检测标本瓶，二巢像乳胶手套，三巢像固体压缩消毒液。老燕夫妇没回来，乳燕三姐妹回来了。

乳胶手套状燕巢里，勤劳的燕妈妈腿上，裹着斜纹细布，飞进飞出，给两只新生乳燕喂虫儿吃。

张庆安散文

雨中的老王

前天因工作去香积寺，途中同事接了一通电话，回单位去了。我独自一人进了香积寺，和香积寺方丈本昌大和尚交谈时，外面淅淅沥沥下起了雨，而且越下越大。而"紧处加楔子"这句话又一次得到了验证，家里几位朋友又有要紧事儿，电话如十二道金牌般一次又一次催促。给同事打电话，他说工作正紧张过不来。我抱着侥幸心理，觉得说不定能拦上过路的出租车。

于是辞别本昌师父，走进了雨幕中。到了香积寺门外，我傻眼儿了，路上全是匆匆赶路的车，就是没有出租车。我硬着头皮向子午大道走去。一位快递小哥骑车从身旁掠过。咦，我何不拦一位快递小哥，让他送我一程呢？于是堆出一脸的讪笑，连连向电动车、摩托车招手。三辆车、摩托车都没理我，一位老乡倒停下了。我说明意思后，他表示方向不对，不顺路。再拦！终于又有一辆电动车停下来了。雨披上挂着水珠，一张淳朴充满疑问的脸。我赶紧说："大哥，我的车出问题了。方便的话顺路捎我一段儿。"那位大哥问我去哪里，我说去区政府。他说回家，只到神禾二路。我这时怎能放弃这根儿救命的稻草呢，"大哥能捎到哪儿是哪儿，多谢了，多谢了！"说话时不待大哥应允，就坐上了电动车的后座。这位老乡说："雨披是双人的，你拉起来顶上。雨大得很，赶紧走吧！"这时我高兴、感激……反正没说出几句连贯的话。

车跑开后，我有意和老乡套近乎，有一句没一句地聊着。通过聊天儿得知老乡姓王，是郭杜任家寨村人，比我大三四岁，村子已经拆迁了，在黄良打工回家遇上我。我一再表示感谢时，老王说得最多的是，出门了，谁还没个难处，能帮一点儿是一点儿，没啥！并表示把我一直送到目的地，我更高兴了。我说下车时用微信给他转几十块钱。他一口回绝，并不时提醒着我：坐好了，有水坑，要转弯儿了。大雨中老王载着我，就这样向目的地进发了。

中途老王问我在什么单位上班。我说在公安局，他没说什么。当我回过神儿时，已经到了地铁口，我问老王是不是跑过了。他说："你不是在地铁站口的公安局吗？"我说："对不起老王哥，怪我没说清，公安局已经搬到政府对面了。"他呵呵一笑："没事儿，咱再折回去。"于是我们从城南大道又折而向西，才到了公安局门口。

下车了，我说："王哥，咱俩加个微信，我给你发个红包。"他一口就回绝了："谁没有个难的时候。难道咱光认的钱，没钱啥事都办不了？"几句简单直白的话，听得我心里暖烘烘的。我说那好，留个电话，以后我就是你的兄弟。他爽快地告诉了我电话号码，我拨过去说："王哥你存上。"他用手抹了一把满脸的雨水，又一头冲进了雨幕中。

看着老王背影消失在雨中，我才想起还没问他的大名儿，但是那张憨厚淳朴的脸，却深深地印在了我的脑海之中。于是朋友里多了一个人：雨中老王。

张朝金散文

张朝金，笔名今朝，商洛人。中华作家网签约作家，华夏精短文学学会会员，西部散文学会会员，西安作协会员。从事文字工作和文学创作三十余年，发表作品三百多篇。并有优秀作品入围"中国好文章"，曾荣获全国原创文学大赛一等奖，全国诗词散文大赛一等奖。

母亲带走了我的故乡

母亲走了，带着我的思念、我的牵挂和我魂牵梦绕的故乡，驾鹤去了西方极乐的天国，一去不回。

没了母亲，我与故乡拉开了距离，寄人篱下般的生分。下意识里觉得故乡的天不再为自己遮风挡雨，故乡的地亦无自己的立锥之处，"气强"的心泄了气似的，缺少"家"的底气。

"三七"祭母亲（当地风俗：七天一祭），头一次回没有母亲的故乡，心里不是滋味。一夜辗转，彻夜难眠。母亲翘首盼儿的情景，一幕幕再现：村口郁郁苍苍的老柿子树下，母亲手搭凉棚盼望儿的样子；门前平展展的石阶上，母亲为儿翻晒旦柿的情景；老屋袅袅炊烟里，飘着母亲小火熬的玉米糊香味……真真切切，清清晰晰，说啥我也不相信母亲走了。隐隐约约觉得母亲还在村口等着我呢！

第二天，我起了个大早，一路疾驰，天刚擦亮进村，冷冷清清的。四处找寻，再也看不见母亲等儿的身影；放声呼唤，再也听不到母亲应儿的声音；抬头仰望，烟囱里再也飘不出母亲烧麦草的炊烟……

院子里，满眼的破败，让我不寒而栗。不到一个月的光景，仿佛隔了几个世纪：野草长满庭院，吞噬了母亲的痕迹；尘土铺天盖地，淹没了母亲的脚印；一群蜘蛛争先恐后，密密麻麻封死了母亲进出的大门，似忠实地守候，又似傻傻地等待。

欲抬脚进门，蜘蛛群舞，龇牙咧嘴；"铁将军"把门，寒风凛凛。我只能隔着窗缝儿瞅瞅生我养我的老屋。一下子，我觉得自己成了没妈的孩子，无家可归的人。兀自伫立，潸然泪下。

故乡，在我的记忆中，是一个美丽而宁静的小山村。前河涧村，四五十户人家，依山傍水，错落有致。门前公场三五十米宽，五百米长，平平展展，如同铺展开一张巨大的竹席，可供打谷、晒场、碾粮食，更是娃娃们最留恋的温床和舞台。

场前是一条清澈见底的洛峪河（又称银花河），河水潺潺，仿佛有无数双巧手拨弄着琴弦，沁之洋洋，汩汩吟唱。堤畔一溜儿排的垂柳，不知是哪一代先祖栽种的，个顶个的两三搂粗，粗的少说也有上百年哩！像一道从天而降的垂帘，婀婀娜娜，随风摇曳。

葡萄藤爬满了树身，蜿蜒缠绕，叶儿重重叠叠，御辇华盖一般。

后院儿里，桃树、杏树、梨树，还有南山的核桃树和柿子树……适宜生长的果树应有尽有。春季花香四溢，夏秋果实累累，后花园一样。逶迤崎岖的小路，八爪鱼似的，伸向四面八方：有上街赶集的路，有进山砍柴的路，有下河取水的路，有耕田、种地、收获庄稼的路……条条小路连通着每天的日子和村外的世界。

小山村被连绵起伏的群山环抱，宛如镶嵌在山窝儿里的一颗明珠，美丽而又贫穷。这里"山高石头多，出门就爬坡"，以"穷山恶水"闻名。山好、水好、空气好，是山里人唯一能够夸出口的说辞。母亲信佛，常挂在嘴边儿上的一句话："山养活了咱，山里人不爱山，还算人吗？"

"曾经年少想离家，一心只想往外飞。"我就像一只老鸹，常常喜欢站在山巅远眺，梦想着有朝一日能够走出大山，飞出这山沟沟，离开父母一生经营的土窝窝儿。

十八岁那年，我如愿以偿，应征入伍，离开了故乡，去了祖国的四面八方。临走，脱光了母亲一针一线缝制的粗布衣衫，洗净了故乡的一粒粒尘埃，连十几年家乡生就的垢痂也没带走一点儿，头也不回地离开了家乡。

日子久了，"两地书，母子情"，我远在边疆，母亲在故乡。始终觉得，我就像空中的风筝，线始终在母亲手中，任我再怎么挣脱，时时被她牵动。

年岁渐长，故乡成了遥远的牵挂，我在外头，心在家里头，日思夜想的是故乡和母亲。

母亲是一位极其平凡的农村妇女，一生辛劳，过着穷日子，总是翻不了身，一心指望着一群儿女中有一个出息的。她常说："一条藤，总能结一个好瓜吧！结一个，也就值啦！"没承想，五个儿女竟然有四个成才了，母亲乐开了花，逢人便夸："共产党是活菩萨，娃们享了共产党的福啊！"

母亲如愿了，故乡却孤独地留下她一个人。此时，在我的脑海里，家就是母亲，母亲就是家，故乡是我时时刻刻放不下的牵挂。

人们常说："母亲在哪里，家就在哪里。"母亲西游，带走了我的故乡。故乡的那个家，不再属于我了。

如今，故乡只是我心灵深处的精神寄托，是我魂牵梦绕的念想，是每年清明寻根问祖的地方，它会永远留存在我的记忆里。

父亲背上的"暖阳"

农村过日子，讲究"柴米油盐酱醋茶"七件事，柴被列在首位，其重要性不言而喻。父亲深谙此理，常怀忧患，把"无米下锅，无柴起炊"当作头等大事，心心念念，时时刻刻记挂在心。

寒冬来临，庄稼地里的活少了。似乎，老天爷怜惜劳碌了一年的乡亲，天降祥瑞，大雪封山，好让受苦人缓一口气。家家安门闭户，安安然然"窝冬"。

唯父亲"不解天意"，总想着要给家人一个暖洋洋的冬季。父亲风雪无阻，天天进山寻柴，毕竟做饭、冬天取暖离不开它。即便遇上"北国冰封，万里雪飘"的极端天气，他依旧穿上自己编制的草鞋，打上曾在部队打过的绑腿，顶风冒雪，一日不辍。

每一日，父亲都是满载而归。一捆儿一捆儿的柴，倒在后院儿里，码得整整齐齐，柴垛子山墙似的。每当问起，他憨憨一笑，说："有柴火，日子才红火嘛！"

那时候，看光景重两样：一样看存粮，另一样看柴火。儿女看家（考察对方的家境状况），也免不了俗：一看院子里堆的柴火。柴火不缺，说明这家人勤快，有备无患，不会受冻；二看柜子里的粮食。粮柜不空，说明这家人会过日子，勤俭持家，不会挨饿。需要应急，或手头紧巴时，父亲也会背一背篓上好的劈柴，去集市上换一点儿零花钱，救救急，补贴补贴家用。

"一四七去洛峪；二五八上高坝；三六九中村走。"这是乡镇逢集的顺口溜。洛峪正处在当间儿，承上启下，是倒进卖出的极好集市。每隔三天一集，为乡亲们自产自销提供了便利，或红薯土豆，或瓜果蔬菜，或木炭干柴……互买互卖，互通有无。日子过得宽裕，脑子又活泛一点儿的，中村街买黄豆，洛峪街卖食油，东街买进，西街卖出，倒腾中获得一点儿收益。手头松泛了，偶尔花几分钱，给娃们带上几颗水果糖。"倒爷"家的孩子吃着好闻的水果糖，张狂世道，不知道自己姓啥。好像头一次出了香味儿的幼麝，房前屋后满世界欢跑，生怕别人不知道一样，尽情显摆。我和弟弟馋得要死，口水咕噜咕噜地往肚里咽，还直往父亲心窝儿里戳，不识趣地反反复复追问：

"大，水果糖是啥味呀？"

"大，水果糖甜吗？"

面对好奇的儿女，父亲无言以对，内心十分愧疚。人家父母手中有钱，能满足娃们的口欲，他只有依靠勤劳的双手，补偿内心对娃的缺憾。

秦岭被誉为"父亲山"，是动植物的宝库。父亲每次上山，不仅背负着全家的生计，还要累死累活给娃们带点儿小小的惊喜。

冬天里，深山少有人涉足，松子或榛子之类的干果瓜熟蒂落，崖畔边儿、草窝儿里，兴许还有松鼠遗落的个别零碎。

父亲寻满一背篓柴火，也不忘给娃们寻一些野干果之类的"稀罕物"。既能在我们接他时不至于两手空空，还能给娃们打一打牙祭，弥补弥补对娃们的"亏欠"。

傍晚，接到父亲，我们总会有意想不到的收获和喜悦，虽比不上水果糖的甜美，却别有一番滋味。那一刻，我们也是世上最幸福的人。我们的口福和幸福，全在父亲的背篓里。

父亲一生用背篓背柴火、背粮食、背岁月……背负着对美好生活的向往，背篓里装满了对儿女沉甸甸的爱，背回了一个个暖洋洋的冬天。至今想起，依旧暖在心里。

黄柏生散文

黄柏生，湖南耒阳人。喜好文学、音乐、象棋。年轻时曾从事多种职业，之后进入广告设计、策划行业，并在此行业坚守了二十余年，创办了"优先印"在线自动报价、下单的印刷类电子商务平台。

我的母亲

我的母亲身板小，可承担家庭的责任却很大。

外公外婆殁于日本侵略湖南的战乱之中。母亲时年十五岁，没有兄弟姐妹，由堂伯堂叔照看了一段时间后，便入了一富户人家做使唤丫头，倒是在那富户人家学会了贫寒人家不会做的一些菜式、一些手艺和一些礼仪。后来80年代包产到户的初期，能吃饱饭的时候也曾做几个菜式给我们姐弟们尝尝，引得邻居的小孩们羡慕不已。没几年的时光，富户人家被打倒了，母亲又回到了堂伯家。父亲穷得叮当响，无意中被推举到农会当了个小干部，才有机会找人张罗一门亲事，不然便没有我们姐弟几人。

迎亲的那天，母亲被一团团的人围着看，半天了一直不敢说话。直到按照仪式，需要吃几口特意给新娘子准备的饭，她才低声向身边的人说："我不想吃。"围着的人一下子欢呼起来："不是个哑巴！"可见当时的亲事全由媒人撮合，连对方是否聋哑，只有娶回来才知道。而母亲也只能任由堂伯堂叔做主，嫁入一个什么样的人家，全然不知。而这样的结合，无论后来的生活多么艰难，竟也从一而终。

之后母亲讲给我们的故事也不多。她曾随着村里的人，到处去修水库、修渠道、修路等，人是累，但能吃饱。想想她那个小身板，干着开山辟地的活，图的就是一顿饱饭，想想现在自己遇到的这些困难，相比母亲那个时代的艰难来说，根本不算什么。

母亲的手很巧，记忆中小时候我们姐弟几人从来没穿过裁缝师傅做的衣服，都是母亲拿块布在我们身上比画几下，就用剪刀一块一块地剪出来，手工缝成了衣服。各种烂了的衣服裤子，在补得不能再补的时候，便做成鞋底，几块小新布做个鞋面，没几天就成了一双新鞋。

　　母亲一共育有四男三女，苦于营养和医疗条件有限，早先夭折了四个，最终只有三个长大成人。我排行第六，生我时她已年届四十，我还不足月，村里人都笑她生了个老鼠大的儿子，能不能养大要看天意。母亲的心理压力很大，但好在我命硬，在她的悉心照料下硬是挺过了一关又一关，成了她直起腰来的重要支撑。小时候我身子弱，母亲终于从一位老私塾先生那里打听到一个偏方，说我吃完整只的猫狸便可无病无恙到终老。那时候家乡的生态尚好，山上活动着各种野物，但猫狸可不是家猫，四肢粗长而矫健，想抓一只，实属不易。也不知母亲用的什么法子，硬是弄来了一只猫狸。后来我想得感谢那位私塾先生张口有度，没说要吃一只老虎。如是说要吃一只老虎，母亲是不是也会拼了命弄回来一只？

　　父亲母亲都没进过学堂，连自己的名字都不会写。所以父亲没能在农会里待多久，生产队里的干部，最终还是由会写字、会算数的人做了。后来家里再穷，父亲母亲也让我们姐弟几人读上几年书，学会写字、算数，图的是平时记工分、年底分粮食的时候不吃哑巴亏。没承想，在那个年代，我居然读完了高中，远远超过了算工分的需求。

　　父亲早早地得了个风湿，做不了重活。包产到户的时候母亲就成了家里的主要劳动力，我从未听过她有什么抱怨。后来我长大了，姐姐已经出嫁，夏季抢收抢插是一年中最为紧张的时刻，快六十岁的母亲顶着烈日，同我一起割禾、打稻。家里的打谷机比较旧，踩起来很重，我还记得母亲在旁边脸憋得通红地为我助力的样子。

　　母亲的智慧我是后来才发现的。

　　小时候大人在生产队天天出工忙，没人照看孩子，免不了被大一点的孩子欺负。母亲就告诉我村里有几个刚好同一年生的孩子，大家认个"老同"，多在一起玩。几个"老同"玩得亲切，大点儿的小孩看我们几个老是在一起，不管谁被欺负大家一同而上，就渐渐地不敢欺负我们了。

　　母亲的智慧还体现在处理家庭关系上，姐姐嫁得不远，家里有什么矛盾时常向母亲诉说。母亲通常是指出姐姐的不是，告诫姐姐该如何与婆家人相处。久而久之，姐夫对母亲特别敬重，甚至比他自己的父母还亲近。

母亲去世的时候我在几十里外的一个矿井打工。后来听村里的人说，她那天一直站在村口张望，问了很多人我去了哪里。那时交通不便、通信不畅，冥冥之中也许母子间有心灵感应，当天我不自觉地回了家来，才没留下永远的遗憾。但几十年以来，屡屡想起村口母亲望儿的身影，我便一阵一阵地辛酸。

陈朝晖散文

陈朝晖，吉林临江人。中国金融作协会员、荆门市作协会员、中国乡村作家。爱好阅读、旅游和写作。在《中国乡村》《荆门晚报》等多家报刊发表作品二百余篇。

父亲的雅趣

捧着手机漫游时，我情不自禁想起了我可爱的父亲。

父亲在世时，没有手机、电脑，没有互联网、高清电视，没有高铁、动车，甚至超市都还没出现，我们现代优越的生活方式，他老人家都没有赶上。

父亲那辈人，属于"打江山"的一代。武汉解放之时，父亲作为记者参加了解放军，跟随部队南下采访报道，写下大量反映指战员们战斗和军营生活的通讯报道文章；后来，作为中国人民志愿军跨过鸭绿江，在抗美援朝战争中战斗了三年。这是父亲人生中引以为豪的高光时刻。

父亲的一生中，艰苦磨难的日子远比安逸顺遂的时日多。然而，不管是顺境还是逆境，父亲总能一贯地保持他对文化知识的热爱和淡然自适的生活态度。

父亲酷爱读书，也就不停地买书。20世纪50年代前期，他购买了许多古典文学名著、科技画报等，家里添置的书越来越多，便成了一大累赘，等到搬家时，最费力的便是搬运这些书。父亲在地质队工作时，单位为四处找矿每隔一两年就搬一次家。每次搬家，母亲总是望着那些笨重的书箱发愁。无论多累，父亲总要把他的这些宝贝带上，书是他最好的朋友，最不可缺少的精神食粮。

下放农村后，半路出家当农民的父亲，不得不干起他不熟悉的农活。随着家庭人口增多，经济上日见紧张，父亲再也不能像以前那么随意买书了。

然而，这也断绝不了他买书的念头，有时背着母亲，从自己外出做民工（修路、修水利）挣的补助费里，或从自家种的萝卜青菜卖的钱里，抽出一点钱来买书：有买给孩子们的读物，如《十万个为什么》《动脑筋爷爷》《欧阳海之歌》等和各种小人书；有买给他看的如农业知识、书法字帖和京剧样板戏剧本等。在村子里，我家是唯一舍得花钱买书的家庭。

父亲读书，为保持书的整洁，从不在书上随意写字。遇到他欣赏的认为重点的句子，就用红色钢笔和直尺在句子下面画直线，线画得极规整，决不把线画斜，也不多画乱画一字。

翻开父亲留下的那些书，那一道道或长或短的红线，无声地记录着父亲读书时的专注和用功，而整本书是那样干净、平整，没有任何卷角、折痕和污迹。父亲爱惜书，如同自己身上的穿着一样。买回来的新书，当即包上书皮，还选用结实耐磨的牛皮纸。父亲包书颇有技术，包纸上看不到裁剪的痕迹，书皮与书成为有机的整体，所包的书几十年后还和当初一样新。

等我上了小学，每当发下新课本，父亲总是连夜给包上书皮，还用毛笔端端正正写上"语文""算术"等字样。父亲的正楷写得端庄大气、遒劲有力，是全村写得最好的。那些年，每逢春节前，生产队家家户户都来找父亲写春联。70年代末，父亲恢复原职回吉林后，写的春联还被弟弟拿到城里去卖，很快就都卖完了。

父亲的毛笔字，用在了家里的各种工具、用具上。那年头农村都是集体劳动，大伙的工具用品都堆放在一起，因为样式都差不多，常有拿错了争执扯皮的事情发生。为了区别开来，父亲给家人的斗笠、草帽、扁担、箩筐都写上毛笔字，如箩筐的四个面分别写上"艰苦奋斗""发愤图强""多快好省""国泰民安"等，扁担、斗笠、草帽写上家人名字，一看便知。

父亲偶尔也搞点小创意，家里新买回一只木水桶，父亲在桶梁的腰身处设计制作了一个艺术图案：用美术字"勤俭"二字组成一个正圆，在这个正圆的中心嵌进一个小圆，小圆是镂空的粗体"幸福"二字，寓意"勤俭之中有幸福"，再用清亮的油漆一遍遍把木桶刷亮，整只桶成了一件精美的工艺品。这只宝贝桶用了很多年，直到回东北了才把它送人。

在湖北农村时，父亲还研究过地方语言，他搜集本地的方言土语，把那些人们口语中的俗语、农谚、俏皮话、歇后语等汇集起来，做成一本《方言土语集锦》小册子。父亲以前也做过类似的事，在抗美援朝期间，父亲就亲手编印过《中朝日常生活会话》的小册子，起到帮助我志愿军战士和朝鲜人民交谈沟通的作用。

父亲还制作过家用日历，把孩子们的旧作业本或其他废纸利用起来，裁成日历大小，按照买回的农历书上的日期、星期、节气等用粗毛笔逐日逐张写上，订成一本，挂在堂屋柱子上，每天扯去一张，那几年家里就用这样的日历。我们学写毛笔字也学父亲，用旧作业簿旧报纸来练字，利旧利废、物尽其用就是从那时起培养的习惯。

父亲在家时，我们最高兴，他身上的文艺细胞总能给我们带来欢乐。那时大队给每家每户安装了一个广播匣子，每天早晚定时开播，播出新闻和歌曲。每当广播开始，父亲都很专注收听，播歌曲时就跟着小声轻唱。

父亲是很喜欢唱歌的，尤其爱唱流行歌曲。看到了报纸、书刊上的歌曲，他就边看简谱边连同歌词一起哼唱出来。书店卖《战地新歌》，从第一辑到第六辑，父亲都买了。六本歌曲集厚厚一摞，只有真心爱音乐的才像他这样全都买到手，闲下来就不厌其烦地翻看，在家哼唱。父亲还会打口哨，他打的口哨不亚于电视里那些口哨能手，此外，口琴、笛子、长箫等他都能露一手。

退休后的父亲依然保持读书、买书的习惯。这时的他，对单位每逢年节组织的猜灯谜活动又产生了兴趣，于是家里又多了《对联评注》《谜语大观》等书。父亲猜谜能力强，每次猜中的谜语最多，弄得活动主办方不得不限定每人猜谜的数量。

父亲过早地离开了我们。有时我想，假如天国也和人间的科技同步发展，父亲一定是那边最早会使用手机，最快熟悉微信、抖音、支付宝的那一批人。父亲对生活的热爱和乐观态度，也让我们学会积极、勇敢地面对生活，相信未来一定会更好。这就是父亲留给我的最好的精神财富。

张子同散文

张子同，现为安徽省合肥市第七中学的高一学生。爱好广泛，多次被学校评为"三好学生""四好少年""书香少年"等。

俺的家风家训

在这个物欲横流的时代，人们变得越来越浮躁，急功近利的人越来越多。俗话说："家有家规，国有国法；没有规矩，不成方圆。"

家风的好坏将直接影响社会的风气。家风是什么呢？家风好比一片森林里的阳光雨露，森林是圃，孩子是苗，家风就像雨点一样，"随风潜入夜，润物细无声"，只有在阳光雨露滋润下的小苗，才能健康成长，绽放出鲜艳夺目的花朵。

常言道："家兴出孝子，家败出逆子。"一个家庭的兴衰，直接影响着子女的品性言行，而一个家庭的兴衰与否，都与家风、家训有着密不可分的关系。纵观历史，很多名人都有家风家训。譬如：曾国藩以"勤"为人生第一要义，崇尚"勤"就是曾门的家风；岳氏的家风是一个"忠"字，岳母在岳飞的背上刻下"精忠报国"四个大字，这四个大字的家训也就时时驱使着岳飞上进，最终岳飞也没有辜负母亲的期望，成为保家卫国的大将军。

我是枞阳人，父母继承了枞阳人及"桐城派"的优良作风，严于律己、宽以待人，家风家训是："孝敬老人、勤俭持家、诚信守时。"

我妈是独生子女，所以外婆就一直跟我们住在一起。我现在已是高一的学生了，十多年来我们一直其乐融融，在小区里传为佳话。

爸爸经常挂在嘴边的那句话："百孝顺为先。"从小爸爸妈妈就教我要有孝心，要尊老爱幼，他们自己也在身体力行我们中华民族的传统美德——孝道。爸爸总是说，孝顺孝敬，没有顺没有敬，哪来孝？对长辈首先是顺从，要让他们顺心，感觉到被人尊重，只要不是原则性的大问题，尽可由着他们来。爸爸还常说，对大人尽孝道没有最好，只有更好，没有终点，只有起点。他要我牢牢记住这几句话，把它作为我们的家风家训，让我从小做一个孝敬父母，懂得感恩的人。

爸爸与外婆相处近二十年来，一直都是顺从外婆的。不管外婆做得对否，他都是微笑认可，细声细语（当然对爷爷奶奶也是一样的），所以外婆在我们家住得特别开心，也付出了很多。每次外婆在跟别人分享她跟我们住在一起的感受时，开心得像个孩子，合不拢嘴，眉飞色舞，这让我深深地感受到了家的温馨。

妈妈是个勤俭持家的女人，也是一名电气设计工程师，出差比较多。她特别勤快，只要在家，就会早起安排一家人一天的餐食、打扫卫生、整理家务、修理花花草草等，把我们家收拾得很干净、很温馨。

妈妈经常跟我讲勤俭就是积德，就是修福。记得小时候，有次我实在吃不下饭了，就把米饭倒了。没想到，却遭到了爸爸妈妈的严厉斥责："你怎么能把饭随便倒了呢？你应该珍惜粮食；你没学过'锄禾日当午，汗滴禾下土。谁知盘中餐，粒粒皆辛苦'这首诗吗？"我委屈地说："我不过是倒了一碗饭而已嘛，至于这么大动干戈吗？"

爸爸是个脾气很好，也很有耐心的人，细声细语地对我说："乐乐，我们住在城里，感受不到还有好多山区的孩子吃不饱、穿不暖的那种难受，所以我们要节约珍惜每一粒粮食，绝对不可以浪费。"爸爸话音刚落，妈妈也用慈爱的目光看着我说："剩下的饭还是吃了吧，这么点饭吃完就当是积德了。"

他们注视着我，我都有点不好意思了，小脸顿时羞得通红，认识到自己犯下的错误。于是我就拿起碗筷吃得一粒不剩，还用舌头舔了舔碗底，并低下头说："爸妈，我以后再也不会浪费粮食了，对不起！"

爸爸对我说："知错能改，善莫大焉！"接着又开始展示他的文学知识了，说范仲淹在《严先生祠堂记》中云："云山苍苍，江水泱泱，先生之风，山高水长。"范老少时家贫，划粥分食刻苦攻读，苍天不负终成名相。功成名就之后的他，依旧严于律己，简约朴素，不忘初心——"先天下之忧而忧，后天下之乐而乐"。更何况我们这些凡夫俗子呢？

家风是我人生的指南针，是指引我前进的方向；家风就像为我铺的小路，鞭策着我砥砺前行。这种勤俭节约的简朴家风让我受益匪浅，我从这个和谐的家庭中得到很多爱的滋养，让我健康茁壮地成长。

爸妈还教导我做个诚信守时的好孩子。经常对我说，同别人约好的事情，一定要提前五分钟履约，以表示对别人的尊重。我们这个时代，生活节奏快，时间就是生命和金钱。平时爸妈告诫我，耽误别人的时间就等于谋财害命。

记得前不久，我跟我们小区小宇的爸爸约好，下午1：30他送我跟小宇去学校学习。那天是周末，我妈在家，看到我1：32还未出门，当时就火冒三丈，狠狠地批评了我一顿，而且要求我和外婆带着礼物去小宇家给小宇爸爸赔礼道歉。通过这件事情，我对诚信守时的家风有了更深刻的认知。我很幸运能出生在这样一个拥有严格家风家训的家庭，为我人生的道路指明了方向，让我明白不忘初心，方得始终。

我的爷爷奶奶也说过："一个孩子有教养，看上去就是一个很乖的样子。"我想，之所以这个孩子会被大家夸奖，那是因为他长期处于一个良好的家庭环境中，一个人的修养是装不出来的。相反，如果他们的家风不好，他很可能就会变成问题少年，想想就觉得可怕！

我暗自庆幸我有慈祥严格的好爷爷好奶奶。他们的谆谆教诲，影响着我们家的每个成员。他们的优秀品质滋润着我们这个家庭，让我们受益无穷。作为现在读高一的我，一定要牢牢记住长辈传承给我的好家风，并把这种优良的传统美德继续发扬光大。

李洪领散文

李洪领，河南兰考人。业余从事创作，作品以戏剧剧本和影视剧本为多，亦有小说、诗歌、散文等散见各类报刊。

青春独白

常常一个人关上房门，隔出一方属于自己的天地，独坐窗前，托腮看白云悠闲地走过，遐想外面世界的精彩。

静听小雀婉转啁鸣，心底常泛起孤独，隐隐有小溪轻轻漫过手臂的感觉，依稀中亦有滂沱大雨的酣畅淋漓之感。

天真地，我相信过霓虹，相信过梦的奇迹，相信冬日里孕育着春阳，相信墙推倒了就是桥梁。静夜里，我常常和星星对话，呓语同灵魂一起飞翔……

暮色徜徉于原野的地平线，默默留恋夕阳，心间常有揪心的相思泛起。闭上眼，就有位少女，一身红衫，款款而来，若隐若现，一如雨季温柔的江南。

我赤脚走入了一个长长的雨巷呵，一个季节映入眼帘，云烟如丝，袅袅弥漫……第一次，有了忧郁的体验。

聆听琴声铮铮，若秋风飒起，枝头落叶作静美之舞，常有流星灿然闪过湛蓝的心幕，渴望能有一次烈火中悲壮的涅槃！

看晚霞泼血，有时就想到死亡之灿烂。想到死亡应有一个好姿势，就像午后金黄的阳光，有着母亲般的慈祥。

偷偷地想，将来，墓志铭就刻上："这里，凝固了一缕阳光！"

远行去

终于，两颗心弹成对鸣的和弦，流星般灿然一碰，撞出爱的火焰。并肩走进长长的小巷，你我灵魂共鸣，心灵共颤，对天对地对海对山，盟出不变的誓言。

我，醉了。只想与你就此长久相依、倾情厮守，在你的温柔的港湾里停泊，不再去看雨外的天空，不再走出这巷子。

但渐渐地，我们温柔后有些许倦怠，甜蜜后有某种空虚。这时候，我心中总有某种男儿的渴望在远处不停地召唤：遥远的地平线，辽阔的天……

我豁然明白，爱如果无所依附，纵是真爱也会慢慢变得苍白；爱情是一个驿站，并不是人生的终点；好男儿的一片天在地平线的那一边，海的另一岸。

摇摇头，迎着风，还大脑清醒和理智，我逃离你温柔的臂弯，忍了那份孤独，收拾起行囊，远行去！

我们相约，不哭泣。可你早已是泪眼迷离；我强作笑颜，却怎么也止不住阵痛般的抽搐。你的心是水做的，对待所有的伤痛，拧一把都是哗哗的泪。而我的心划一个口，尽是淋漓的血，鲜红鲜红，但我只在无人的夜里独自抚慰。

我走了！让我轻轻拭去你眼角的泪，笑一笑为我祝福吧，我已把你的叮咛装满我的行囊！

我并不寂寞啊，你的身影，注定要装饰我一生所有的梦；我并不孤独啊，你的眼睛就挂在不远的天空，亮晶晶的，遥遥照我前行；我也并不焦渴啊，你的名字已写满我的手掌，我会时时轻声呼唤，以此充饥！

我走了！你的守候就是我这只风筝的线，你的等待就是我的回程车票啊！亲爱的，在某个阳光灿烂的午后，我会背着行囊归来。那时，你是否会背倚柴门，望我归来？

第一次的美丽

我们每个人的人生旅途上，注定都会经历许许多多的第一次：第一次脱离母体，来到人间的第一声啼哭；第一次放开妈妈的手，趔趔趄趄迈出的人生第一步；第一次握住不听使唤的笔，歪歪扭扭写下自己的名字；第一次出远门，一个人去旅行；第一次独自走进了应聘的考场；第一次拿到了凭自己劳动得来的工资；第一次吻了自己心爱的女孩……太多太多的第一次了！

然而，随着我们一天天长大，我们所经历的第一次却越来越少，而我们肩上的背囊负载的却越来越多。工作、家务、疾病、孩子、老人……每天常常忙得二十四小时都来不及细细梳理一下思绪。于是，我们已经习惯了在匆匆的、琐碎的、平淡的日子里不时地忘记一点什么。

然而，仍有好多东西是不会轻易被抹去的，比如那第一次的感觉，是任何东西都无法替代的！

第一次是一种发现；第一次是一种尝试；第一次是一颗简单的心；第一次是全身心的投入；第一次面对是陌生而新鲜；第一次付出总是真诚，而真诚总叫人感动。

想起第一次在纸上用蜡笔画出的怎么也圆不起来的太阳；想起期末考试因为被扣一分而没得百分怎么也睡不着的愧疚与不安；想起守望在车站检票口等待着女朋友归来的狂躁与执着……真的，原来我们也曾这样激动过，原来我们也曾这样美丽过！

人生的第一次永远是一声美丽的召唤！那召唤，牵着我们的心，引着我们的魂儿，如鼓满船帆的风带着我们去探索、去开垦、去开拓、去遇到人生的下一次。

其实，第一次是找不回的，第一次，发生了就意味着逝去。而重要的是我们能够找回那第一次的心情，找回并保持那种第一次对生活的新鲜、激动和真诚的心跳的感觉。不是吗？

故乡月

月亮高高挂在天上；故乡的月，却挂在我心上。

纵使阅尽天南地北，纵使走遍万水千山，所见的月，始终没有故乡的月亲切。它有着关于故乡的一切：玉盘高高挂，莹莹洒清辉，雾笼小村庄，炊烟袅袅，河流清浅，鸡犬都鸣叫着乡音……就像慈祥的母亲，在每一个异乡的日子里，温柔呵护着我内心最柔软的地方。

故乡的月，仿佛夜夜升起，年年心上挂。千言万语，难舍故乡情。每每想起，心中总荡漾起思念的涟漪，泛起记忆浪花：儿时的小树，嬉耍的光腚娃，牧归的老牛，田垄上的野花，奶奶头上的白发，声声唤我乳名的妈妈……它们交织在一起，是心中沉甸甸的爱，浓烈如母爱，深沉如父爱，在记忆的如水月光里，春夏秋冬，牵肠牵肚。

故乡的月，是一幅浓淡相宜的水墨画，岁月渐深却历久弥新。乡愁的瘦马，在淡淡月光中穿山越水，回到故乡的原野上，回到老屋的瓦房中。这一程山长水远，只为故乡的温暖情长。山水转，云雾绕，露含香，花含笑，婉转成歌，甜美成谣。故乡的一切，都在那一轮圆月中，淡淡的，却永不会被黑夜吞噬。

小时候，故乡的月是记忆里简单的音符，司空见惯，奏不出动人心弦的乐曲。长大后身处异乡，才知故乡的月是一首清远撩人的歌，在每一个望着他乡月亮的深夜，反复在耳边吟唱……月光下，乡愁几多，在陌生的城市里只能对月遥寄相思！

又是一个月圆夜，故乡的月一定分外明。何时，盈一袖故乡温柔的晚风，牵一缕故乡摇曳的月华，归去。与久别的亲人啊，一起在皎洁的月光下，把酒话桑麻？

贺宝璇散文

贺宝璇，山东牟平人。先后担任播音员、教师等职务。几十年笔耕不辍，其散文和新闻作品在中央人民广播电台、《人民公安报》等媒体发表。在全国各类比赛中多次获奖。出版散文集《石榴花开红似火》。

我和父亲的算盘

"燕山雪花大如席，片片叶落轩辕台。"

1985 年的数九寒天，我家乡的雪花虽然没有塞北那么大，却也有着小北方的特色，气温下降得也是很快。四九的第一天，气温下降到了零下 12 摄氏度。我站在门口，放眼四望，这漫天飞舞的雪花，似羽毛，如玉屑，轻轻飘落。它们在空中翩翩起舞，好像一首轻快和谐的诗歌，令人陶醉。整个世界银装素裹，美不胜收！

我却不能继续欣赏这美妙的景色，我要到城关公社父亲的办公室去给他送一个暖水袋。那时候还没有暖气，不知父亲的炉子生了没有？他的办公室一定很冷吧？我蹑手蹑脚地来到办公室门口，轻轻地推开门，就感到屋子里的温度和屋外没什么两样。

父亲聚精会神地打算盘，忘记了添煤炭，那炉子里的火早灭了。摸摸水壶是冰凉的，算盘也是凉的，只听到父亲打算盘的噼噼啪啪的声音。他的手，冻得红红的。脚上虽然穿着二姐夫从澳大利亚寄来的翻毛军用皮靴，但是屋里终究没有一点暖气呀，冻得父亲轻轻地跺着脚。

我劝父亲早点儿回家，父亲却固执地说："你先回去吧，这里还有一笔账没算完。"父亲敬业的态度和打算盘的专注神情，在我的脑海里留下了深刻的烙印。我深知这算盘是父亲的命根子呀！学生时，我对父亲的敬业和信仰还理解得不深不透，现在终于明白了那是父亲对我们伟大的中国共产党的赤胆忠心啊！

　　如今我在牟平公安分局，每个办公室都可以看到干警在电子计算机面前熟练地工作着，这使我情不自禁地想起父亲打算盘时的情景，那算盘在当年和现在的计算机一样发挥了很大的作用。

　　上高中三年级时，有一天我刚吃完早饭，一辆黑色轿车停在我家门口。一个阿姨走下了车，她来到我面前就问："你父亲在家吗？"我说："在啊。"她打开轿车门，里面走出来的竟然是我们班的班长。原来阿姨领他来，要我父亲教他打算盘。

　　父亲领他到大队办公室，在那里教他打了半个月的算盘。后来他被分配到银行工作，因为算盘打得特别好，还当上了济南市某银行的行长。消息传出以后，来找我父亲学打算盘的有二十多人。

　　我调到公安局工作后，曾任过文书、机要秘书、办公室副主任，也做过几年派出所的内勤，当然也包括任出纳员了。在派出所里，我牢记父亲的教诲，工作上谨慎再谨慎。对于钱，我用这算盘计算着，将一升一升的油发到驾驶员手中，年发两千升油，无一差错。

　　平日，我对这算盘的感情胜过计算机，看见它，就想起了父亲，更加怀念他老人家。今天，又是雪花飘飘。我站在房门口，放眼望去，天上的雪花飘飘摇摇，像一只只蝴蝶在空中飞舞。雪花落在树上，一副冰清玉洁的模样，树枝上好像缀满了朵朵洁白的梨花。"忽如一夜春风来，千树万树梨花开。"这句诗不正是赞美冬天的白雪吗？

　　忽然，我听到大皮靴踩在雪上那咯吱咯吱的响声，我一愣，原来是父亲踩着积雪、手里依旧拎着装着他心爱算盘的手提包，一步一步地走了过来。顿时，我的眼睛湿润了……

张克斌散文

张克斌，甘肃会宁人。自 1988 年参加工作，扎根甘肃农村基层。业余时间常读写，出版了《诗情岁月》。

守　望

疫情来临后，打乱了人们的正常生活和工作的节奏。

面对疫情，好多人的心情变得焦躁不安，甚至心理都发生了变化。不论是参与抗疫的，还是在家的，都觉得自然界的变化真不可思议。人在未知的灾害面前，是多么渺小，生命是多么脆弱！

就个体而言，人不过是自然界的匆匆过客，怀着一种无形的渴望适时而行，无时不在守护生命而已。所以，人能够与自然和谐相处，为了信念而相守是最好的。

人，之所以空空而来，又空空而去，就是为了经历人生道路上的风雨，在历练中坚守自己的信念，感受生命的真谛。人生虽然简短，但面对纷繁世界，人生从来不会那么容易。要守住初心，诚心为梦想而前行，那又是何等的艰难和漫长，这时自身看不见的心理斗争，无异于敌我搏击。

人就在内外矛盾的夹击中生存，在无形的自我突破中守望。那种不懈的努力只是修行的过程，而坚定的信仰才是内心的守望。在现实生活中，那些守望者总给人留下难以忘怀的印象。

我们看到西藏路上的那位守护人、曾经支援西藏的开拓者，其间就因和未来丈夫的一个约定，在那里独自一人守望几十年。她经受无数个日日夜夜的煎熬、高海拔饥寒交迫的折磨，美好的青春已被岁月无情地摧残。可她的忠贞同大山一样坚实，初心像雪山一样纯洁，就像那一座座雪山一样，她早已成了守望者的化身，将生命融入雪域高原，把灵魂交给人间圣地。

她已经是山神的女儿，永远怀着不渝的心，守望着人间净地——那一片神奇的地方，并陪伴着长眠于此的大山之子。

守望也伴随着担当与责任，也要是一种追求、向往、使命的象征。我们的边防战士，不论有多大的困难，也要寸步不离坚守如磐，祖国永远刻在心中。守望蓝天、守望雪域已不是个性的标签，而是一种高尚的使命：用一切付出来诠释人生的境界。

同样，在平常的生活中，哪里有人活动，哪里就有信念、就有守望；哪里有守望，哪里就有追求、就有付出。每个人在艰辛中前行，在前行中追求信念，守望着灵魂。在一定环境中，似乎守望又是一种义务，又生怕撕开一道裂缝，任何时候也不敢有别的念头。

在疫情防控期间，一天晚上，我去路卡口值班，一到那里就感到一种无形的担子压在身上。过往的车辆晃悠而来，对他们检查时最怕查出问题，但又不敢放过任何一辆车。当车辆安全通过时，自己又立马松了一口气，祝愿过客平安我也无事，一方也安全。直到午夜后，车辆才渐渐少了下来，夜也静了许多。

我在夜幕下晃悠，身上的马褂子在不时反射着磷光，如萤火虫般闪烁，不然就被黑夜吞噬。我感到人是如此渺小，天上的星星都在笑我，笑我借光示意自身的存在。偶尔路边的树叶随风带来沙沙的声音，打破夜的寂寞和无助，陪伴我守望这不平常的夜晚。

看似平静的夜晚，随时会有不平静的风险。但我唯一能做的就是坚守，尽职与否已不是简单的两个字，而是一种职责的守护和对信念的守望。虽然周围的民房再也看不到灯光，他们早已休息了，或许在梦中也渴望明天更好。我们的夜间短暂的守护，看似不过如此，但是我们都怀着保一方平安的心情，守望在黑夜里，时时在等待着黎明的曙光。

故而，守望是一种高尚的情操，是一种修养的境界，是在欲望驱使下的坚守。那种经历，是人生最好的收获。这一切都贵在耐住了寂寞，经受住了风雨，抵挡住了诱惑。守望是人一生不断追求中的态度，时间终将给我们答案。

陈文散文

陈文，湖北省武汉市人。中国金融作家协会会员、中国散文学会会员。《首都文学》签约作家，《青年文学家》作家理事会优秀作家。擅长散文创作，发表多篇作品。

夏日赏荷

旅游可以修身养性、丰富知识、开阔视野。我已经许久没有出省旅游，确实有点不适应。为解心中旅游的馋，我逐渐养成了在市内赏花的习惯，这两年春盼柳、夏赏荷、秋闻桂、冬赞梅，倒也怡然自得。

今年正值六月，又到了赏荷的季节。武汉赏荷的地方不少，分布在城市不同区域。而我最喜欢的当数东湖磨山、沙湖公园和月湖公园这三处荷园。

东湖磨山荷园的荷花是早、中、晚期搭配栽种，赏花期从六月一直至八月，赏花期长，六月下旬到八月中旬为盛花期。品类多达七百余种，有千枚花瓣宛如千手观音的"千瓣莲"，有天然丰姿的"艳阳天"、娇小玲珑的"小天使"、珍贵的黄色精品"黄鹂""胜金雀"等。

在这里不仅可以观赏荷花，而且可以攀登磨山、纵览东湖，可谓一举三得也！

沙湖公园的荷园是我常去的赏荷之处，武昌城中之湖，湖面荷风清韵，有盆栽荷花近万盆与之交相辉映。进入公园，宛如进入荷花世界。

月湖公园以木栈道赏花为特色，木栈道蜿蜒于湖面，游人伸手可触荷花，别有一番情趣。两百亩荷塘，粉嘟嘟的荷花看着就让人心动不已，这儿也是摄影爱好者的打卡地。

我向往这荷花的世界。古人云，荷花"中通外直，不蔓不枝，出淤泥而不染，濯清涟而不妖"，表达了荷花的品格高洁，这荷园也赋予这个城市清朗公正。

在炎热的武汉，满塘荷花面对夏日太阳的直射烘烤，以绿色清凉直面，而不随之蔫矣；面对狂风暴雨，仍然亭亭玉立，不为之折腰；面对污泥，吸取营养，尽显芳华。

盛夏的武汉骄阳似火，号称中国火炉城市之一，毒辣辣的阳光，照得塘边的花草低下了头，树叶下垂，就连树下的人们也浑身滚烫烫的，忍受着热浪的侵袭。唯独那朵朵荷花，迎着太阳，昂首挺胸，豪爽绽放。荷塘里碧绿的荷叶，托举着粉红、白色的花朵，一起灿烂地笑着，热情招呼过往的游客。

雨中赏荷更有趣，雨水落在荷叶上像水银一样流动，荷花宛如沐浴后的少女，白里透红粉嫩欲滴，宛若仙子将寿桃放入瑶池，在碧绿的荷塘中绽放一种清丽。

荷花下面的藕，虽与污泥相伴，却从不同流合污，始终保持着自身的高洁，这种自律的品格，让人赞叹不已。

万物虽生态不同，但价值平等、相互依存，以兼爱、包容的心态对待一切事物，从而使生命达到一定的高度。

我喜欢荷花，更喜欢荷花的冰清玉洁……

金阿根散文

金阿根，浙江省作协会员、杭州市作协会员。在《萌芽》《江南》等杂志和《人民日报》副刊等发表作品。出版小说、散文、报告文学等九部。获国家、省、市级奖项七十多项，十多次被评为杭州市年度优秀作家。

情满里士湖

零落的雨滴落在我的头上，在这种不冷不热的天气里，走在里士湖的长廊里，倒也别有一番韵味。我仿佛穿越千年的历史，在朦胧的湖面上，看到少年时代的贺知章在湖中捕鱼捉虾，西施在湖畔浣纱，你看，那湖水正一波一波地荡漾开来。于是我想起清代青州府同知、萧山人张文瑞的《归厚庄即事》中的诗句："年来剩得草堂赀，小筑城南地颇宜。湖亦有名邻贺监，村因不俗近西施。扻鱼桥下堪垂钓，文笔峰前好赋诗。"在心里默默地吟诵着，感受这诗的意境，面对这湖的美景，心情也就格外舒坦。

里士湖旧时也称厉士湖，位于杭州市萧山区所前镇的金临湖村。曾经有湖面上千亩，为萧山名湖之一。被称为"西有湘湖，南有里士湖"。随着时间的流逝，沧海桑田，星移斗转，由于大自然的变化和人工的开发，现在湖面只剩得两百亩左右。

"绿水青山就是金山银山。"前些年，所前镇人民政府以"烟雨楼台，水墨江南"为主题，对里士湖进行保护性修复与改造，如今它早已面目一新。我从沿湖的游步道上缓缓行走，呈现在眼前的里士湖别有一番风味。近处，绿水泱泱，杨柳依依，远处，青山倒影，重重叠叠，满目景色如画。

我曾经多次来过所前镇，有参加杜家杨梅节的、龙井茶艺节的，也有来采风、摄影、码字的。那年和张祥荣来里士湖，他摄影我作文，方知道这里临近西小江的拐弯处。今日重访旧地，此刻我静静地伫立在烟波浩渺的湖畔，守望这一方天地，感受这热闹繁华背后的静谧。极目远眺，湖水在微风细雨中泛起涟漪。眼前烟水苍茫，隐约如画。湖面上弥漫着飘忽着水汽雾气。若是撑一叶小舟，划开水面的烟雾，或张网，或放钓，将鱼儿随手扔进船舱，更能增加我的乐趣。再看那青山绿水，点缀着四周，在薄薄的雾气和缕缕雨丝中顽强地展示它那少妇般的曼妙和温柔。因为里士湖的美，引得历代文人墨客赞誉，给乡间的湖泊增添了几多神秘感。在桨声帆影中，将时间放慢，将生活延缓。

每到一地，总有一些风景让人一见钟情，所前镇的景色，因为有山有水，才取了个"山水所前"的好名字，这里还有杜家杨梅、龙井茶叶、桃李杏梅、红柿板栗。小时候常常羡慕别人家，有山里亲戚便有四时水果，有沙地亲眷就有甜瓜和甘蔗吃。我是里畈人，亲戚也都是里畈人，以种植水稻为主，除了稻米，就是蚕豆、油菜、草花。我曾经跟随妈妈和姑姑，从西小江划小木船来所前摘杨梅，到历史上曾设盐务所的那条老街出售土布。因为街道在盐务所前面，才有了"所前"的地名。老街曾经是土布的集散地，我母亲那时常常起早摸黑地纺纱织布，把土布运到所前出售换点零花钱。所以，对于所前，我总是有一种说不清道不明的情感。这些年我到过所前镇的杨静坞、天乐湖，风光虽然也不错，但面积没有里士湖大。对于里士湖，我也是近年来过几次才有了比较清晰的印象。习惯了在记忆深处挖掘似曾相识的历史文化，在凝视间回望沧桑岁月，在湖光水色的涤荡中回味渐行渐远的过往。

里士湖就是这样，从一个大湖名湖，在岁月的演变中逐渐失去了生命的光彩，又从荒废中整修改造恢复了它的本来面目，似一位婉约的少妇，袅袅婷婷向我走来，让人一见钟情，于是有了相见如故的感觉。喜欢她的妩媚与妖娆，淡雅与柔美。那些沧桑经历，在湖光水色的荡涤中渐渐隐去。在这如诗如画的湖畔，聆听雨丝拨动着琴弦，发出悦耳动听的曲声，我在叮咚声中被深深陶醉。

我会再次踏访，因为育才路的南伸，交通便捷了许多。我会选择夏末秋初的日子，晴天的傍晚，在晚霞映照下的湖畔散步，任晚风抚弄我的衣衫，吹走身上的汗水，拂去白日的喧嚣，让筋骨放松，肌肉舒适，让生活轻松；在夕阳下的堤坝上行走，看湖面粼粼金波和无数个涟漪，让心灵激起诗情画意；漫步在游步道上，看如水的月光，透过片片林荫，在斑驳的树影下，回顾昨天，审视今天，展望明天。明天的所前会更加美丽，明天的里士湖会更加风光无限。

金海焕散文

金海焕，杭州市钱塘区人。现供职于杭州市萧山区特殊教育学校。萧山区作家协会会员，萧山区儒学学会副秘书长。多篇文章在省市区级征文比赛中获奖。

家乡的年糕熟了

年糕精致点春心，夜里缤纷除旧岁。年糕的语言平凡又深刻，带着人们对生活最纯真质朴的祝福，表达着对身边家人最直接简单的爱。

我生长在萧山沙地，这里的人们将年糕视为生活必需品。每家每户一年到头总要做几回年糕，如果没有年糕，心里就空落落的，像没过这个年一样的寡淡无趣。

记得小时候，腊月初十左右就要开始备米、淘洗、浸泡。做年糕以粳米为主，再配以"打粟""六谷"或糯米，浸泡十日左右，其间换一次水以防变腐变酸。腊月廿日就将浸泡饱胀并配匀的粮食原料，拉至年糕作坊加工。

到了年糕作坊，只见那里蒸汽升腾，米香四溢。在昏黄的灯光中人头攒动，一个个喜笑颜开忙得不可开交。轧粉、搂粉、上蒸、出蒸、舂年糕、冷却……一环套一环，环环相扣。舂年糕时，有抢年糕头吃的习俗，那是大家最为激动、快乐的时候。年糕烫口、软糯馨香，这大概是寓意新年舂年糕，新的一年一定有个好兆头。

我们往往是草草吃过晚饭，才匆匆忙忙赶过去，总要等到无聊甚至疲乏，手脚都有些冰冷了，方能轮到我们加工。软糯的年糕，摊在芦垫上冷却塑形，层层码放装袋后，踏着静悄悄的马路，走在清冷的月光里，拉着人力车回到了家。一年的希望和期盼都凝结在这年糕里了！

年糕不仅是美好的象征，更有实用主义在其中，经过压实的年糕朴实无华，是耐饥良品。沙地人勤劳吃苦，开垦围垦土地时，午后吃一碗热腾腾的糖水年糕，那叫一个"落胃"，瞬时满血复活，干活更得劲了。按现在的说法，当时就是一碗人见人爱的网红甜心。

亲民的沙地年糕是食物界的"卷王"，既可墨守成规随遇而安，又能千变万化吃出新高度。传统简约的做法，如糖蘸年糕、糖水年糕、螃蟹炒年糕等，都是待客常规的吃法。至于年糕粥、年糕菜泡饭，那是日常果腹早餐，而做成年糕泡就是过年的零食了。

当然，随着时代变迁，新烹饪技术的创新融合，像慈城年糕、诸暨年糕都已挂牌经营，沙地人也会尝一尝，转头回家还是捧牢自家的年糕，恋恋不舍家乡味哦。这些汤年糕、炸年糕的创新之举，终也抵不过当地传统年糕的做法。这不是年糕本身的错，而是当地人赋予年糕不忘初心使然，那是年糕软糯耐饥防寒的潜意识所为。

虽然现在无需大批劳力开荒垦种，但饥寒的生活记忆还是顽强地扎根在沙地人的言谈举止里。"年糕寓意稍云深，白色如银黄如金。年岁盼高时时利，虔诚默祝望财临。"相比于人力揉捣的手工年糕，机器年糕省时省力，批量生产又快捷，但却少了一些人情年味。

手工年糕最经典的工序，在于一个人抢半人高的木槌，另一个人快速蘸水翻粉团，一起一落、一唱一和配合着完成。啊嘿！啊嘿！一声声劳动号子将年的气氛唤醒。一锤锤揉捣糅合了血肉亲情，在"千锤百炼"中凝结出欢乐喜庆祥和的祝福。

历史穿越了时节，有着前呼后应的巧合。如今要说最能具象化表现年味的劳作，大概就是复现当年手工揉捣年糕的场景。想当年机器生产无情取代了手工劳作，而如今又开始呼唤原始劳动场景的回归，触景生情，却也萌生出一种离愁别绪，一种无可奈何的心情在心间泛起层层涟漪。

留住乡愁，笼住人间烟火气，不仅是舌尖上的幸福，更要有辛勤劳作的幸福滋味，这样才能历久弥坚，最终将化为最日常的生活场景。

仁义行大楼散文

仁义行大楼，河南省安阳人，学名蔡光楼，工作于河南省亚新钢铁集团有限公司。从青年时期开始，诗词、散文、小小说等分别在《故事会》《河南日报》等报刊发表。

当年的皂角树

前不久，假期我回老家，再一次走到村中心小胡同的大院时，蓦然间，迎面十多个十来岁的儿童，正在围绕着那棵不知长了几百年的皂角树，嘻嘻哈哈转圈圈。有的大声喊"转转"，有的大声喊"圈圈"，还有的坐在树杈上，咿咿呀呀唱着歌儿。

孩子们看见我微笑着朝他们走来，有的喊"大大好"，有的喊"爷爷好"，我笑着对他们说："你们好！你们好！大家继续玩游戏吧，该咋玩还咋玩！"孩子们听我这么说，又自乐自歌去了。当时，我不知道怎么了，脚下像是生了根，站在原地一动不动，目不转睛地看着手舞足蹈的孩子们，脑海里浮想联翩。

那年才八九岁的我，同样在这棵树上，无忧无虑无所畏惧，嘻嘻哈哈哼着唱着，下面的小弟弟、小妹妹们，争着抢着攀爬这棵——我曾经爬过无数次的皂角树。四十多年过去了，眼前的皂角树，树冠又大了几圈，树干也粗了几许。

记忆里，有一个比我大点的小姐姐，叫小娥，爬到了我头上方的树杈上，很自信地对我说："大楼弟弟，我终于爬到你上边了！"接着就是一阵笑声。先前我在树上，是想看看哪一个皂角结得大，然后把它摘下来。谁知不大会儿，她竟然爬到了我这个"爬树王"的头上去了。

于是，我立刻发动，像山猴子一样紧搂着树干，一股脑地爬上去，直到越过她头顶，那份逍遥、自在和胜利感，别提多得意了！

看到我在上面，她也不甘示弱，拼命再向上攀，孰料脚下一滑，手把着的树枝咯吱吱作响，眼瞅着树枝要折。这时她心慌意乱，嘴里不停地哭喊着："哎呀哎呀，快快救救我！"说时迟那时快，当即我身贴树干张开双臂，正好抱住她的腰，这才化险为夷，躲过这一劫。

树上树下的小朋友们，眼珠子瞪得溜圆，吓得乱喊乱叫，当看到我麻利地把小娥抱住时，大伙儿才缓过神来，个个拍手叫好。我俩慢慢地爬下树，落到地面时仰面朝天，双双躺在地上，心里扑通扑通地跳呀跳，回想刚才那惊人一幕，越想越后怕。这时小伙伴们围了上来，指点着说我们像是两口子。孩童时，总是那么天真烂漫！

弹指一挥间，不知不觉四十多年过去了。时过境迁，如今各有各的事业了，童年的小伙伴多年都不曾联系了。不知道当年的她，如今过得怎么样了……但愿童年的发小，幸福美满，身体健康，快快乐乐，万事如意吧！

杨国芳散文

杨国芳，山西人。忙碌之余，喜欢在阅读里放松心情，在文字里找到慰藉。

母亲和土屋

中秋时节，回家探望父亲，又回到魂牵梦绕的家乡，回到那间已经破败不堪的土坯房。这个陪我从小长大的土屋，承载了我太多的回忆……

小小的院落里，仿佛还听得到，妈妈喂的大白鹅那高昂的叫声；仿佛还看得到，小鸭子们在妈妈种的白菜叶下，穿梭着的笨拙的身影；依然感觉得到，妈妈中午不睡，把堂前的门开一个缝，照她的鹅蛋，心里盘算着哪个能孵出小鹅；似乎觉察得到，干农活劳累一天的父亲从炕头传来的熟悉的鼾声。一阵微风吹过，阳光透过榆树叶散落满地碎银，追寻流淌在畦洼间清澈的井水，去摘一根黄瓜，思念那永远找不回的家的味道……

小时候，记得妈妈总是不经意地说起，啥时候能住上新砖瓦房？幼小的我心里明白着呢，她的理想就是住上新房子。记得有一年，父亲要在瓜地盖看瓜房，年幼的我问老爸："爸，您盖上新房让我妈妈住吧？我妈早就想住新房了！"这是我儿时最经典的笑话，也是最让我们全家人心酸的故事。

看到眼前的这三间土屋，曾记得母亲去别人家串门儿，坐在人家屋前水泥台上说："看这平展展的多好啊！不知道什么时候，我们家也能住上这样的新房子。"多少个寒暑春秋，她总是不厌其烦地说，"大中大学毕业，我们就盖房子""大中工作稳定了，我们就盖房子""给大中娶了媳妇，我们就盖房子""二女儿大学毕业了，我们就盖房子""把小孙女儿看大，我们就盖房子"……本以为我们还在实现她理想的路上，猛然回头，她已驾鹤西去。

405

都说养儿女可以防老，可是如果没有儿女，父母本可以很早就住上新房，本可以没有那么多烦恼，本可以守着新房子和安逸的小院看岁月静好……我们儿女欠您二老的太多了，老天可不可以让时光慢点走？

周玥散文

周玥，一个对文字和影像怀抱热忱之人，乃川渝大地生养。

一蓑烟雨任平生

眉山给人一种近在咫尺的复古气息，这可能源于当地人对汉服文化的热爱，或许是三苏文化的底蕴，也或许是它的包容性。抵达的那天，阳光澄澈，朋友穿了一条淡青色的连衣裙，"原野上的花香"，我在札记上写下。

我们一路晃晃悠悠，欣喜的感受一直持续到夜幕降临。在此之前我一直认为，四川的城市都是一个样，兜兜转转好几圈也好像是在门口晃。

眉山的建筑不太符合四川建筑的模板，它更像江南的风格，水乡特有的那种情调，亭台楼阁近水得月，像是经历巨大的时代变迁背后的坚毅，想要保存着点什么，也是这种力量让它显得与众不同。

我在朋友家安置好行李，挤占了她卧室的一隅。

年少时候，我们向往轰轰烈烈的青春，用一些出格的举动向世界宣告成熟，但是那些倔强和鲁莽，还是会融化在一盘土豆丝拼成家的形状中，它笑着目睹你的成长，在最后一抹清香从你唇齿间溜走的瞬间，告诉你："我没有忘。"

通往水街的路上灯火通明，朋友告诉我眉山总喜欢搞一些新奇玩意，比如路灯上的装饰，还有永远不会重样的鲜花。

水街很像是长安大唐盛世的缩影，奏永不停歇的乐章，跳水袖翩翩的舞蹈，这些戏台上的人物给我一种穿越千年的错觉，就好像我也是那上京赶考的书生，在桥边等待邂逅一生的挚爱。回首发现霓虹闪烁，我才惊醒道："哦，原来我在这里。"

第二天，我们去拜访了三苏祠。苏轼是我最喜欢的一位文人，我欣赏他的才气，更钦羡他的性格。他大多数时间都处在风雨里——"问汝平生功业，黄州惠州儋州"。但是，失意也好，困顿也罢，他骨子里的豪迈从来都没有变过，他有一种不可救药的浪漫，在没有伞的旅程里"一蓑烟雨任平生"。

我们带了一盏浆纸做的灯，点燃会有暖黄色的微光。穿的裙子有个很好听的名字叫"弄清影"，胸前的玉珏悠荡荡，手上的烛火明晃晃，在这繁花似锦的人间，又何必在意似水流年，毕竟"起舞弄清影，何似在人间"。

东坡说人生不过大梦一场，我说梦是一场人生，一樽还酹江月。罢了，还有山高水长……然后，我动身启程了。

叶墨香散文

叶墨香，湖北人，高级工程师。喜爱看书、写作、摄影，笔耕不辍，自得其乐。

忽觉夏深年已半

我对夏天一半的美好回忆，来自晌午路边的小摊。不记得是哪一年的盛夏，烈日灼烤着街道，太阳晃得人睁不开眼睛，在街头的小巷子里，光膀子的大哥脖颈上耷拉着泛黄的毛巾，在路边支架起来的大锅里，奋力地翻炒着，大把的花椒辣椒撒到锅里，瞬间爆出厚重的火辣味。

甬道暗浊，四处散发着香料味，档口前摆放着低矮的餐桌和小马扎，腿脚油光锃亮。店家也趁闲出来吃饭，把菜端到门口的桌上，一大家子，有妇孺、有小孩，闹哄哄热腾腾的，隔壁档口的男人散漫过来瞄了一眼："今天吃这么好？"

这让我想起小时候夏天的傍晚，大人们从井中或者水渠的泄洪口捞起冰镇西瓜，端上来用糖精、白醋、井水自制的冷饮，把饭桌搬到门前的大核桃树下，全家人在门口吃饭。邻居们都坐在自家门口纳凉或吃饭。那时没有智能手机，电视也十分稀缺，刚下地回来的男人、发呆的老汉、闲扯的娘姨，光膀露腿，十分坦然。总有个闲汉转到我家门前，用一根野草梗剔着牙，看一眼饭菜说："今天吃这么好？"逗我几句，然后走开。

前面的摊位是一家米饭屋，几个外地小伙子凑在一起讨生活。店里先吃完的两个人继续忙着外卖的单子，外边桌上放着几个已经吃了一半的家常菜：一盆四季豆炒肉丝，一盆莴笋拌黄豆，一盆白菜帮子条，全混着鲜红的剁椒，红红绿绿的，看着鲜辣而有胃口。桌边坐着一个精瘦的年轻男人，一边用筷子在菜里扒拉着，一边往嘴里猛灌着啤酒。

　　隔壁小店的老板是位风韵犹存、浑圆肥胖的妇人，穿着花花绿绿的宽松衣服。染色的双鬓有点脱色，露出斑白的几缕发丝，面色有点苍白，双眼浮肿无神，半闭着眼睛懒懒地躺在折叠椅上，见到有客人来，半睁眼招呼一声，然后费劲地从躺椅上起身，不太耐烦地忙活着，随后抹把汗再躺下。生活平淡而忙碌。

　　午后，忙完晌午饭的摊主们歪在椅子上打着盹、唠着嗑。

　　傍晚，天色恢复温柔，远方半明半暗，路上人潮缓缓归家，袅袅升起的烧烤的烟气弥漫开来。

　　人间烟火气，最抚凡人心。风被水汽滋润，绸缎般拂过脸颊，草虫躲在不知处低鸣，等待夜晚发作，把握这须臾而热烈的一生……